양목에 방울 달기

양 목에 방울 달기

코니 윌리스 장편소설
BELLWETHER

코니 윌리스 지음 **이수현** 옮김

아작

감사의 글

마지의 카페 자바 조인트에서 일하는 여자분들에게 특별히 감사드린다. 세상 최고의 카페라떼와 대화를 제공하는 그분들이 없었다면 이 소설을 마지막까지 써내지 못했을 테니!

차례

5장 본류

1

시작

형제, 자매, 남편과 아내들이
피리 부는 사나이를 죽어라 따라갔네
그는 거리에서 거리로 피리를 불며 나아갔고
사람들은 한 걸음 한 걸음 춤을 추며 따라갔다네

— 로버트 브라우닝

훌라후프

Hula Hoop

1958년 3월 ~ 1959년 6월

─────

유행 상품의 원형이자, 다시는 같은 예를 찾을 수 없을 만큼 놀라운 성공작. 원래 오스트레일리아 체육 수업에서 쓰던 운동용 나무 고리였던 훌라후프를 왐오 사에서 오색찬란한 플라스틱으로 다시 만들어서 어른과 아이들에게 1.98달러에 팔았다. 수녀들, 레드 스켈턴, 게이샤들, 제인 러셀, 그리고 요르단 왕비가 엉덩이로 훌라후프를 돌렸고, 그보다 뒤떨어진 이들은 고관절이 빠지고, 목이 삐고, 디스크에 걸렸다. 러시아와 중국은 '자본주의적'이라며 훌라후프를 금지했고, 벨기에의 탐험가 한 팀은 훌라후프 스무 개를 남극으로 가져갔으며(펭귄에게 주려고 그랬을까?), 전 세계에서 5천만 개이상이 팔렸다. 퍼질 때만큼이나 빨리 사그라들었다.

어떤 유행의 시작을 정확히 집어내기란 거의 불가능하다. 유행이 유행처럼 보이기 시작할 무렵이면 그 기원은 까마득한 과거가 되어 있고, 그 기원을 거슬러 올라가려는 시도는 나일 강의 원천을 찾는 일보다도 훨씬 더 어렵다.

그 이유는 첫째로 근원이 하나가 아닐 가능성이 크고, 둘째로 여기에서 다루는 대상은 인간 행동이기 때문이다. 나일 강의 발원지를 찾다가 빅토리아 호수를 발견한 스피크나, 탕가니카 호수를 발견한 버턴이야 악어와 급류, 체체파리나 상대하면 그만이었지. 셋째로, 우리는 강이 어떻게 움직이는지 안다. 내리막으로 흐른다든가 하는 규칙 말이다. 반면에 유행은 느닷없이, 아무 그럴싸한 이유도 없이 활짝 피어나는 것처럼 보인다. 번지점프의 경우를 보라. 라바램프는 또 어떻고.

과학적인 발견도 마찬가지다. 사람들은 과학이 합리적이고 이성적으로, 가설에서 실험을 거쳐 결론까지 차근차근 단계를 밟는다고 생각하기를 좋아한다. 작년에 니브니츠 연구비를 받은 친 박사는 이렇게 썼다. "과학적인 발견 과정이란 실험을 통해 논리적으로 관찰을 확장하는 것입니다."

거짓말도 이런 거짓말이 또 있을까. 사실 그 과정은 여느 인간의 노력과 똑같다. 지저분하고, 계획성 없고, 엉뚱한 방향으로 튀고, 운에 크게 좌우된다. 연구실 창문 안을 떠돌던 포자가 배양균을 오염시키는 바람에 페니실린을 발견한 알렉산더 플레밍의 예를 보라.

아니면 뢴트겐은 어떤가. 뢴트겐은 검은색 마분지에 싼 음극선관으로 실험을 하다가 연구실 반대편에 번득이는 빛을 보았다. 시안화 백금산 바륨을 바른 종이가 빛을 발하고 있었다. 음극선관은 마분지로 차단되어 있었는데도 말이다. 호기심을 느낀 뢴트겐은 음극선관과 스크린 사이에 손을 끼워 넣었다. 그리고 손뼈 그림자를 보았다.

개구리의 신경계를 연구하다가 전류를 발견한 갈바니를 보라. 그도 아니면 메시에를. 성운을 발견했을 때 메시에는 성운이 아니라 혜성을 찾고 있었다. 성운을 모두 성도에 기록했던 것도 귀찮은 방해물을 제거하려는 노력에서 한 일이었다.

그중 어떤 사례를 들어도 친 박사가 니브니츠 연구기금 백만 달러를 받을 자격이 줄어들지는 않는다. 무엇인가를 하기 위해 꼭 작동 원리를 이해할 필요는 없다. 운전이 그렇고, 유행이 시작되는 일이 그렇고, 사랑에 빠지는 일이 그렇다.

내가 무슨 이야기를 하고 있었지? 아, 그렇지, 과학적인 발견은 어떻게 나오는가. 보통 과학적인 발견에 이르는 사건들의 연쇄 과정은, 유행에 이르는 사건들과 마찬가지로 따라갈 수 없을 만큼 복잡하고 혼란스러운 경로를 따른다. 그러나 딱 한 가지 발견만은 어떻게 시작되었고, 누가 시작했는지 내가 정확히 알고 있다.

10월이었다. 두 번째 월요일. 오전 9시. 나는 하이텍의 통계연구실에서 단발머리에 대한 발췌기사가 담긴 상자와 씨름하고 있었다. 그렇지 참, 내 이름은 샌드라 포스터, 하이텍의 연구개발부에서 일한다. 나는 단발머리 유행의 시작점까지 터벅터벅 거슬러 올라가면서 도대체 무엇 때문에 미국의 여성 모두가 갑자기 사회 압력과, 위협하는 설교와 4천 년의 장발 전통을 무릅

쓰고 자신들의 '최고의 영광'을 싹둑 잘라버렸는지 찾아내려고 애쓰며 누렇게 바랜 신문과 1920년대 '새터데이 이브닝 포스트'와 '딜리니에이터' 잡지를 뒤지느라 주말을 다 보낸 참이었다.

나는 끝도 없는 뉴스 기사며, 강조 표시한 참고 문헌이며, 잡지 기사, 광고들을 잘라내어 날짜를 적고, 범주별로 정리했다. 쓰던 스테이플러는 플립이 훔쳐가 버렸고 종이 클립은 떨어졌는데 데지데라타가 종이 클립을 더 찾아주지도 못했기에, 나는 그 모든 스크랩을 순서대로 상자 안에 쌓아둘 수밖에 없었고, 이제 그 상태로 내 연구실로 옮기려고 애쓰고 있었다.

상자는 무거웠고, 슈퍼마켓에서 쓰는 종이봉투와 같은 제조회사의 물건이었기에, 내가 잠긴 문을 열기 위해 연구실 바로 밖에 털썩 내려놓자 한쪽이 쭉 찢어지고 말았다. 내가 스크랩 더미를 올려놓으려고 반쯤은 상자와 드잡이질을 하고, 반쯤은 끌면서 연구실 테이블 옆으로 갔을 때 한쪽이 통째로 무너지기 시작했다.

다시 밀어 넣기 전에 상자에서 잡지 페이지와 신문 기사가 눈사태처럼 쏟아져 나오기 시작했고, 쏟아지는 스크랩 더미를 잡는데 플립이 문을 열더니 넌더리가 난다는 얼굴로 몸을 구부리고 들어왔다. 플립은 검은색 립스틱을 바르고, 검은색 홀터와 엄청 작은 검은색 가죽 스커트를 입었고 내 것과 비슷하게 커다란 상자를 하나 들고 있었다.

"난 소포나 배달하는 사람이 아니에요. 자기 소포는 우편실에서 가져와야죠."

"소포가 온 줄은 몰랐는데요." 나는 한쪽 손으로 상자를 잡고 반대쪽 손은 연구실 테이블 한가운데에 놓인 강력 접착테이프를 잡으려고 내밀면서 말했다. "그냥 어딘가에 내려놔요."

플립은 눈을 굴렸다. "소포가 왔다는 공지를 받게 되어 있잖아요."

그렇지, 그리고 그 공지는 당신이 가져오기로 되어 있지. 그래서 내가 못 받은 거고. 나는 그렇게 생각하며 말했다. "저 테이프 좀 집어줄 수 있어요?"

"여기 고용인들은 부서 간 연락 보조원들에게 사사로운 심부름을 시키거나 커피를 타달라고 하면 안 되는 거예요." 플립이 말했다.

"테이프 좀 건네달라는 건 사사로운 심부름이 아닌데요." 내가 말했다.

플립은 한숨을 내쉬고 머리채를 뒤로 젖혔다. "난 부서 간 우편물을 배달해야 해요." 플립은 지난주에 머리를 박박 밀었는데, 혹사당하는 기분이 들 때 뒤로 젖히기 위한 용도로 앞머리를 따라 한쪽 옆으로만 길게 한 타래를 남겨두었다.

플립은 전임자인 데지데라타를 해고하려고 노력했던 나에게 내려진 징벌이었다. 데지데라타는 생각 없고, 멍청하고, 자주성이라고는 조금도 없었다. 우편물은 잘못 배달했고, 메시지는 잘못 적었고, 자유 시간은 끝이 갈라진 머리카락을 검사하는 데다 보냈다. 두 달이라는 시간과 내가 정부지원금을 잃는 결과를 낳은 엉뚱한 전화 한 통을 겪은 후, 나는 관리부에 가서 데지데라타를 해고하고 누구든 다른 사람을 고용하라고 요구했다. 누구라도 데지데라타보다 더 나쁠 수는 없다는 가정에서였다. 내가정은 틀렸다.

관리부는 데지데라타를 자재부로 옮기고(지금까지 하이텍은 과학자들을 빼면 아무도 해고한 적이 없고, 예외에 속하는 우리 과학자들도 해고 통지서를 받는 일은 없었다. 그저 연구비 부족으로 프로젝트가 취소될 뿐이었다) 플립을 고용했는데, 플립은 코걸이를 하고 흰올빼미 문신을 새겼으며, 무슨 일이든 해달라고 하기만 하면 한숨을 내쉬고 눈을 굴리는 습관이 있었다. 다음에는 어떤 사람이 고용될지 장담할 수 없었다.

플립은 큰 소리로 한숨을 내쉬었다. "이 소포 진짜 무겁거든요."

"그럼 내려놔요." 나는 테이프를 집으려고 팔을 뻗으면서 말했다. 아슬아슬하게 손이 닿지 않았다. 나는 상자 옆을 잡은 손을 위로 올리면서 연구실 테이블 위로 몸을 더 기울였다. 손가락 끝이 테이프를 건드렸다.

"깨질 수 있대요." 플립이 내 쪽으로 다가오더니, 소포 상자를 떨어뜨렸다. 나는 두 손으로 그 상자를 받았다. 소포 상자는 테이블 위에 내려앉았고, 내 상자 옆면은 무너져서 스크랩 종이가 바닥에 다 쏟아져 내렸다.

"다음에는 직접 받으러 가야 할 거예요." 플립은 스크랩 종이 위를 걸어서 문으로 향했다.

나는 혹시 깨진 소리가 날까 싶어 소포 상자를 흔들었다. 아무 소리도 나지 않았고, 상자 윗면을 보니 '취급주의' 표시 따위는 보이지 않았다. '부패주의'라는 표시가 있었다. 게다가 '알리시아 턴불 박사 앞'이라고도 적혀 있었다.

"이건 내 소포가 아닌데요." 그러나 플립은 이미 문밖으로 나간 후였다. 나는 스크랩 종이의 바다를 헤치고 나가서 플립에게 외쳤다. "이건 내 소포가 아니에요. 생물학부의 턴불 박사 소포지."

플립은 한숨을 내쉬었다.

"턴불 박사에게 갖다 줘야죠, 플립."

플립은 눈을 굴리더니, 머리채를 젖히면서 말했다. "우선 나머지 부서 간 우편물부터 전달해야 하거든요." 플립은 그 '부서 간 우편물' 두 통을 복도에 떨어뜨리면서 어슬렁어슬렁 걸어갔다.

"우편물 전달이 끝나는 대로 꼭 다시 와서 가져가요." 나는 복도를 걸어가는 플립의 등 뒤에 대고 외쳤다. "이거 부패주의라고요." 나는 소리를 지르고 나서야 '반쯤 문맹'이 최근 유행이고, '부패주의'는 어려운 단어라는 사실을 기억했다. "상하는 물건이라는 뜻이에요."

박박 깎은 플립의 머리통은 뒤를 돌아보지도 않았지만, 그녀가 복도를 반쯤 지나가자 문 하나가 열리면서 지나가 몸을 내밀었다. "이번엔 무슨 짓을 했어?" 지나가 물었다.

"이젠 접착테이프를 집어주는 것도 사사로운 심부름이래." 내가 말했다.

지나가 복도를 걸어왔다. "이건 받았어?" 지나는 파란색 안내지를 내밀었다. 회의 공고였다. 수요일, 구내식당, 연구개발직을 포함한 모든 하이텍 직원. "플립이 연구실마다 전했어야 하는데."

"무슨 회의야?"

"관리부가 또 어디 세미나에 갔다 왔나 봐. 감성 훈련, 새로운 알파벳 약자 표어, 그리고 더 많은 서류 작업이 온다는 뜻이지. 난 병가라도 낼까 봐. 브리타니의 생일이 2주 후인데, 파티 장식을 준비해야 하거든. 요새 생일 파티에는 뭐가 인기야? 서커스? 서부 시대?"

"파워레인저." 내가 말했다. "부서를 재편성할 가능성도 있을까?" 지난번 세미나에 다녀왔을 때 관리부는 CRAM(Communications Reform Activation Management, 의사소통 개선 활동 관리)의 일환으로 플립의 일자리를 만들었다. 어쩌면 이번에는 부서 간 보조원이라는 자리를 없앨지도 모른다. 그러면 나도 복사를 직접 하고, 전언을 직접 전달하고, 우편물을 직접 가져오는 생활로 돌아갈 수 있겠지. 지금도 모두 내가 하고 있는 일이었다.

지나가 말했다. "파워레인저는 질색이야. 대체 어쩌다가 파워레인저가 이렇게 인기를 얻었는지 설명해 봐."

지나는 연구실로 돌아갔고, 나는 단발머리 연구를 계속하러 돌아갔다. 단발머리가 어떻게 해서 인기를 얻었는지 이해하기는 쉬웠다. 빗과 핀과 퐁파두르 스타일로 견뎌야 할 긴 머리도 없고, 감고 나서 일주일씩 마르기를 기다릴 필요도 없으니 말이다. 1차 세계대전에 복무한 간호사들은 머릿니 때문에 머리를 잘라야 했고, 짧은 머리가 주는 자유로움과 가벼움을 좋아했다. 그리고 당대의 다른 유행과 결합했을 때 얻을 만한 강점도 분명했다…. 자전거 타기와 테니스 말이다.

그런데 왜 1918년에는 그 머리 모양이 유행하지 않았을까? 왜

4년을 더 기다려서 갑자기, 뚜렷한 이유도 없이, 미용실이 쏟아져나오고 머리핀 회사들이 하룻밤 사이에 파산할 정도로 엄청난 히트를 쳤을까? 1921년에 단발머리는 여전히 1면 뉴스를 장식하고 여자들을 해고할 사유가 될 정도로 특이했다. 그런데 1925년에는 갑자기 너무나 흔해져서 모든 졸업 사진과 광고와 잡지 삽화에 짧은 머리가 나왔고, 팔리는 모자라고는 긴 머리에 쓰기에는 너무 아담한 종 모양의 클로슈 모자뿐이었다. 그 사이에 무슨 일이 일어난 걸까? 무엇이 방아쇠를 당겼을까?

나는 스크랩을 다시 정리하면서 남은 하루를 보냈다. 1920년대 잡지 페이지라면 누렇게 바래고 거칠거칠해졌으려니 생각하겠지만, 그렇지가 않았다. 뱀장어처럼 타일 바닥 위를 미끄러졌고, 사방으로 펼쳐지고 겹쳐지고, 뉴스 스크랩과 뒤섞이고 구분이 없어져버렸다. 종이 클립이 떨어져 버리기도 했다.

나는 바닥 위에 종이를 정리했다. 연구실 테이블 하나는 플립이 복사를 하러 가져갔어야 하는데 하지 않은 포그스 게임 관련 스크랩이 가득했고, 다른 테이블에는 지터버그 춤에 관한 자료가 가득했다. 하지만 양쪽 다 내가 필요로 하는 파일 숫자에는 미치지 못하는 데다가, 일부는 겹치기도 했다. 기사 전체가 단발머리를 다룬 경우, 신여성에 대한 기사에 언급만 된 경우, 신랄한 언급, 가벼운 언급, 못마땅해하는 언급, 유머러스한 언급, 충격받고 진저리치는 언급, 광고 안에 들어간 삽화, 중년 여성들의 단발, 아이들의 단발, 노인들의 단발, 날짜별 뉴스, 주별 뉴스, 도시 지역 관련 언급, 시골 지역 관련 언급, 비난하는 언급, 완벽한 수용을 내비치는 언급, 유행이 사그라드는 첫 번째 징조들, 유행이 끝났다는 선언에 이르기까지.

4시 55분쯤에는 연구실 바닥 전체가 종이더미로 뒤덮였고, 플립은 아직도 돌아오지 않았다. 나는 종이더미 사이를 조심스럽게 밟으며 걸어가서 소포 상자를 다시 보았다. 생물학부는 연구단지 반대편이었지만, 다른 도리가 없었다. 상자에는 '부패주의'라고 적혀 있었고, 무책임이 요즈음 제일 인기 있는 유행이라고는 해도 아직 사회 전체를 점령하지는 않았다. 나는 소포 상자를 집어 들고 턴불 박사에게 갖다주려고 나섰다.

엄청나게 무거웠다. 그걸 들고 두 층을 내려가서 복도 네 개를 지났을 무렵에는 무책임이 인기를 끌게 된 이유가 명확해졌다. 그래도 평소에는 들어갈 일이 없는 건물 내부를 보게 되기는 했다. 사실 나는 생물학부가 1층이라는 점만 빼면 정확히 어디에 있는지도 잘 몰랐다. 그래도 올바른 방향으로 향하기는 한 모양이었다. 공기 중에 습기가 감돌았고 희미하게 동물원 냄새가 났다. 나는 들려오는 소리를 따라 계단을 한 층 더 내려가서 긴 복도에 진입했다. 턴불 박사의 연구실은, 당연하게도 복도 끝이었다.

문이 닫혀 있었다. 나는 팔에 안은 소포 상자를 들어 올리고 문을 두드린 다음에 기다렸다. 답이 없었다. 나는 다시 상자를 추스르고, 벽에 대고 엉덩이로 버티면서 손잡이를 돌려 보았다. 문은 잠겨 있었다.

이 상자를 들고 내 연구실까지 다시 돌아간 후에 냉장고를 찾으려고 애쓰는 일만은 정말 하고 싶지 않았다. 나는 복도를 따라 줄지어 선 문들을 보았다. 모두 닫혀 있었고, 아마 대부분 잠겨 있었겠지만, 왼쪽 가운데에 보이는 문 아래로 빛이 새어 나왔다.

나는 매 순간 점점 더 무거워지는 상자를 고쳐 잡고, 낑낑대며 그 빛 쪽으로 가서 문을 두드렸다. 답은 없었지만, 손잡이를 돌려보자 문이 열리면서 비디오카메라와 컴퓨터 장비와 열린 상자들과 질질 끌리는 전선들로 이루어진 정글이 나왔다.

"여보세요. 여기 누구 있나요?"

숨죽인 꿍 소리가 났고, 나는 그것이 동물원에 갇힌 뭔가의 소리가 아니기를 빌었다. 나는 문에 붙은 명패를 흘긋 보았다. "오라일리 박사님?"

"네?" 난로처럼 보이는 물건 밑에서 남자 목소리가 나왔다.

그 물건 옆으로 돌아가 보니 아래로 갈색 코르덴 바지 다리두 개가 삐져나와 있었고, 주위에는 공구가 흩어져 있었다. 나는 그 다리에 대고 말했다. "턴불 박사님에게 온 소포를 가져왔는데요, 사무실에 안 계시네요. 대신 맡아주실 수 있나요?"

"그냥 내려놔요." 짜증난 목소리로 그가 말했다.

나는 비디오 장비와 철망 고리에 뒤덮이지 않은 자리를 찾아주위를 두리번거렸다.

"장비 위는 안돼요." 다리가 날카롭게 말했다. "바닥에요. 조심해서."

나는 밧줄 하나와 모뎀 두 개를 밀어내고 상자를 내려놓았다. 그리고 다리 옆에 쪼그리고 앉아서 말했다. "부패주의라는 표시가 붙어 있거든요. 냉장고 안에 넣으셔야 해요."

"알았어요." 그는 날카롭게 대꾸했다. 구깃구깃한 하얀 소매에 주근깨투성이 팔이 나타나더니, 소포 상자 주위 바닥을 두드렸다.

그 남자의 손이 닿지 않는 거리에 접착테이프가 놓여 있었다. "테이프요?" 나는 테이프를 그 손에 쥐여주며 말했다.

남자 손이 테이프를 잡더니 그 자리에 가만히 있었다.

"테이프를 찾는 게 아니었나요?" 나는 달리 뭘 찾으려고 했을까 주위를 둘러보았다. "펜치? 십자드라이버?"

다리와 팔이 난로 밑으로 사라지더니, 머리가 하나 튀어나왔다. "죄송합니다." 얼굴에도 주근깨가 있었고, 두꺼운 검은색 뿔테 안경을 쓰고 있었다. "그 우편 배달원인 줄 알았어요."

"플립 말이죠. 아니에요. 플립이 실수로 그 상자를 제 연구실에 전달했어요."

"알만하네요." 그는 난로 밑에서 몸을 끌어내어 일어서더니 먼지를 털면서 말했다. "정말 죄송합니다. 보통은 물건을 전달하는 분들에게 그렇게 무례하게 굴지 않는데 말이죠. 그 플립이…."

"알아요." 나는 공감하며 고개를 끄덕였다.

그는 밝은 모래색 머리를 손으로 쓸었다. "지난번에 저에게 상자를 하나 배달했을 때는 그걸 모니터 위에 올려놓았는데, 그게 떨어지는 바람에 비디오카메라 하나를 망가뜨렸어요."

"플립답네요." 나는 그렇게 대꾸했지만, 제대로 듣고 있지는 않았다. 나는 그 남자를 빤히 보고 있었다.

나만큼 많은 시간을 유행과 패션을 분석하는 데 보내면, 첫눈에 상대를 알아차릴 수 있게 된다. 생태주의 히피구나, 조깅하는 사람이구나, 월스트리트에서 일하는 경영학 석사구나, 도시의 테러리스트구나 등등. 이 사람은 그중 어디에도 속하지 않았다. 그는 내 나이 또래였고 키도 나와 비슷했다. 실험복을 걸치고, 어찌나 자주 빨았는지 무릎에 댄 천이 다 해진 코르덴 바지를 입었다. 빨다가 줄어들기도 해서 발목 위로 반쯤 올라왔고, 단을 내린 자리에 희미한 선까지 남은 바지였다.

여기에 두꺼운 뿔테 안경까지 합쳐졌으니 과학에 미친 괴짜쯤으로 보여야 마땅했는데, 그렇지가 않았다. 우선 주근깨가 있었다. 게다가 발가락에 구멍이 나고 솔기가 뜯어진, 한때는 흰색이었을 캔버스 운동화를 신었다. 과학 괴짜들은 검은 신발에 하얀 양말을 신는다. 얼룩 방지용 주머니도 달고 있어야 마땅한데, 이 사람은 그렇지 않았다. 실험복 가슴 앞주머니에는 볼펜 잉크 자국 두 개와 매직 마커 자국이 나 있었고, 옷 바깥에 덧붙인 호주머니 하나는 바닥이 뜯어졌다. 그리고 또 무엇인가 딱 집어낼 수는 없지만, 도저히 이 남자를 분류할 수 없게 만드는 무엇인가가 더 있었다.

나는 눈을 가늘게 뜨고 그게 무엇인지 알아내려고 애썼다. 너무 오래 그러고 있었는지 그가 호기심 어린 눈으로 나를 보았다. 나는 황급히 말했다. "소포를 턴불 박사님 사무실로 들고 갔는데, 안 계시더라고요."

"오늘 연구비 회의가 있었거든요. 턴불 박사는 연구비를 잘 따내죠."

"이 시대 과학자에게 제일 중요한 자질이네요."

"그러게요." 그는 쓸쓸하게 웃었다. "저도 그런 자질이 있었으면 좋았을 텐데."

"전 샌드라 포스터예요." 나는 손을 내밀면서 말했다. "사회학자죠."

그는 코르덴 바지에 손을 닦고 내 손을 잡아 흔들었다. "베넷 오라일리입니다."

그것도 이상했다. 그는 내 나이 또래였다. 그러니 이름이 맷 아니면 마이크, 그도 아니면 참으로 끔찍하지만 트로이여야 마땅했다. 그런데 베넷이라니.

나는 또 그를 빤히 쳐다보다가 말했다. "그리고 생물학자시고요?"

"혼돈 이론 쪽입니다."

"혼돈인데 이론이라니, 그건 모순어법 아닌가요?" 내가 말했다.

그는 씩 웃었다. "제 방식 자체도 그렇죠. 제 프로젝트가 연구비를 잃고, 제가 하이텍에 일하러 오게 된 것도 그래서예요."

어쩌면 그 점이 그의 기묘함을 설명해주는지도 몰랐다. 요새 혼돈 이론 학자들은 코르덴 바지를 입고 캔버스 운동화를 신는지도 몰랐다. 아니다. 화학부의 애플게이트 박사도 혼돈 이론 쪽이었는데, 연구개발부의 누구나와 비슷하게 입었다. 체크무늬 면혼방 셔츠에 야구 모자, 청바지, 나이키 운동화 차림 말이다.

그리고 하이텍에서 일하는 사람들은 거의 다 자기 분야에서 벗어난 연구를 한다. 과학에도 다른 모든 것과 마찬가지로 유행과 열풍이 있다. 초끈 이론, 우생학, 최면술 등등. 혼돈 이론은 몇 년 동안 유타 주가 지원한 상온 핵융합의 열풍에도 불구하고…, 또는 그것 때문에 대유행이었지만, 둘 다 유전공학에 자리를 내어준 뒤였다. 베넷 박사가 지원금을 원한다면, 혼돈을 포기하고 더 뛰어난 쥐를 설계해야 할 터였다.

그는 상자 위로 몸을 굽혔다. "저한테는 냉장고가 없습니다. 베란다 밖에 내놔야겠네요." 그는 상자를 들어 올리면서 살짝 끙 소리를 냈다. "세상에, 무겁네요. 플립이 여기까지 들고 내려오기 싫어서 일부러 그 쪽에게 배달했을지도 모르겠어요." 그는 코르덴 바지 무릎에 상자를 받치고 추켜올려 들었다. "흠, 턴불 박사와 플립의 다른 모든 희생자를 대신하여, 고맙습니다." 그는 그렇게 말하고 흩어진 장비들 속으로 향했다.

명확하게 이만 가도 좋다는 대사였고, 연구비 이야기가 나왔으니 말이지만 나에게는 아직도 집에 가기 전에 정리 분류해야 할 단발머리 기사 스크랩이 절반이나 남아 있었다. 그러나 나는 아직도 그의 무엇이 이토록 이례적인지 알아내려 애쓰고 있었다. 그래서 나는 미로 속으로 따라 들어갔다.

"이것도 플립 때문인가요?" 나는 두 무더기로 쌓인 상자들 사이를 비집고 들어가며 말했다.

"아닙니다. 새로운 프로젝트를 시작하는 중이에요." 그는 엉킨 끈들 위를 타고 넘었다.

"그게 뭔데요?" 나는 늘어진 플라스틱 그물을 스치고 지나갔다.

"정보 확산 연구요." 그는 문을 열고 베란다로 나갔다. "여기라면 충분히 차갑게 유지가 될 거예요." 그는 상자를 내려놓으며 말했다.

"확실히 그러네요." 나는 쌀쌀한 10월의 바람에 양쪽 팔을 감싸며 말했다. 베란다는 커다란 방목장을 마주하고 있었는데, 사방에 높은 벽을 치고 머리 위에는 철망을 쳐서 둘러막은 방목장이었다. 뒤쪽에 문이 있었다.

베넷 박사가 말했다. "저건 대형 동물 실험에 쓰는 방목장이에요. 밖에 둘 수 있게 7월까지는 원숭이들을 데려오고 싶었는데, 서류 작업이 제 생각보다 오래 걸렸죠."

"원숭이요?"

"이 프로젝트는 짧은꼬리원숭이 한 무리로 정보 확산 패턴을 연구하거든요. 원숭이 한 마리에게 새로운 기술을 가르쳐준 다음, 무리에 퍼지는 과정을 기록하는 거죠. 전 실용주의 대 비실용주의 비율을 연구하고 있어요. 원숭이 한 마리에게, 배우기 위한 능력의 한계점은 낮고 기술의 수준은 다양한 비실용 기술을 가르친 다음…."

"훌라후프처럼 말이죠." 내가 말했다.

그는 상자를 문 바로 밖에 내려놓고 일어섰다. "훌라후프요?"

"훌라후프, 미니 골프, 트위스트. 유행은 모두 배우기 위한 능력 최저치가 낮아야 해요. 스피드 체스가 유행하는 모습을 볼 수 없는 이유가 그래서죠. 펜싱도 그렇고."

그는 두꺼운 안경을 코 위로 밀어 올렸다.

"전 유행에 대한 프로젝트를 돌리고 있거든요. 무엇이 유행을 일으키고, 유행이 어디에서 오는지를요." 내가 말했다.

"어디에서 오나요?"

"전혀 모르겠어요. 그리고 지금 일하러 돌아가지 않으면 영영 모르겠죠." 나는 다시 손을 내밀었다. "만나서 반가웠어요, 베넷 박사님." 나는 미로를 헤치고 돌아가기 시작했다.

그는 나를 따라오면서 생각에 잠겨서 말했다. "원숭이들에게 훌라후프를 가르칠 생각은 못 해봤어요."

나는 여기에 그럴 만한 공간이 있다고는 생각하지 않았다고 말하려고 했지만, 이미 여섯 시가 다 되었고 집에 가기 전에 바닥에 깔아둔 종이더미를 걷어서 파일 폴더에 집어넣기라도 해야 했다.

나는 베넷 박사에게 작별 인사를 하고 사회학부로 올라갔다. 복도에 플립이 가죽 스커트 엉덩이께에 손을 올리고 서 있었다.

"다시 왔더니 나가고 없더군요." 플립은 마치 내가 자기를 흐르는 모래 구덩이에 빠뜨리고 갔다는 듯이 말했다.

"생물학부에 내려갔었어요." 내가 말했다.

"인사부에서 여기까지 돌아와야 했단 말이에요." 플립은 머리채를 넘기면서 말했다. "나보고 다시 오라고 했잖아요."

"당신을 기다리다가 포기하고 내가 직접 소포를 전달했어요." 나는 그녀가 항의하면서 우편물 전달은 자기 일이라고 말하기를 기다렸다. 하지만 내가 어리석었다. 그런 말은 플립이 실제로 무엇인가에 책임이 있다는 사실을 인정하는 의미가 되었을 것이다.

"그 소포를 찾느라 박사님 사무실을 다 살펴봤어요." 플립은 자신의 고결함을 자랑하며 말했다. "기다리는 동안 바닥에 버려둔 종이는 다 집어서 쓰레기통에 버렸고요."

오래된 골동품 상점

The Old Curiosity Shop

1840년 ~ 1841년

———

가게에서 쫓겨나서 잉글랜드 전역을 방랑하게 된 어린 소녀와 불운한 할아버지가 나오는 디킨스 소설. 이 연재소설을 보는 것이 유행이었던 당시 관심이 얼마나 대단했던지 미국 사람들은 잉글랜드에서부터 다음 연재분을 싣고 오는 배를 기다리느라 부두에 몰려들었고, 그 배가 정박하기를 기다리지 못해 배에 탄 승객들에게 "어린 넬은 죽었어요?"라고 묻기도 했다. 넬은 죽었고, 그 죽음은 온갖 나이와 성별, 다양한 강인함을 지닌 독자들을 고통스러운 슬픔에 밀어 넣었다. 서부의 카우보이와 광부들이 마지막 장을 보고 대놓고 흐느꼈고, 아일랜드 출신의 국회의원들은 열차 밖으로 책을 집어 던지고 울음을 터뜨렸다.

템스 강의 발원지는 수원(水源)처럼 보이지 않는다. 그보다는 목초지처럼 보이는데, 심지어 질척거리는 목초지도 아니다. 수생 식물은 단 한 그루도 자라지 않는다. 돌이 가득 찬 오래된 우물마저 없다면 그 위치를 찾아내기조차 불가능할 것이다. 돌에 관심이 없는 소들은 수원지 주위를 어슬렁거리고 지나다니면서 미나리아재비와 야생 당근을 뜯어 먹을 뿐, 발밑에서 뭔가 의미 있는 일이 시작되고 있다는 사실은 눈치채지 못한다.

과학은 그보다 더 불확실하다. 과학은 떨어지는 사과 한 알, 끓는 찻주전자로 시작된다. 긴 주말을 보내러 나가기 전에 마지막으로 실험실을 둘러보던 알렉산더 플레밍은 반쯤 열린 창문, 패딩턴 역에서 흘러드는 검댕 섞인 공기에서 어떤 특별한 의미도 보지 못했으리라. 기록을 모으고, 비서에게 아무것도 건드리지 말라고 말하고, 문을 잠글 준비를 하면서 그는 배양 접시 하나의 뚜껑이 옆으로 살짝 미끄러져 열려 있음을 알아차리지 못했을 것이다. 그의 마음은 이미 휴가에, 그리고 집에 가는 길에 해야 할 심부름에 가 있었을 것이다.

나 역시 그랬다. 나는 오직 플립이 사려 깊게도 쓰레기통에 넣기 전에 모든 스크랩 종이를 구겨서 뭉쳐 놓았고 오늘 밤에 그 종이들을 다 펼 방법은 없다는 점만을 의식하고 있었으며, 과학적인 발견으로 이어지게 될 일련의 사건 중 첫 번째 사건에 대해서 전혀 의식하지 못했을 뿐 아니라, 두 번째 사건도 놓치고 지나가기 직전이었다. 세 번째 사건까지.

나는 쓰레기통을 지터버그 연구 자료가 쌓인 테이블 위에 올려놓고, 테이프로 뚜껑을 봉하고, '건드리지 마시오. 당신, 플립

말이야'라고 적은 종이를 붙여 놓은 다음, 차를 타러 나갔다. 그리고 주차장까지 반쯤 나가다가 플립의 읽기 능력을 생각하고, 쓰레기통을 가지고 나가려고 방향을 돌려 사무실로 돌아갔다.

문을 열었더니, 전화기가 울리고 있었다. "안녕." 수화기를 들자 빌리 레이가 말했다. "내가 어디 있나 맞춰봐."

"와이오밍?" 나는 말했다. 빌리 레이는 내가 라인댄스를 연구하던 시절에 와이오밍 주 래러미에서 알게된 목장주였다.

"몬태나야. 로지그래스와 빌링스 사이." 그렇다면 휴대전화기로 전화를 걸고 있다는 뜻이었다. "타아기 종을 보러 가는 길이지. 요새 제일 잘 나가는 품종이거든."

나는 '타아기'도 소의 종류겠거니 생각했다. 내가 라인댄스를 연구하던 시절에 제일 잘 나가는 품종은 애버딘 롱혼이었다. 빌리 레이는 정말 좋은 남자였고 서부 시골 지역의 유행을 알려주는 걸어 다니는 요약서이기도 했다. 일석이조였다.

"이번 토요일에 덴버에 갈 거야." 그는 휴대전화기가 통신영역을 벗어나기 시작했음을 알리는 뚝뚝 끊기는 소리 사이로 말했다. "목장의 컴퓨터화에 대한 세미나에 참석하려고." 나는 하릴없이 그 세미나는 뭐라고 부를까 생각했다. 컴퓨터화 운영 논쟁(Computerized Operational Wrangling)의 머리글자를 따서 'COW'라고 부른다거나?

"그래서 저녁이나 같이할 수 있을까 하고. 볼더에 새로운 대초원 식당이 생겼다던데."

대초원 식당은 외식계의 최신 유행이었다. "미안." 나는 연구실 테이블 위에 놓인 쓰레기통을 보면서 말했다. "차질이 좀 있었어. 이번 주말에는 일을 해야 해."

"당신도 전부 다 컴퓨터에 때려 넣고 그게 일하게 해야 해. 난 목장 전체를 컴퓨터 안에 넣었다고."

"그러게." 나는 그렇게 간단하다면 얼마나 좋을까 생각하며 말했다.

"텍스트 스캐너를 마련해." 빌리 레이는 잡음이 더 심해지는 가운데 말했다. "그렇게 하면 타이핑을 할 필요도 없지."

나는 텍스트 스캐너가 구겨진 종이도 읽을 수 있을까 궁금했다.

징징거리던 잡음이 치직거리는 소리로 변했다. "음, 그러면 다음에." 그는 대충 이렇게 말하더니, 휴대용 무의식 상태에 빠져들었다.

나는 휴대용이 아닌 내 전화기를 내려놓고 쓰레기통을 집어 들었다. 그 밑에, 이틀 전에 반납했어야 할 도서관 책들이 지터버그 연구 자료 사이에 반쯤 묻혀 있었다. 나는 그 책들을 쓰레기통 위에 이리저리 붙인 테이프 위에 올렸고, 테이프가 버텨주자 그대로 들고 자동차로 가서 도서관으로 차를 몰았다.

나는 근무시간에 유행을 연구했고, 그 유행 중 많은 수는 그야말로 혐오스러웠기에, 일과 후에는 내가 보고 싶은 유행을 북돋는 데 의무감을 느꼈다. 차선을 바꾸기 전에는 신호를 보낸다든가, 초콜릿 치즈케이크라든가, 독서라든가.

게다가, 도서관은 베스트셀러와 도서관 운영 유행을 관찰하기 좋은 장소다. 사서의 의상에 대해서도.

"이번 주 예약 목록에는 무슨 책이 있어요, 로레인?" 나는 데

스크에 앉은 사서에게 물었다. 로레인은 '젓나게 멋진'이라고 적힌 흑백 얼룩무늬 스웨트셔츠를 입고, 흑백의 홀스턴 젖소 귀걸이를 달고 있었다.

"'운명에 이끌려'. 아직도요. 예약 목록이 길어요. 어디 보자….." 로레인은 컴퓨터 화면을 보고 손으로 헤아렸다. "다섯 번째네요. 원래는 여섯 번째였는데, 록스베리 부인이 예약을 취소했어요."

"정말요?" 나는 흥미를 느꼈다. 책 유행은 보통 속편이 나올 때까지는 사그라들지 않는다. 그 시점이 되어야 독자들도 자기들이 당했음을 깨닫기 때문이다. '러브 스토리'의 속편 '올리버 스토리'와 '매디슨 카운터의 다리'에 이은 '시더벤드에서 느린 왈츠를'을 보라. '바람과 함께 사라지다' 유행이 거의 6년 가까이 이어지고, 그 결과로 레트 혹은 더 나쁜 경우에는 애쉴리라는 이름으로 살게 된 불행한 어린 소년이 수천 명이나 생긴 이유도 속편이 없었기 때문이다. 마거릿 미첼이 '타라벤드에서 느린 왈츠를' 같은 책을 냈다면 다 끝났을 것이다. 말이 나온 김에 말인데, '스칼렛' 출간 이후 '바람과 함께 사라지다'의 인기가 떨어졌는지 확인해봐야 했다.

"'운명에 이끌려'에 대해서는 희망을 갖지 말아요." 로레인이 말했다. "록스베리 부인이 예약을 취소한 건 더 기다릴 수가 없어서 책을 샀기 때문이에요." 그녀는 고개를 저었고, 그러자 암소 귀걸이가 앞뒤로 흔들렸다. "사람들이 그 책에서 뭘 보는 건지 몰라요."

그야 그렇지. 정말이지 1890년대 사람들은 '소공자'에서 무엇을 보았을까? 영국의 귀족가를 상속한 긴 곱슬머리 소년이 나오는, 프랜시스 호지슨 버넷의 속이 느글거릴 정도로 달콤한 동화에서? 그게 무엇이었든 간에, 그 덕분에 소설은 베스트셀러가 되고 연극으로도 인기를 누렸으며 메리 픽포드(그녀에게는 이미 긴 곱슬머리가 있었으니) 주연의 영화로도 만들어졌고, 벨벳 정장 스타일을 선도했으며, 어머니들에게 레이스 옷깃과 머리 말기를 당하고 세드릭이라는 이름이 붙는 바람에 차라리 애쉴리라는 이름을 기뻐하는 지경에까지 이른, 한 세대 어린 소년들의 골칫거리가 되었다.

"예약 목록에 또 뭐가 있나요?"

"존 그리샴 신작, 스티븐 킹 신작, '위에서 본 천사들', '천사의 날개에 스쳐', '제3종 천국 조우', '당신 곁의 천사들', '어디에나 천사, 천사들', '당신의 수호천사가 일하게 하라', 그리고 '회의실의 천사들'이에요."

중요한 책은 없었다. 그리샴과 스티븐 킹 신작은 그냥 베스트셀러였고, 천사는 유행한 지 거의 1년이 넘었다.

"어느 책 예약 목록에 넣어줄까요?" 로레인이 물었다. "'회의실의 천사들'은 훌륭해요."

"고맙지만 사양할게요. 새로운 건 없단 말이죠?"

로레인은 얼굴을 찌푸렸다. "뭔가 있었던 것 같은데…." 그녀는 컴퓨터 화면을 확인했다. "영화 '작은 아씨들'의 소설화?… 그건 아니었는데."

나는 고맙다고 인사하고 서가로 향했다. 먼저 F. 스콧 피츠제럴드의 '버니스 단발머리를 하다'와, 언제나 "무엇이 유행을 일으키는가?" 라든가 "내가 무슨 짓을 했기에 플립을 감수해야 하나?" 같은 어려운 문제보다 훨씬 단순하고 풀기 쉬운 "살인자는 어떻게 잠긴 방 안에 들어갔는가?" 같은 문제를 다루는 추리소설 몇 권을 집어 들고 나서 800번대 서가로 갔다.

최근 도서관 운영의 고약한 유행 하나는 도서관들이 "후원자들의 요구에 맞춰야 한다"는 개념이다. 이는 '매디슨 카운티의 다리'와 대니얼 스틸 작품은 수십 권씩 두고, 서가 자리는 언제나 부족해서, 사서들이 최근에 대출된 적이 없는 책들을 숙청하게 된다는 뜻이다.

"왜 디킨스 책을 버리는 거죠?" 나는 작년 도서관 책 판매전에서 로레인에게 '황폐한 집'을 휘두르며 그렇게 물었다. "디킨스를 버릴 순 없어요."

"아무도 대출을 안 해갔어요. 1년 동안 아무도 빌려 가지 않으면, 서가에서 빼내야 해요." 그날 로레인은 '테디베어는 영원히'라고 적힌 스웨트셔츠를 입고, 보풀보풀한 테디베어 귀걸이를 달고 있었다. "아무도 읽지 않는다는 뜻이니까요."

"그리고 대출해갈 수가 없으면 앞으로도 아무도 읽지 않겠죠. '황폐한 집'은 훌륭한 책이라고요."

"그렇다면 이번에 사시면 되겠네요."

글쎄, 이것 또한 다른 것과 비슷한 유행이었고, 사회학자로서 나는 흥미를 느끼고 이 현상을 기록하고 그 기원을 규명하려 해야 마땅했다. 나는 그러지 않았다. 그 대신 책들을 대출하기 시작했다. 정말 좋아하는 까닭에, 집에 있으므로 대출한 적이 없었던 작품들, 그리고 모든 고전 작품들, 그리고 현재의 감상주

의와 싸구려 유행이 끝나고 나면 누군가가 읽고 싶어 할지도 모르는 낡은 헝겊 표지의 책들 모두를 말이다.

그날 나는 오늘의 사건을 기념하여 '잘못된 상자'를, 그리고 커다란 물건 아래 삐져나온 베넷 박사의 다리를 먼저 본 기념으로 '오즈의 마법사'를 빌리기로 하고 작가 이름이 베넷인 책을 찾아서 B 항목으로 건너갔다. 아놀드 베넷의 '늙은 아내들의 이야기'는 없었는데(이미 책 판매대에 나갔을지도 몰랐다), 베켓 바로 옆에 버틀러의 '모든 육신이 가는 길'이 꽂혀 있는 것으로 보아 '늙은 아내들의 이야기'도 그냥 엉뚱한 곳에 꽂혀있을 성 싶었다.

나는 뭔가 두툼하고, 헝겊 표지에 싸였고, 건드린 티가 나지 않는 책을 찾아서 책꽂이를 배회하기 시작했다. 보르헤스가 있었고, '폭풍의 언덕'이 나왔는데 올해 한 번 대출한 책이었다. 루퍼트 브룩이 나오고, 로버트 브라우닝이 나왔다. 전집본이었다. 아놀드 베넷의 작품은 아니었지만, 브라우닝의 책도 헝겊 표지에 뚱뚱했으며, 아직도 옛날식 대출 카드 주머니가 달려 있었다. 나는 그 책과 보르헤스를 집어 들고 대출대로 갔다.

"예약 목록에 또 무슨 책이 있었는지 기억났어요." 로레인이 말했다. "새 책이에요. '요정 안내서'요."

"뭐죠, 어린이 책인가요?"

"아니요." 로레인은 예약 서가에서 그 책을 뽑아들었다. "우리 일상 속에 존재하는 요정들에 대한 책이에요."

그녀는 그 책을 나에게 건넸다. 표지에는 컴퓨터 뒤에서 빼꼼히 고개를 내민 요정 그림이 그려져 있었고, 책 유행의 기준 하나에 들어맞았다. 내용이 80쪽밖에 되지 않았다. '매디슨 카운티의 다리'는 192쪽이었고, '갈매기의 꿈'은 93쪽, 그리고 1934년에 엄청난 열풍을 일으켰던 '굿바이 미스터 칩스'는 84쪽밖에 되지 않았다.

쓸데없는 책이기도 했다. 챕터 제목이 '당신 안의 요정과 어떻게 접촉할까', '요정들은 어떻게 우리가 기업 세계에서 성공하도록 도울 수 있는가', 그리고 '믿지 않는 이들에게 관심을 기울이지 말아야 하는 이유'였다.

"저도 대기 목록에 올려주시면 좋겠네요." 나는 말하고 브라우닝의 책을 건넸다.

"이 책은 거의 1년 동안 대출이 없었는데요." 로레인이 말했다.

"정말요? 흠, 이제는 대출됐네요." 나는 말하고 보르헤스, 브라우닝, 그리고 바움의 작품을 받아들고 '어스 머더'에서 저녁을 먹으려고 나갔다.

Jean Hennecart, Rudolph of Norway, c. 1468-70, Wikimedia Commons

폴렌느

Poulaines

1350년 ~ 1480년

부드러운 가죽, 또는 천으로 만든 끝이 가늘고 긴 신발. 폴란드에서 비롯되었다고도 하고(그래서 이름이 폴렌느다. 영국에서는 폴란드의 수도 크라카우를 따서 크렉코우라고 불렀다), 좀 더 논리적인 설명으로는 십자군이 중동에서 가지고 돌아와서 유럽 궁정에 열풍을 일으켰다고 한다. 뾰족한 발가락 부분은 점점 정교해져서 이끼를 채우고 사자 발톱이나 독수리 부리 모양을 흉내 냈으며, 갈수록 길어져서 걷거나 무릎을 꿇기가 불가능한 수준까지 발전했다. 끄트머리를 치켜세우기 위해 무릎에 금사슬이나 은사슬로 붙들어 매야 할 정도였다. 갑옷으로도 옮겨가면서 폴렌느 유행은 더없이 위험해졌다. 1386년 젬파흐 전투에서 오스트리아 기사들은 길게 늘인 강철 신발 때문에 그 자리에 못 박혀서 검으로 끄트머리를 베어내거나 아니면 그대로 붙잡혀야 했다. 발끝이 네모지고 발목을 묶을 수 있는 오리 부리 형태의 신발이 그 자리를 대신했는데, 이 신발은 시간이 지나자 우스꽝스러울 정도로 넓적해졌다.

'어스 머더'에는 괜찮은 음식과 내가 일 년 내내 주문할 정도로 훌륭한 아이스티가 있었다. 게다가 유행을 연구하기에도 좋은 장소였다. 최신 유행 메뉴(현재는 방목으로 기른 계란까지는 허용하는 채식이 유행이었다)뿐만 아니라, 웨이터도 그랬다. 게다가 바깥에는 온갖 지역정보신문이 다 놓인 스탠드도 있었다.

나는 그 신문들을 모아서 안으로 들어갔다. 문과 입구 통로는 들어가려고 기다리는 사람들로 붐볐다. 아이스티가 유행할 모양이었다. 감옥 스타일로 머리를 깎고, 조깅용 반바지를 입고, 테바 샌들을 신은 웨이트리스가 나를 맞이했다.

이것 역시 다른 유행이었다. 웨이트리스들이 최대한 어려 보이게 입는 것. 아마 계산서를 받고 싶을 때 찾을 수 없게 만들기 위해서인가 보다. "성함과 일행 숫자요?" 웨이트리스가 말했다. 스무 개가 넘는 이름이 적힌 석판을 들고 있었다.

"한 명, 포스터요. 흡연석이든 금연석이든 빠른 쪽으로 앉을게요."

그러자 웨이트리스는 격분한 얼굴이었다. "저희는 흡연석이 없거든요. 담배가 몸에 무슨 짓을 할 수 있는지 모르세요?"

보통은 더 빨리 앉게 해주지, 라고 생각했지만 웨이트리스가 내 이름에 줄이라도 그을 기세였기에 나는 말했다. "담배를 피우지는 않아요. 그저 피우는 사람들과 앉아도 괜찮다는 거지."

"간접흡연도 똑같이 치명적이거든요." 웨이트리스는 그렇게 말하더니 내 이름 옆에 X자를 쳤다. 지옥이 얼어붙은 후에나 앉게 해주겠다는 의미이려나. "부를게요." 웨이트리스는 눈을 굴리며 말했고, 나는 제발 눈 굴리기가 유행이 아니기를 빌었다.

나는 문 옆 벤치에 앉아서 신문을 뒤적이기 시작했다. 동물의 권리에 대한 기사와 문신 제거 광고들이 가득했다. 나는 개인광고란으로 넘어갔다. 개인광고는 요즘의 유행은 아니다. 1980년대 후반에 유행이었고, 많은 유행이 그렇듯이 아예 사라지지 않고 사회에 작지만 영속적인 자리를 잡아 정착했다.

많은 유행이 그렇다. 근거리 무선통신 '시민 밴드'는 몇 달 동안 통신을 시작할 때 쓰는 "브레이커, 브레이커"라는 말이 선전 구호가 되고 모두가 '레드 핫 마마' 같은 통신용 별명을 붙일 정도로 인기가 좋더니, 곧 트럭 운전사와 과속 운전자들만 쓰던 예전으로 돌아갔다. 자전거, 모노폴리, 십자말풀이는 열풍으로 시작해서 주류로 자리를 잡았다. 개인광고는 지역정보신문에 둥지를 틀었다.

하지만 유행 안에도 유행이 있을 수 있고, 개인광고는 자기들만의 유행을 거쳤다. 한동안은 특이한 성행위가 대유행이었다. 지금은 야외 활동이 유행이다.

웨이트리스가 대단히 못마땅한 얼굴로 "일행 한 분, 포스터요." 부르더니 나를 부엌 바로 앞에 놓인 테이블로 안내했다. "저희는 2년 전에 흡연을 금지했거든요." 웨이트리스는 그렇게 말하고 철썩 소리 나게 메뉴를 내려놓았다.

나는 메뉴를 집어 들고 아직도 새싹과 말린 토마토를 넣은 크루아상을 파는지 본 다음, 다시 개인광고란으로 돌아갔다. 조깅은 유행에서 빠져나가고, 산악자전거와 카약이 들어왔다. 그리고 천사가 있었다. 광고 하나에는 '천상의 메신저'라는 제목이 붙었고 또 하나에는 이런 내용이 들어갔다. '당신의 천사들이 나에게 전화하라고 하나요? 내 천사들은 이 광고를 쓰라고 말했답니다.' 믿음이 가지 않는 소리였다.

영혼을 위한 활동도 유행이었고, 영성도, 사선 표시도 유행이었다. 'S/DWF(싱글이거나 이혼한 백인 여성)', '동양/아메리카 원주민/인간적 성숙', 아니면 '즐거움 추구/평생 반려자 가능'… 흠, 그거야 우리 모두 그렇지 않은가?

역시 조깅용 반바지를 입고 테바 샌들을 신은 흥분한 웨이터가 나타났다. 이 남자도 X 표시를 본 모양이었다. 나는 웨이터가 니코틴의 위험에 대해 강의하기 전에 말했다. "새싹 크루아상과 아이스티 하나요."

"이제는 판매하지 않습니다."

"새싹 크루아상을요?"

"아이스티요." 그는 메뉴를 펼치고 오른쪽 페이지를 가리켰다. "음료는 여기 있어요."

정말 그랬다. 한 페이지 전체가 음료였다. 에스프레소, 카푸치노, 카페라떼, 카페모카, 카페 카카오…. 그러나 차 종류는 없었다. "여기 아이스티가 좋았는데요." 내가 말했다.

"이젠 마시는 사람이 없어요." 웨이터가 말했다.

그야 댁들이 메뉴에서 뺐으니까 그렇겠지. 나는 여기에서도 도서관과 같은 원칙을 적용하는 걸까, 그래서 내가 여기에 더 자주 오거나, 올 때마다 한 잔 이상을 주문해서 처형당하지 않게 구했어야 하는 걸까 생각했다. 또한 가책을 느끼기도 했는데, 아무래도 한 가지 유행의 시작점 아니면 새로운 단계의 시작을 놓친 듯해서였다.

에스프레소 유행은 사실 몇 년 동안 계속됐고, 대부분은 그 유행이 시작된 서부 해안과 시애틀에서 이어졌다. 최근에는 많은 유행이 시애틀에서 나왔다. 개러지 밴드, 그런지 룩, 카페라떼까지. 그전에는 유행이 대부분 LA에서 시작되었고, 그 이전에는 뉴욕이었다. 최근에는 볼더가 다음 유행 중심지가 될 징조를 보였지만, 볼더까지 에스프레소가 퍼졌다는 사실은 아마도 유행의 과학 법칙보다는 유행의 최종 결과와 더 관련이 있을 것이다. 그러나 나는 아직도 유행이 시작될 때 가까이에서 지켜보고 방아쇠를 발견할 수 있었으면 좋겠다고 생각했다.

"카페라떼로 할게요." 내가 말했다.

"싱글요, 더블이요?"

"더블이요."

"톨, 숏?"

"톨."

"위에 초콜릿, 아니면 시나몬?"

"초콜릿요."

"약간 달게, 달지 않게?"

베넷 박사에게 유행은 하나같이 배움에 필요한 능력치가 낮아야 한다고 했었는데, 내가 틀렸다.

웨이터는 내가 각설탕을 원하는지 갈색 설탕을 원하는지, 무지방을 원하는지 2퍼센트를 원하는지 등 몇 번의 문답을 더 주고받은 후에 떠났고, 나는 개인광고로 돌아갔다.

늘 그렇듯이 정직은 유행이 아니었다. 남자들은 모두 '키가 크고, 잘생기고, 재정적으로 안전'했고 여자들은 모두 '아름답고, 날씬하고, 섬세'했다. G/B(젊은 여자고 남자고) 모두 '매력적이고, 세련되고, 배려심 있음'이었다. 모두가 '유머 감각이 훌륭'했는데, 이것 역시 그럴 리가 없었다. 모두가 섬세하고, 지적이고, 생태학에 관심을 두고, 낭만적이고, 표현을 잘하는 NS를 구하고 있었다.

NS라. NS가 뭐지? 노르딕 스키? 네이티브 아메리칸 샤머니즘? 내추럴 섹스? 노 섹스? 그리고 여기 NSO도 있었다. 노 섹슈얼 오르가슴인가? 나는 번역표를 보러 돌아갔다. 과연. 비흡연자만(Nonsmoker Only)이라는 뜻이었다.

이런 광고를 내는 풍만하고, 잘생기고, 배려심 넘치는 사람들은 자주 개인광고를 통신판매용 카탈로그와 혼동하는 것 같다. '전 패션 레드 아이템 D2481을 사고 싶어요, 사이즈는 스몰로요'랄까. 이 사람들은 피부색과 모양새도 구체적으로 명시할 때가 많았고, 애완동물은 원하지 않았다. 하지만 비흡연자를 원하는 숫자는 지난번에 세어 보았을 때보다 급격히 늘어난 느낌이었다. 나는 핸드백에서 빨간 펜을 꺼내어 비흡연자 부분에 동그라미를 치기 시작했다.

내 샌드위치와 복잡한 라떼가 도착했을 무렵에는 페이지가 온통 빨간색투성이였다. 나는 샌드위치를 먹고 라떼를 마시며 동그라미를 쳤다.

금연 유행의 시작은 1970년대 후반으로 거슬러 올라가고, 현재까지는 혐오 유행의 전형적인 패턴을 따라오고 있었지만, 나는 혹시 금연 유행이 또 다른, 좀 더 일촉즉발의 단계에 이르기 시작한 걸까 궁금해졌다. 개인광고 하나는 '어떤 인종, 종교, 정

당, 성적 애호도 괜찮음. 흡연자는 안됨'이었고 심지어 마지막
을 굵은 활자로 넣었다.

그리고 '모험심이 강하고, 대담하고, 비흡연자인 모험가여야
함'과 '나: 성공했지만 혼자인 데 질렸음. 당신: 인정 많고, 배려
심 있고, 비흡연에 아이 없는 사람'도 있었다. 그리고 제일 마음
에 든 광고는 이거였다. '다른 드러머의 비트 속으로 행진해 들
어가고, 관습을 무시하며, 금지와 허용 여부에 신경 쓰지 않는
사람을 절실히 찾음. 흡연자는 지원할 필요 없음.'

누군가가 나를 굽어보고 서 있었다. 아마 니코틴 패치를 주고
싶어하는 웨이터겠거니 생각하고 올려다보았다.

"여기 오는 줄은 몰랐네요." 플립이 눈을 굴리면서 말했다.

"나도 당신이 여기 오는 줄은 몰랐는데요." 나는 말했다. 그
리고 이제 알았으니 다시는 이 집에 오지 않겠다고 생각했다. 이
제는 아이스티도 팔지 않으니 더더욱.

"개인광고?" 플립은 내가 어디에 표시했는지 보려고 목을 길
게 빼고 말했다. "절박할 때는 그것도 괜찮죠."

이 여자가 쓰레기통을 비우려던 도중에 들른 걸까, 내가 차를
잠그기는 했던가 하는 생각부터 마구잡이로 드는 걸 보니 내가
절박한 상태이기는 했다.

"난 억지 도움은 필요 없어요. 브린이 있거든요." 플립은 머
리를 박박 밀고, 발목까지 올라오는 부츠를 신고, 코와 눈썹과
아랫입술에는 징을 박은 남자를 가리키며 말했지만, 나는 그 남
자를 쳐다보지 않았다. 나는 쭉 뻗은 플립의 팔을 보았다. 그녀
는 손목, 팔뚝 한가운데, 그리고 팔꿈치 바로 아래에 넓은 회색

완장 같은 띠를 두르고 있었다. 접착테이프였다.

오늘 오후에 테이프를 달라는 말에 왜 사사로운 심부름이라고 대꾸했는지 설명이 되는 순간이었다. 이게 최신 유행이라면, 나는 포기하겠다고 생각했다. "가야겠네요." 나는 지역정보신문 더미와 핸드백을 그러모으면서 웨이터를 찾아 맹렬히 주위를 둘러보았는데, 누구나 똑같이 입고 있어서 찾을 수가 없었다. 나는 20달러를 내려놓고 말 그대로 출구를 향해 달려갔다.

"저 여자는 날 고마워할 줄 모른다니까." 도망치면서 플립이 브린에게 하는 말을 들었다. "최소한 사무실을 치워줘서 고맙다는 인사는 할 수 있잖아."

차는 제대로 잠가둔 상태였고, 집으로 차를 몰면서 나는 접착테이프 팔찌에 대해 유쾌한 기분마저 느끼기 시작했다. 어쨌든 플립도 그 테이프를 뜯기는 해야 할 테니 말이다. 나는 또한 브린에 대해 생각하고, 카우보이 모자를 쓰고 부츠컷 청바지를 입고 휴대전화기를 가지고 다니는 빌리 레이에 대해 생각하고, 베넷 박사의 스타일 없음이 정말로 성취해내는 바는 무엇일까 생각했다.

요새는 남자도 모든 것이 스타일이다. 보머 재킷, 자전거용 바지, 다시키 셔츠, GQ 정장, 너무 큰 청바지, 너무 작은 탱크탑, 덱슈즈, 하이킹 부츠, 버켄스탁 신발…, 그리고 이제 그런지 스타일의 색바랜 면혼방 셔츠와 보온 내의까지 더해지고 나니, 스타일이 아예 없다 싶을 정도로 나빠 보이는 옷차림을 찾기가 힘들었다. 그런데 베넷 박사는 그걸 해냈다.

머리는 너무 길었고, 바지는 너무 짧았지만 그게 다가 아니었다. 어느 개러지 밴드에는 길이가 무릎까지 오는 자전거용 바지를 입고 장식용 술을 달고 무대에 서는 드러머가 있는데, 그 사람은 지극히 최신 유행을 타는 것처럼 보이니 말이다. 박사의 안경 때문도 아니었다. 엘튼 존을 보라. 버디 홀리를 보라.

다른 뭔가가 있었다. 저녁 내내 나를 괴롭히는 무엇인가가. 아무래도 생물학부에 다시 가서 박사를 연구해도 되겠냐고 물어봐야겠다. 베넷 박사가 원숭이들에게 훌라후프든 뭐든 가르치는 동안 따라다니면, 어떻게 그 사람이 유행으로부터 자유로운지 알아낼 수 있을지도 몰랐다. 그리고 유행에 좌우되지 않는 사람을 연구해서, 그 반대 성향에 대한 단서를 얻는 것이다. 아니면 그냥 집으로 가서 내 스크랩들을 다리고, 여성 2백만 명이 갑자기 한꺼번에 가위를 집어 들어 소공자 같은 곱슬머리를 싹둑 잘라버린 이유를 알아내려고 하든가.

나는 양쪽 다 하지 않았다. 대신 집으로 가서 브라우닝의 책을 읽었다. '피리 부는 사나이'라는 시를 읽었는데, 희한하게도 유행에 대한 시였다. 이어서 '피파가 지나간다'를 읽기 시작했는데, 이 긴 시는 아솔로에 있는 이탈리아 공장에 다니면서 1년에 하루밖에 쉬지 못하는 소녀에 대한 이야기였고(하이텍 이탈리아 지사에서 일하는 게 분명했다!), 그 소녀는 하루 동안 "종달새는 바람을 타고/달팽이는 아침을 타고" 같은 노래를 부르면서 이 창문, 저 창문 앞을 지나다니며 그 목소리를 듣는 모든 사람에게 영감을 주었다.

그 소녀가 내 창문 밖에 나타나서 영감을 줬으면 좋겠다고 생각했지만, 그럴 리가 없었다. 이제까지 과학이 늘 그랬듯이, 영감은 모든 구겨진 스크랩 종이를 펴고 자료를 컴퓨터에 먹여야 찾아올 터였다. 실험을 하고 실패하고 다시 시도해야만.

내 생각이 틀렸다. 영감은 이미 찾아와 있었다. 그저 내가 아직 모를 뿐이었다.

품질 관리 서클

Quality Circles

1980년 ~ 1985년

———

성공적인 일본 기업의 관례에서 영감을 얻은 산업계 유행. 회사의
모든 분야에서 고용인을 모아서 만든 위원회가 한 달에 한 번, 주로
일과 후에 만나서 경험을 공유하고, 아이디어를 주고받고, 기업이
더 잘 돌아갈 방법들을 제안했다. 그런 제안 중에 실제로 받아들여
지는 것은 없다는 사실이 드러나자 사그라들었다. 그 자리를 QIS
(품질정보시스템), MBO(목표관리), JIT(적기공급생산), 그리고 핫그
룹(열정적으로 일하는 자생조직) 등이 대신했다.

수요일에는 전체 직원 회의가 있었다. 나는 자재부에서 데지데라타에게 종이 클립 한 상자를 받아내려고 씨름하다가 늦을 뻔했다. 데지데라타는 그게 어디에 있는지(어쩌면 그게 무엇인지 자체도) 몰랐고, 그 결과로 내가 구내식당에 도착했을 때는 테이블이 다 찬 후였다.

지나가 방 저편에서 손을 흔들며 옆에 놓인 빈 의자를 가리켰고, 내가 막 그 의자에 미끄러져 들어가는데 관리자가 말했다. "우리 하이텍은 탁월하고자 하는 노력을 멈추지 않습니다."

"어떻게 되고 있어?" 나는 지나에게 속삭였다.

"관리부에서 할 일이 별로 없다는 사실을 한 점 의혹도 없이 증명하고 계셔." 지나가 마주 속삭였다. "그래서 새로운 약어를 발명해냈대. 지금 그걸 말하려 하고 있어."

"…우리의 흥미진진한 새로운 경영 프로그램의 원칙은 '진취성(Initiative)'입니다." 그는 매직 마커로 큰 차트에 대문자 'I'를 크게 찍었다. "진취성은 좋은 회사의 주춧돌이지요."

나는 베넷 박사를 찾으려고 방 안을 둘러보았다. 플립은 두 팔에 테이프를 휘감고 부루퉁한 얼굴로 뒤쪽 벽에 구부정하게 기대어 서 있었다.

"'진취성'의 주춧돌은 '자원(Resources)'이지요." 관리자가 말하더니 I자 앞에 R자를 찍었다. "그리고 하이텍에서 제일 가치 있는 자원은? 바로 여러분입니다!"

나는 마침내 주머니에 손을 넣고 쟁반과 식기들 근처에 서 있는 베넷 박사를 발견했다. 오늘은 그나마 덜 볼품없는 모습이었지만, 많이 나아진 건 아니었다. 그는 갈색 코르덴 바지와 색조가 영 딴판인 갈색 폴리에스테르 상의를 걸치고, 바지와 상의 어느 쪽과도 어울리지 않는 갈색과 흰색 체크무늬 셔츠를 입었다.

"자원과 진취성은 이끌어주지(Guided) 않고는 쓸모가 없습니다." 관리자가 R과 I 앞에 G를 붙이면서 말했다. "우리가 이끄는 자원 진취 경영(Management)." 그는 의기양양해서 네 개의 글자를 차례차례 가리키며 말했다. "GRIM입니다."

"암울(grim)이라…, 그보다 더 정확할 수가 없네." 지나가 중얼거렸다.

"GRIM의 주춧돌은 직원의 조언(Staff Input)입니다." 관리자가 차트에 SI라고 적었다. "여러분은 창조적 집단 사고를 위한 그룹으로 나뉘어 다섯 가지 목표를 열거해주시기 바랍니다." 그는 차트에 커다랗게 5라고 적었다.

나는 여전히 식기 옆에 서 있는 베넷 박사를 건너다보며, 우리 그룹에서 같이 하자고 초대해야 할까 생각했다. 하지만 지나가 벌써 화학부의 새라와 땀받이 머리띠를 두르고 자전거용 바지를 입은 일레인이라는 이름의 인사부 여자를 붙잡은 후였다.

"하이텍의 작업 환경을 향상하기 위한 다섯 가지 목표입니다." 관리자가 말하자마자 일레인은 공책을 꺼내어 1부터 5까지 숫자를 적었다.

"플립을 해고할 것." 내가 말했다.

"개가 지난번에는 나한테 무슨 짓을 했는지 알아?" 새라가 말했다. "내 연구실 차트를 모조리 L자 아래에 정리했어. 연구실의 L이라 이거지."

"그대로 써야 하나?" 일레인이 말했다.

"아니." 지나가 말했다. "그 대신 다들 이 내용을 적어둬. 브리타니의 생일이 18일인데 여기 있는 사람 모두 초대할게. 2시야. 선물과 케이크는 있고, 파워레인저는 없어. 내 입장은 단호해. 브리타니에게 원한다면 어떤 파티든 열어줄 수 있지만, 파워레인저는 안 된다고 했지."

베넷 박사는 마침내 방 한가운데에 놓인 테이블에 앉아서 재킷을 벗었다. 그런다고 나아지지는 않았다. 그저 넥타이가 보인다는 뜻일 뿐이었고, 그 넥타이는 심각하게 유행에 뒤떨어졌다.

"파워레인저 본 적 있어?" 지나가 말하고 있었다.

"난 못 가. 폴 오터마이어와 10킬로미터 마라톤에 나가거든…." 새라가 말을 흐렸다.

"안전부의 폴? 자기는 테드와 사귀는 줄 알았는데." 지나가 말했다.

"테드에게는 친밀감 문제가 있어." 새라가 말했다. "그 문제를 해결하는 방법을 배우기 전에는, 헌신적인 관계를 형성하려는 노력에 아무 의미가 없어."

"그래서 10킬로미터 마라톤으로 만족하는 거야?" 지나가 말했다.

"계단 오르내리기를 시도해봐." 인사부의 일레인이 말했다. "달리기보다 훨씬 좋은 전신운동이야."

나는 손에 턱을 괴고 베넷 박사의 넥타이를 자세히 보았다. 타이도 나머지 남성복과 거의 비슷하다. 대부분은 특정한 스타일에 속한다. 최근까지는 그렇지 않았다. 시대별로 유행하는 넥타이 패션이 있었다. 1860년대에는 줄무늬 크라바트가, 1890년대에는 라벤더 타이가 유행했다. 1920년대에는 보타이, 1940년 대에는 손으로 그린 훌라 댄서가 들어가는 타이, 1960년대에는 형광 데이지였고 그게 아닌 나머지는 다 유행에 맞지 않는 타이였다. 그러나 이제는 위에 열거한 모든 스타일에 스트링 타이, 손수건, 그리고 언제나 인기 있는 노타이까지 다 하나의 스타일로 취급받았다. 그런데 베넷 박사의 타이는 어디에도 속하지 않았다. 그냥 보기 싫은 타이였다.

"뭘 보고 있어?" 지나가 물었다.

"베넷 박사." 나는 베넷 박사가 그 넥타이를 새것으로 샀을 만큼 나이가 많은가 생각하면서 대답했다.

"생물학부에 있는 괴짜?" 일레인이 목을 빼고 말했다. "지독한 타이네." 지나가 말했다.

"그리고 저 안경이라니." 새라가 말했다. "너무 두꺼워서 눈동자 색깔도 못 알아보겠다!"

"회색이야." 내가 말했지만, 일레인과 새라는 이미 계단 오르내리기 운동에 대한 토론으로 돌아간 후였다.

"제일 좋은 계단은 대학 교내에 있어." 일레인이 말했다. "공대 건물에. 68단짜리 계단. 하지만 거긴 사람이 많아서, 난 보통 클로버에 있는 계단을 이용하지."

새라가 말했다. "테드는 아이리스에 사는데, 테드는 남성적인 전사의 영혼에 이르러야 해. 그렇지 않으면 영영 자신의 여성스러운 면을 포용하지 못할 거야."

"좋습니다, 동료 여러분." 관리자가 말했다. "다섯 가지 목표는 적으셨습니까? 플립, 모아올래요?"

일레인은 깜짝 놀란 얼굴이었다. 지나가 그 손에서 목록을 낚아채더니 재빨리 써내려갔다.

1. 잠재력을 최대한 활용하라.
2. 권한 분산을 용이하게 하라.
3. 전망 그리기를 실행하라.
4. 우선순위 전략을 세우라.
5. 핵심 구조를 확대하라.

"어떻게 한 거야?" 나는 감탄했다.

"난 언제나 이렇게 다섯 가지를 적거든." 지나는 그렇게 말하고 어슬렁어슬렁 지나가는 플립에게 목록을 건넸다.

"더 진행하기에 앞서…." 관리자가 말했다. "모두 일어서시기 바랍니다."

"화장실에 갈 시간이야." 지나가 중얼거렸다.

"감성 훈련을 하도록 하겠습니다. 모두 파트너를 찾으세요."

나는 몸을 돌렸다. 새라와 일레인은 이미 서로를 파트너로 정했고, 지나는 아무 데도 보이지 않았다. 나는 베넷 박사가 있는 곳까지 제시간에 갈 수 있을까 생각하며 망설이고 있는데, 세련된 머리 모양에 빨간색 고급 정장을 입은 여자가 사람들 사이를 뚫고 곧장 나에게 다가왔다.

"알리시아 턴불 박사예요." 여자가 말했다.

"아, 그렇군요." 나는 미소 지으며 대꾸했다. "소포는 잘 받으셨어요?"

"다들 파트너를 정했나요?" 관리자가 우렁찬 목소리로 외쳤다. "자, 서로를 마주 보고 양쪽 손바닥을 펴서 들어 올리세요."

우리는 그렇게 했다. "전원 체포되는 꼴이네요." 나는 농담을 던졌다.

턴불 박사는 한쪽 눈썹만 올렸다.

"자, 동료 여러분." 관리자가 말했다. "이제 파트너와 서로 손바닥을 마주 붙이세요."

어리석음은 언제나 미국을 지배하는 유행이었지만, 직장까지 침공한 지는 얼마 되지 않았다. 1920년대 경영 능률 전문가들에게서 기원을 찾을 수는 있다 해도 말이다. '한 다스로 더 싸게' 부족의 창시자로, 공장에서 모든 시간을 보내지는 않은 게 확실한(자식이 열둘이었다. 자그마치 열둘) 프랭크와 릴리안 길브레스는 시간동작연구, 조직심리학, 그리고 외부 전문가라는 개념을 널리 퍼트렸고 그 후로 미국의 산업은 쇠퇴의 길에 접어들었다.

"자, 파트너의 눈을 그윽하게 들여다보고, 파트너의 좋은 점을 세 가지 말해주세요. 좋습니다. 하나!"

"저 사람들은 이런 걸 어디에서 생각해내는 걸까요?" 나는 턴불 박사의 눈을 그윽하게 들여다보며 말했다.

"감성 훈련은 기업 일터의 인간관계를 현저히 향상해 준다는 연구 결과가 여럿 있었어요." 턴불 박사는 얼음장처럼 차갑게 말했다.

"좋아요. 먼저 하세요." 내가 말했다.

"그 소포에는 분명히 '부패주의'라고 붙어 있었어요." 턴불 박사는 내 손바닥에 손바닥을 대면서 말했다. "즉시 나에게 전달해줬어야죠."

"방에 안 계셨어요."

"그렇다면 내가 어디에 있는지 찾았어야죠."

"둘!" 관리자가 말했다.

"그 소포에는 귀중한 배양균이 들어 있었어요. 그걸 못쓰게 됐을지도 몰라요."

아무래도 턴불 박사는 여기에서 중요한 부분을 보지 못하는 모양이었다. "원래 당신에게 그 소포를 전해줬어야 하는 사람은 플립이었어요."

"그렇다면 그게 당신 사무실에서 뭘 하고 있었죠?"

"셋!" 관리자가 말했다.

"다음에는 내 이메일로 전갈을 남겨주면 고맙겠어요." 턴불 박사가 말했다. "그래서, 나에 대해 마음에 드는 세 가지를 말하지 않을 건가요? 당신 차례인데요."

난 당신이 생물학부에서 일하고, 생물학부가 이 건물 반대편에 있다는 사실이 마음에 드네요. 나는 그렇게 생각하며 말했다. "입고 있는 정장이 마음에 들어요. 어깨심이 끔찍할 정도로 구식이긴 하지만요. 빨간색이기도 하고…. 너무 위협적이랄까요. 요새는 여성스러운 스타일이 유행이거든요."

"스스로가 좀 더 좋아지지 않습니까?" 관리자가 활짝 웃으면서 말했다. "동료 직원과 더 가까워진 느낌이 들지 않습니까?"

사실은 너무 가까웠다. 나는 서둘러 내 자리와 지나에게로 물러났다. "어디 갔었어?" 내가 물었다.

"화장실. 생존 규칙 1번이야. 감성 훈련을 할 때는 언제나 화장실에 갈 것." 지나가 말했다.

"더 진행하기 전에…." 관리자가 말했고, 나는 감성 훈련을 또 할 경우에 대비해서 화장실에 갈 태세를 가다듬었지만, 관리자는 바로 우리 프로그램의 늘어난 서류작업 부분으로 넘어갔다. 그 서류작업이란 물품 조달 서식이었다.

"우리는 자재부에 대한 불평을 일부 접수했습니다." 관리자가 말했다. "그래서 해당 부서의 능률을 높이기 위한 새로운 정책을 도입했습니다. 예전의 부서 자재 조달 양식 대신, 새로운 부서 간 자재 조달 양식을 쓰게 될 겁니다. 또한 우리는 연구비 할당 절차도 재구성했습니다. GRIM의 가장 혁신적인 측면이 바로 이 연구비 신청의 간소화입니다. 프로젝트 연구비 신청서는 모두 중앙의 할당 심리 위원회가 다루게 되며, 여기에는 이전에 승인이 난 프로젝트도 포함됩니다. 모든 신청서는 23일 월요일까지 제출해야 하고, 새로이 간소화한 연구비 할당 신청 양식에 맞추어 작성해야 합니다."

그 새로운 양식이란, 사람들 사이를 누비는 플립의 테이프 붙은 팔에 안고 있는 종이더미가 어떤 지표가 된다면 예전의 연구비 신청서보다 더 두꺼웠다. 예전 신청서는 32쪽짜리였다.

"부서 간 연락 보조원이 신청서를 나눠드리는 동안, 여러분의 조언을 듣고 싶습니다. 하이텍을 더 좋은 곳으로 만들기 위해 할 수 있는 일이 또 무엇이 있을까요?"

나는 직원 회의를 없애야 한다고 생각했지만, 말로 하지는 않았다. 내가 지나만큼 회의 생존법에 통달한 사람은 아닐지 몰라

도, 손을 들지 않을 정도의 요령은 있다. 손을 들어봐야 위원회
에 들어갈 뿐이다.

보아하니 모두가 그 사실을 아는 모양이었다.

"직원의 조언은 하이텍의 주춧돌입니다."

그래도 아무도 나서지 않았다.

"누구 없습니까?" 관리자가 암울한 얼굴로 말하다가 안색을
폈다. "아, 마침내 군중 속에서 두드러지기를 두려워하지 않는
분이 나왔군요."

모두가 그쪽으로 고개를 돌렸다.

플립이었다. "부서 간 연락 보조원이 해야 할 일이 너무 많아
요." 플립은 머리채를 휙 넘기면서 말했다.

"보십시오." 관리자는 플립을 가리키며 말했다. "바로 이것
이 GRIM이 취해야 할 문제 해결 태도입니다. 어떤 해결책을
제시하시겠습니까?"

"다른 직책 이름, 그리고 비서요." 플립이 말했다.

나는 방 저편에 있는 베넷 박사를 보았다. 그는 두 손에 머리
를 파묻고 있었다.

"좋습니다. 다른 좋은 생각 있습니까?"

마흔 개의 손이 올라갔다. 나는 물결치는 손들을 바라보며
'피리 부는 사나이'와 쥐떼를 생각했다. 그리고 단발머리에 대
해서도. 머리 모양에 있어 대부분의 유행은 분명히 '피리 부는
사나이 따라가기'에 해당했다. 섹시 스타 보 데릭, 피겨스케이
팅 선수 도로시 해밀, 그리고 재키 케네디 모두 머리스타일 유
행을 선도했는데, 이 사람들이 처음도 아니었다. 퐁파두르 부인

은 범선들 사이에 오간 그 유명한 '7년 전쟁'에서의 포격전과 더불어 분가루를 뿌린 어마어마한 가발에도 책임이 있었고, 베로니카 레이크는 수백만 미국 여성이 한쪽 눈을 가리게 만들었다.

그러니까 단발머리도 누군가가 시작했다고 보는 게 논리적이기는 한데, 과연 누구란 말인가? 이사도라 덩컨은 1900년대 초에 머리를 잘랐고, 여성 참정권 운동가 몇 명은 그보다 훨씬 전에 머리를 잘랐는데(그리고 남자 옷을 입었다), 양쪽 다 거론할 만큼의 추종자를 끌지는 못했다.

여성 참정권 운동가들은 확실히 시대를 앞섰다(그리고 무시무시하게 위협적이기도 했다). 꼭 끼는 시폰 튜닉을 입고 맨발로 무대를 뛰어다니는 이사도라는 이상해 보였다.

확실한 사람이라면, 사교 댄서 이렌느 캐슬이 있었다. 이렌느와 그 남편인 버논은(이 이름을 가진 비참한 어린 소년들이 더 생겼다) 몇 가지 춤을 유행시켰다. 원스텝, 헤지테이션 왈츠, 탱고, 터키 트롯, 그리고 물론 캐슬 워크까지.

이렌느는 예뻤고, 그녀가 걸치면 하얀 새틴 신발부터 레이스가 달린 작은 더치캡까지 거의 다 유행이 되었다. 1913년, 인기 절정이었던 그녀는 맹장 수술 이후에 병원에서 머리를 짧게 잘랐고, 회복한 후에도 짧은 머리를 유지하면서 1920년대 말괄량이 스타일의 전조가 된 넓은 머리띠를 썼다.

그녀는 유명한 패션 선도자였고, 확실히 추종자들도 있었다. 하지만 이렌느가 근원지라면, 왜 단발머리 유행이 이렌느를 따라잡기까지 그토록 오래 걸렸을까? 보 데릭의 쫑쫑 땋아 늘인 콘로우 머리가 1979년에 영화 스크린을 때렸을 때는 사방에 콘

63

로우 머리를 한 여자들이 나타나기까지 1주일밖에 걸리지 않았다. 이렌느가 근원지였다면, 왜 단발머리는 1913년에 유행하지 않았을까? 왜 9년이나 기다리고 세계대전이 터져서야 유행했을까?

어쩌면 영화가 열쇠인지도 몰랐다…. 아니다. 메리 픽포드는 1928년까지도 긴 곱슬머리를 자르지 않았다. 이렌느와 버논 캐슬이 1921년에 무성영화에 출연했을까?

관리자는 아직도 흔들리는 손들을 호명하고 있었다.

"건물 안에 에스프레소 머신을 둬야 한다고 생각해요." 애플게이트 박사가 말했다.

"운동 시설을 갖춰야 한다고 생각해요." 일레인이 말했다. "계단도 더 만들고요."

온종일 이럴 수도 있었고, 나는 1922년에 어떤 영화들이 나왔는지 확인해보고 싶었다. 나는 최대한 눈에 띄지 않게 일어서서, 우리 테이블을 빠뜨리고 넘어간 플립이 든 신청서를 한 부낚아챈 다음, 얼마나 긴지 보려고 서류를 뒤적이면서 뒤쪽으로 빠져나갔다.

정말 놀랍게도, 원래 신청서보다 얇았다. 22쪽밖에 되지 않았다. 활자도 조금밖에 작아지지 않았다…. 그러다가 누군가와 부딪친 나는 시선을 올렸다.

나와 똑같은 행동을 취하고 있었던 게 분명한 베넷 박사였다. "미안해요. 이 연구비 재신청 문제에 대해 생각하다가 그만." 그는 오른손에 연구비 신청서를 쥔 채로 양쪽 손바닥을 들어 올렸다. "파트너에게 관리부에 대해 마음에 들지 않는 세 가지를 말씀하시죠."

"세 가지가 넘어도 되나요?" 나는 말했다. "아무래도 원숭이를 바로 받으시진 못하겠네요, 박사님."

"베넷이라고 부르세요. 직함을 부르는 건 플립만으로 충분해요. 사실 이번 주에는 원숭이들을 받았어야 하는데, 이제는 20일까지 기다려야겠군요. 그쪽은 어때요? 이 상황이 홀라후프 프로젝트에도 영향을 미칩니까?"

"단발머리 프로젝트예요. 영향이라면 이 멍청한 신청서를 채우느라 연구할 시간이 없어진다는 정도겠죠. 관리부에서 새로운 양식을 만들어내는 일 말고 생각할 거리를 찾아냈으면 좋겠어요."

"쉬잇." 누군가가 문가에서 험악하게 말했다.

우리는 복도를 더 걸어서 회의장에서 멀어졌다.

"서류작업은 경영의 주춧돌입니다." 베넷이 속삭였다. "관리부는 모든 것을 서식으로 축소하는 게 과학적인 발견의 열쇠라고 생각하지요. 불행히도 과학은 그런 식으로 작동하지 않아요. 뉴턴을 봐요. 아르키메데스를 봐요."

"관리부라면 과수원 비용은 절대 승인해주지 않았겠죠. 욕조 비용도요." 나는 그 말에 동의했다.

"강에 대해서도 그렇죠. 제 혼돈 이론이 연구비를 잃고, 제가 GRIM을 위해 일하러 오게 된 것도 그래서예요."

"무슨 연구를 하고 있었어요?" 내가 물었다.

"루 강. 프랑스에 있는 강이에요. 작은 동굴 속에 발원지가 있는데, 그건 비교적 제한된 변수를 지닌 작은 계를 의미하죠.

예전에는 과학자들이 거대한 계를 연구하려고 했어요. 날씨라든가, 인체라든가, 강이라든가. 이런 계에는 수천, 심하면 수백만의 변수가 있고, 그래서 예측하기가 불가능했기 때문에….″

가까이에서 본 그의 넥타이는 멀리서 봤을 때보다 더 특징이 없었다. 뭔가 무늬가 들어간 것 같기도 한데, 도저히 알아볼 수가 없었다. 페이즐리(1988년에 인기를 끌었다)도 아니고, 물방울 무늬(1970년)도 아니었다. 그렇다고 민무늬도 아니었다.

″…그리고 기온, 수온, 동굴의 크기, 물의 성분, 강둑을 따라 존재하는 초목 등을 측정해서….″ 그는 말하다가 멈칫했다. ″바빠서 이런 이야기까지 들을 시간은 없으시겠지요.″

″괜찮아요. 사무실로 돌아가야 하긴 하지만, 계단까지는 같이 걸어요.″

″좋아요. 음, 그래서 전 혼돈계의 모든 요소를 정확히 측정하면, 혼돈의 원인을 구분해낼 수 있다고 생각한 겁니다.″

″혼돈의 원인이라면 플립이죠.″

내 말에 그는 웃음을 터뜨렸다. ″다른 혼돈의 원인이요. 혼돈의 원인이라는 말 자체가 모순으로 들리는 줄은 알아요. 혼돈계는 일반적인 인과관계가 허물어진 계를 말하니까요. 혼돈계는 비선형적인데, 비선형이란 너무나 많은 요소가 상호 연결된 방식으로 작동해서 예측을 하기가 불가능하다는 뜻입니다.″ 나는 유행과 비슷하다고 생각했다.

″그래도 그걸 지배하는 법칙은 있습니다. 우리는 수학적으로 몇 가지를 규정했지요. 엔트로피, 내부 불안정성, 그리고 반복. 반복이란….″

"나비 효과 말이죠." 내가 말했다.

"맞아요. 아주 작은 변수가 계 안으로 피드백해 들어오고 그 피드백이 또 피드백해 들어오다 보면, 계 전체에 크기에 맞지 않는 엄청난 영향을 미치게 되지요."

나는 고개를 끄덕였다. "LA에서 나비가 날갯짓을 하면 홍콩에서 태풍이 일어날 수 있다. 아니면 하이텍에서 전체 직원 회의를 하게 할 수 있다."

그는 기쁜 얼굴이었다. "혼돈 이론에 대해서 좀 아십니까?"

"개인적인 경험으로만요." 내가 말했다.

"그래요. 여기에서도 혼돈이 유행인 것 같군요. 흠, 어쨌든, 그래서 제 프로젝트는 반복 효과와 엔트로피를 계산하고 그것이 혼돈을 설명하는지, 아니면 연관된 다른 요소가 있는지 알아보려고 했습니다."

"있었나요?"

그는 생각에 잠긴 얼굴로 답했다. "혼돈 이론가들은 하이젠베르그의 불확정성 원리란 '혼돈계는 본질적으로 예측 불가능하다'는 뜻이라고 생각합니다. 베르호스트는 예측이 가능하다고 믿었으나, 혼돈을 움직이는 다른 힘이 있으리라고 제안했지요. 혼돈의 움직임에 영향을 미치는 미지의 요소가요."

"나방?" 내가 말했다.

"네?"

"아니면 매미요. 뭐든 나비 말고 다른 걸로."

"아. 그래요. 하지만 그 생각은 틀렸어요. 제 가설은 반복으로 혼돈계에서 일어나는 모든 일을 설명할 수 있다는 겁니다.

일단 모든 요소를 알고 제대로 측정하기만 한다면요. 그걸 확인해볼 기회는 결국 얻지 못했어요. 겨우 두 번 돌렸을 때 연구비가 끊겼지요. 두 번으로는 예측력 향상이 나타나지 않았고, 그건 제가 틀렸거나, 아니면 모든 변수를 다 알지 못했다는 뜻입니다." 그는 문 손잡이를 잡고 말을 멈췄고, 나는 우리가 그의 연구실 밖에 서 있음을 깨달았다. 아무래도 생물학부까지 같이 걸어와 버린 모양이었다.

"흠." 나는 그의 넥타이를 분석할 시간이 더 있었으면 좋겠다고 생각하며 말했다. "저도 일하러 돌아가는 편이 좋겠네요. 플립의 새 비서에 대비해야죠. 연구비 신청서도 채워 넣고." 나는 암담하게 신청서를 보았다. "그래도 짧긴 하네요."

그는 두꺼운 안경 너머로 멍하니 나를 보았다.

"22쪽밖에 안 되잖아요." 나는 신청서를 들어 보이며 말했다.

"연구비 신청서는 아직 인쇄가 안 됐어요. 내일 받게 될 겁니다." 그는 내가 쥐고 있는 서류를 가리켰다. "그건 새롭게 간소화한 자재 신청 양식이에요. 종이 클립을 주문하는 데 쓰는."

2

분출

물론 인류는
사회 의례, 옷, 여흥, 그리고 이런 것들의 비용이라는 문제에서
언제나 나비들의 지배를 받았고, 앞으로도 언제나 그럴 것이다.

— 휴 셰트필드, '사회의 주권', 1909년

미니 골프

Miniature Golf

1927년 ~ 1931년

―――

열여덟 개의 아주 짧은 홀을 풍차, 폭포, 자그마한 모래 구덩이들로 복잡하게 만들어놓은 작은 골프 코스를 즐기는 오락거리 유행. 그 인기는 쉽게 설명할 수 있었다. 대공황 시기를 보내기에 값이 쌌고, 기술을 배우는 데 필요한 능력치는 낮으면서 성취도는 다양했고, 몇 시간 동안 세련된 전원 클럽에 속한 사람인 척하게 해주었다. 전국에 4만 개가 넘는 코스가 생겨났고, 절정기에는 영화를 위협하여, 스튜디오마다 배우들이 미니 골프를 치지 못하게 막을 정도로 인기가 좋았다. 과잉노출로 신선함이 떨어져서 사그라들었다.

콜로라도 강의 발원지 역시 수원처럼 보이지 않는다. 그 수원은 그린리버 산맥의 빙원 속에 있는데, 툰드라와 눈과 바위처럼 보인다.

하지만 극심한 겨울에도 여기에서 한 방울, 저기에서 한 줄기씩 녹아서 더러운 빙하 가장자리에 작게 물의 막이 생기고는 얼어붙은 땅 위로 번져나간다. 떨어지다가 얼어붙고, 모이고…, 사람의 눈으로는 알아볼 수 없을 만큼 천천히 모여든다.

과학 연구도 비슷하다. 아르키메데스가 욕조 안에 들어갔다가 갑자기 금속 밀도 검사 문제의 답을 깨달았을 때 같은 '유레카!'의 순간이란 적고도 드문 일이고, 대부분은 그저 시도하고 실패하고 다른 시도를 해가면서 자료를 쌓고 변수를 제거하고 그 결과를 노려보면서 어디에서 잘못했는지 알아내려고 애쓰는 작업의 연속이다.

아노 펜지어스와 로버트 윌슨의 경우를 보자. 두 사람의 목표는 우주에서 날아오는 무선 신호의 강도를 측정하는 것이었는데, 그러기 위해서는 우선 탐지기에 잡히는 배경 잡음을 없애야 했다.

그들은 도시의 잡음과 전파 기지들, 대기 소음을 없애기 위해 탐지기를 시골로 가져갔고, 시골 환경이 도움되기는 했지만 그래도 배경 잡음이 없어지지는 않았다.

그들은 무엇이 배경 잡음을 일으키는지 생각해보려고 했다. 새들일까? 지붕으로 올라가서 뿔 모양의 안테나를 보았다. 확실히 비둘기들이 안에 둥지를 틀고, 문제를 일으킬 수도 있는 낙하물을 남기고 있었다.

그들은 비둘기들을 쫓아내고, 안테나를 닦은 다음 가능한 모든 연결부위와 틈을 봉했다(아마 접착테이프로 했겠지). 그래도 배경 잡음은 계속 잡혔다.

좋다. 그렇다면 또 무엇일 수 있을까? 핵실험으로 흘러나온 전자류(電子流)? 그렇다면 핵실험은 1963년에 금지되었으니 그 후로 잡음이 점점 줄어들어야 마땅했다. 그들은 혹시 그런지 알아보려고 수십 번이나 잡음의 강도를 시험했다. 그렇지 않았다.

그리고 하늘의 어느 부분을 향해도 결과가 똑같아 보였는데, 도무지 말이 되지 않는 일이었다.

그들은 거의 5년 가까이 실험하고 또 실험하고, 녹음하고 또 녹음하고, 비둘기 똥을 긁어내고, 무선 신호 강도에 대해 수행할 수 있는 실험의 한계치에 좌절하고 나서야 그게 배경 잡음이 아니었다는 사실을 깨달았다. 그것은 극초단파였다. 빅뱅의 시끄러운 메아리였다.

금요일에 플립은 새로운 연구비 신청서를 가져왔다. 스테이플러로 형편없이 찍어놓은 68쪽짜리 신청서였다. 플립이 어슬렁어슬렁 문 안으로 들어오는 사이에도 세 장이 떨어져 나갔고 나에게 건넬 때 두 장이 또 떨어졌다. 나는 미소를 지으며 인사했다. "고마워요, 플립."

그 전날 밤에 '피파가 지나간다' 나머지 3분의 2를 읽었는데, 피파가 살인 불륜 연인 한 쌍을 자살하게 하고, 다른 사람에게 속았던 젊은 학생이 복수보다 사랑을 선택하도록 설득하고, 좋은 일이라고는 하지 않는 온갖 사람들을 개심시키는 내용이었다. 오직 "일 년 중에는 봄, 하루 중에는 아침"이라고만 노래해서 말이다. 피파에게 도서관 대출 카드가 있었다면 어떤 일을 해 낼 수 있었을지 생각해보라.

"여러분은 세상을 바꿀 수 있다." 브라우닝은 분명히 이렇게 말하고 있었다. "기분좋게 행동하고, 좌회전하기 전에 신호를 하는 정도의 일로 한 사람이 사회 전체에 긍정적인 영향을 미칠 수 있다." 그리고 '피리 부는 사나이'를 생각하면 브라우닝은 유행이 어떻게 작동하는지 이해하고 있음이 분명했다.

나는 이제까지 그런 효과를 본 적이 없었지만, 그건 자기가 어떤 선행을 베풀었는지 알지 못하고 다음 날 실크 공장에 일하러 돌아간 피파도 마찬가지였다. 나는 관리부가 이탈리아 요리 소스 'PESTO'라는 이름의 새로운 경영 체계를 소개하기 위해 직원 회의에 간 피파의 모습을 떠올릴 수 있었다. 감성 훈련이 끝나고 동료 직원이 몸을 기울이고 "그래서 피파, 쉬는 날엔 뭘 했어?"라고 속삭이면 피파는 어깨만 으쓱이면서 대답했으리라. "별것 없었어. 그냥 돌아다녔지."

그러니 나도 독해력과 좌회전 신호에 생각보다 많은 영향을 미치고 있을 수도 있었고, 그렇다면 쾌활하고 정중하게 처신함으로써 점점 무례해져 가는 유행을 멈출 수 있을지도 몰랐다.

물론, 브라우닝은 플립을 만난 적이 없었다. 그래도 시도해볼 만한 가치는 있었고, 어떻게 해도 사태를 더 악화시킬 수는 없다는 사실에서 오는 위안도 있었다.

그래서, 플립은 빠진 종이를 집으려고 손 하나 까딱하지 않았을뿐더러 사실상 떨어진 페이지 위에 서 있었지만, 그래도 나는 미소 지으면서 말했다. "오전은 좀 어땠어요?"

"아, 끝내줬죠." 플립은 냉소적으로 대답했다. "더할 나위 없었어요." 플립은 내 연구실 테이블에 놓인 단발머리 스크랩을 깔고 앉았다. "그 사람들이 이젠 나보고 뭘 하라고 하는지 못 믿을걸요!"

약간의 일? 나는 무정하게 생각했다가, 피파의 발자취를 따르기로 했음을 기억하고 떨어진 페이지를 주우려고 허리를 굽히면서 물었다. "어떤 사람들?"

"관리부요." 플립은 눈을 굴리면서 대답했다. 그녀는 형광 노랑 타이츠를 신고, 홀치기 염색을 한 티셔츠를 입고, 굉장히 특이한 다운 조끼를 걸치고 있었다. 조끼는 짧았고 목과 겨드랑이 둘레가 이상하게 접혀 있었다. "내가 새로운 직책 이름과 비서를 받아야 하는 거 알죠?"

"그래요." 나는 계속 미소 지으며 말했다. "받았나요? 새로운 직책 이름을?"

"그랬죠. 이제 난 '부서 간 의사소통 연락 담당자'예요. 하지만 비서에 대해서는, 나보고 조사 위원회를 꾸리래요. 일과 후에요."

조끼 아랫단을 따라 걸쇠가 한 줄로 달렸는데, 한 번도 본 적 없는 스타일이었다. 나는 플립이 조끼를 거꾸로 입고 있다고 생각했다.

"요점은 내가 과로하고 있다는 거였잖아요. 그래서 비서가 필요한 거고요. 안 그래요? 응?"

원래 의도와 다른 방식으로 옷을 입는 것은 언제나 인기를 끄는 유행이었다. 묶지 않은 신발끈, 거꾸로 돌려쓴 야구 모자, 허리띠 대신 매듭, 드레스 대신 속옷, 이런 것들은 어떤 비용도 물지 않기 때문에 상품화될 수 없는 유행이기도 하며, 새로운 유행도 아니다. 1955년에 고등학교를 다닌 여자애들은 카디건 스웨터를 뒤집어 입었고, 그 엄마들은 1920년대에 버클을 푼 오버슈즈를 신고 짧은 스커트에 너구리털 코트를 입었다. 풀어놓은 금속 버클이 잘랑거리면서 펄럭였는데, '신여성'을 가리키는 플래퍼라는 말이 거기에서 나왔다. 물론 유행의 경우에는 근원에 대한 합의가 없는 편이라, 여자들이 찰스턴 춤을 출 때 팔을 닭처럼 퍼덕인다고 플래퍼라고 했다는 설도 있다. 하지만 찰스턴 춤은 1923년까지 유행하지 않았고, 플래퍼라는 말은 1920년부터 쓰였다.

"흠." 플립이 말했다. "이야기를 듣고 싶은 거예요, 아닌 거예요?"

피파가 그냥 노래하면서 고객들의 창문 앞을 지나친 것도 당연했다. 그 사람들을 참고 견뎌야 했다면 그 시의 반만큼도 쾌활할 수 없었으리라. 나는 억지로 흥미 있다는 표정을 지어냈다. "그 위원회에 또 누가 있는데요?"

"모르죠. 말했잖아요. 난 이런 일을 할 시간이 없다니까요."

"그래도 좋은 비서를 얻고 싶기는 하지 않아요?"

"퇴근 시간 후에도 남아있어야 한다면 아니죠." 플립은 엉덩이에 깔린 스크랩을 짜증스럽게 잡아빼면서 말했다. "사무실이 엉망이네요. 치우지도 않아요?"

"종달새는 날개를 펴고, 달팽이는 가시 위를 기어가니." 나는 '피파가 지나간다'의 한 구절을 읊었다.

"뭐요?"

그러니까 브라우닝은 틀렸다. "이야기를 더 나누고 싶지만, 아무래도 이 연구비 신청서를 작성해야겠네요." 나는 말했다.

플립은 움직일 기미도 보이지 않았다. 멍하니 스크랩 종이 사이를 보고만 있었다.

"그 스크랩을 한 부씩 복사해줬으면 해요. 조사 위원회 회의에 가기 전에요."

여전히 반응이 없었다. 나는 연필을 집어 들고, 떨어진 페이지를 신청서에 끼워 넣은 다음, 간소화한 연구비 신청서에 집중하려고 했다.

나는 연구비 문제를 걱정할 일이 별로 없다. 과학에나 산업에나 유행이 있기는 하지만, 탐욕은 언제나 유행이다. 무엇이 유행을 일으키는지 하이텍이 알고, 다음 유행을 만들어낼 수 있다면 그보다 더 좋을 수가 있을까. 그리고 통계 프로젝트는 싸다. 내가 요구하는 연구비는 메모리가 더 큰 컴퓨터 비용 정도였다. 그렇다고 연구비 신청서를 잊어버려도 된다는 뜻은 아니었다. 납을 금으로 바꾸는 확실한 방법에 대한 프로젝트라 해도 상관없다. 신청서를 채워서 제때 제출하지 않으면 관리부는 득달같이 그 프로젝트를 취소해버릴 것이다.

프로젝트의 목표, 실험 방법, 예상 결과, 행렬 분석 순위…, 행렬 분석 순위?

설명서가 있는지 보려고 페이지를 뒤집어 보았더니 페이지가 통째로 떨어졌다. 설명서는 없었다. 뒷장에도 없었고, 신청서 끝에도 없었다. "신청서에 설명서가 포함되어 있었어요?" 나는 플립에게 물었다.

"내가 어떻게 알아요?" 플립은 일어서면서 말했다. "이건 뭐죠?" 플립은 스크랩 하나를 내 코 앞에 들이댔다. 허프모빌 자동차 옆에 단발머리 금발 미인이 서 있는 광고였다.

"차요?"

"아아아뇨." 플립은 크게 한숨을 내쉬며 말했다. "이 머리요."

"단발이잖아요." 나는 그렇게 말하고, 모델의 머리가 이튼 단발로 잘렸는지 싱글컷인지 보려고 몸을 가까이 기울였다. 머리 옆쪽을 따라 내려가는 층까지 다 컬이 잡혀 있었다. "마르셀 웨이브네요. 철사와 금속 조각으로 이루어진 특별한 전기 제품으로 만들어내는 영구적인 곱슬이었어요. 치과에 가는 것만큼이나 즐거웠을 거예요." 내가 말했지만, 플립은 이미 흥미를 잃은 후였다.

"퇴근 시간 후에도 남게 하거나 가욋일을 더 시키려면 야근 수당을 줘야 한다고 생각해요. 이 연구비 신청서를 모조리 찍고 모두에게 전달하는 일만 해도 그렇죠. 어떤 건 생물학부까지 가야 한다고요."

"베넷 박사에게도 한 부 갖다 줬어요?" 나는 가까운 사무실에 소포를 던져놓는 플립의 습관을 떠올리고 말했다.

"당연하죠. 고맙다는 인사도 안 하던데요. 스왑이야!"

"스왑?" 언어의 유행은 따라잡기가 불가능하고, 연구 관점에서도 시도하지 않지만, 그래도 나는 대부분의 속어를 알고 있다. 유행을 말할 때는 보통 속어가 동원되기 때문이다. 그런데 이 말은 들은 적이 없다.

"스왑이 무슨 뜻인지도 몰라요?" 플립은 피파가 이탈리아에서 사람들을 때리고 돌아다녔더라면 좋았겠다는 마음이 절로 드는 말투로 되물었다. "매력도 없고, 귀엽지도 않고, 사이보그 같은 거. 스왑." 플립은 말을 생각해내려고 하면서 테이프 붙인 팔을 흔들었다. "완전 패션 장애고요." 플립은 그렇게 말하더니, 테이프 붙인 팔과 뒤집어 입은 다운 조끼를 여봐란듯이 과시하면서 나가버렸다. 스크랩은 챙기지도 않고.

Storyteller (meddah) at a coffeehouse in the Ottoman Empire, Wikimedia Commons

커피하우스

Coffeehouse

1450년 ~ 1554년

아덴에서 비롯하여 메카로 퍼지고 페르시아와 터키를 휩쓴 중동의 유행. 남자들은 깔개 위에 책상다리를 하고 앉아서 시낭송을 들으며 작은 컵에 담긴 진하고 쓴 검은색 커피를 마셨다. 커피하우스는 마침내 모스크보다 더 인기를 끌다가 종교 당국에 의해 금지당했는데, 이들은 커피하우스에 "저급한 의상을 입고 아주 하찮은 산업에 종사하는" 사람들이 자주 드나든다고 주장했다. 런던(1652), 파리(1669), 보스턴(1675), 시애틀(1985)로 퍼져나갔다.

토요일 아침에 도서관에서 전화가 와서 '운명에 이끌려' 예약 목록에서 내 차례가 왔다고 했기에, 나는 그 책을 빌리고 지나의 딸 브리타니에게 줄 생일 선물을 사러 볼더로 향했다.

"원한다면 '어디에나 천사, 천사들'도 빌려 갈 수 있어요." 달마시안이 그려진 스웨트셔츠를 입고 빨간색 소화전 모양의 귀걸이를 단 로레인이 말했다. "이제 아무도 빌려 가려고 하지 않는 책이 두 권이나 생겼거든요."

나는 로레인이 라이트펜으로 '운명에 이끌려'의 정보를 판독하는 동안 '어디에나 천사, 천사들'을 뒤적였다.

그 책은 이렇게 말했다. "당신의 수호천사는 어디에나 당신과 함께 갑니다. 당신이 어딜 가든 언제나 당신 바로 옆에 있습니다." 책에는 식료품점 계산대에 선 여자 뒤에 커다란 날개를 드리운 천사를 그린 스케치가 있었다. "그들을 무시할 수도 있고, 그들이 존재하지 않는 척할 수도 있지만, 그렇다고 천사들이 사라지지는 않을 겁니다."

유행이 끝나기 전까지는 그렇겠지.

나는 '운명에 이끌려'와 더불어 베넷 박사가 대체 무엇을 입고 있는지 보러 생물학부에 내려갈 때 핑계로 삼기 위해 혼돈 이론과 만델브로트 도해에 대한 책 한 권을 빌려서 펄스트리트 몰로 건너갔다.

로레인 말이 옳았다. 서점 할인 판매대에 '내 콘도에 온 천사'와 '케루빔 요리책'이 나와 있었고, '천사 달력'은 50퍼센트 할인 중이었다. 서점 앞에는 '요정과의 제4종 조우'를 크게 진열해놓고 있었다.

위층에 있는 아동서 구역으로 올라가자 요정이 더 보였다. '꽃의 요정들'(이건 1910년대에 한 번 유행했었다), '어디에나 요정, 요정들', '어디에나 더 많은 요정, 요정들', 그리고 '즐거운 요정 나라'가 있었다. 그리고 배트맨 책, 라이온킹 책, 파워레인저 책, 바비 책들이 보였다.

나는 겨우 '두꺼비와 다이아몬드' 장정본을 찾아냈다. 내가 어렸을 때 사랑하던 책이었다. 이 책에도 요정이 나왔지만, '요정, 요정, 기타 등등'에 나오는 요정들처럼 라벤더 날개에 블루벨 모자를 쓴 요정들과는 달랐다. 이 책은 어떤 소녀가 못생긴 노파를 도와주는데, 알고 보니 그 노파가 변장한 착한 요정이었다는 이야기였다. 내면의 가치와 얕은 외면을 대조시키는 이야기. 내가 생각하는 도덕률이 담긴.

나는 그 책을 사 들고 쇼핑몰로 나왔다. 아름다운 인디언 섬머로, 날씨는 훈훈하고 하늘은 새파랬다. 토요일의 펄스트리트 몰은 유행을 분석하기 딱 좋은 장소인데, 일단 사람이 무리 지어 다니기 때문이고 둘째로 볼더는 유행에 있어서 극단적으로 앞서가는 곳이기 때문이다. 콜로라도의 나머지 지역에서는 이 도시를 '볼더 인민공화국'이라고 부른다. 여기에는 가능한 모든 종류의 뉴에이지 족과 팔라펠 가판대와 길거리 음악가들이 있다.

길거리 음악에도 유행은 있다. 기타는 퇴출, 봉고가 다시 유행했다(봉고의 첫 번째 유행은 비트족 운동이 절정에 이르렀던 1958년이었다. 배우는 데 필요한 능력치가 매우 낮다). 플립 같이 박박 깎은 머리에 한 줄기 머리채를 남긴 스타일이 확실히 유행이었고, 박박 깎은 머리에 메시지를 더한 스타일도 유행이었다. 접착테이프도 유행이었다. 소매에 가늘게 감아놓은 사람을 두 명, 레게 머리를 만든 사람을 한 명 보았고, 프랑스 혁명 이후 희생자 흉내가 유행할 때의 스타일처럼 목에 테이프를 넓게 감은 뚱뚱한 사람이 한 명 있었다.

프랑스 혁명기는 1920년대 이전에 마지막으로 여자들이 머리를 짧게 잘랐던 시기였고, 이 유행의 근원을 추적하기는 쉬운 일이었다. 귀족들은 단두대에 오르기 편하게 머리카락을 잘라야 했고, 제국이 복권한 후에는 그런 귀족의 친척과 친구들이 연민을 표하기 위해 머리를 짧게 잘랐다. 그들은 또한 목에 가느다란 붉은 리본을 묶기도 했는데, 레게 머리를 한 사람이 그런 생각을 했을 것 같지는 않았다. 아니, 그럴 수도 있긴 하지만.

배낭은 퇴출, 끈에 매달아서 대롱대롱 늘어뜨린 작은 지갑이 유행에 들어왔다. 어그 부츠, 무릎이 찢어진 청바지, 체크무늬 면혼방 셔츠도 유행이었다. 코르덴은 전혀 보이지 않았다. 인간 생명에 대한 존중이 없는 인라인스케이트 타기가 크게 유행이었고, 느리게 걷기와 네 명이 나란히 걷기도 유행이지 싶었다. 해바라기는 빠지고 제비꽃이 들어왔다. 시너드 오코너 같은 강한 여전사 외모도 유행, 머리를 감싸서 늘어뜨리는 헤어랩 스타일도 유행이었다. 길고 가는 머리카락 몇 가닥을 밝은색 실로 돌돌 감싸서 늘어뜨린 모습을 사방에서 볼 수 있었다.

크리스탈과 향기 요법은 퇴출, 보아하니 오락적인 민족 전통 스타일이 그 자리를 대신한 모양이었다. 뉴에이지 가게들은 이로쿼이 족의 한증막, 러시아의 반얀나무 요법, 그리고 249달러에 식사 포함 2인 1실로 묵는 페루식 비전 퀘스트를 광고하고 있었다. 에티오피아 식당이 두 개, 필리핀 델리가 하나, 나바호 족의 구운 빵을 파는 가판대가 하나 있었다.

그리고 커피하우스가 여섯 개는 있었다. 하룻밤 사이에 버섯처럼 솟아난 느낌이었다. '점프스타트', '에스프레소 에스프레스', '카페 로티', '컵 오브 조', 그리고 '카페 자바'까지.

잠시 후에 마임 배우와 인라인스케이트 타는 사람들을 피하는 데 진력이 난 나는 '어스 머더'로 들어갔다. 이제는 가게 이름이 '카페 크라카토아'가 되어 있었다. 가게 안은 쇼핑몰 못지않게 붐볐다. 머리에 장식줄을 넣은 웨이트리스 하나가 이름을 받아적고 있었다. "공동 테이블에 앉으시겠어요?" 웨이트리스는 내 앞에 선 남자에게 물으면서 양쪽 끝에 한 명씩 앉아 있는 긴 테이블을 가리켰다.

이것은 낯선 사람들끼리 찰스 왕자와 카밀라에 대한 소문을 공유하기 위해 같은 테이블에 앉아야 했던 잉글랜드에서 건너온 유행이다. 여기에서는 특별히 인기를 얻지 못했는데, 미국에서는 낯선 사람끼리 극보수 방송인 러시 림보나 자기들의 인공 모발에 대해 더 이야기하고 싶어한다.

공동 테이블이 처음 들어왔을 때 언어와 생각의 유행을 접하기 좋은 방법이라고 생각하고 몇 번 앉아보기는 했지만, 그 정도만으로 충분하고도 남았다. 사람들이 무엇인가를 경험한다고 해서 그 경험에 대한 통찰이 있다는 뜻은 아니다. 토크쇼(종양처럼 제어가 불가능한 성장 단계에 도달해서 곧 식량 공급량을 다 써버릴 게 분명한 유행)도 지금쯤은 그 사실을 알아야 하는데 말이다.

남자가 묻고 있었다. "공동 테이블에 앉지 않는다면, 얼마나 오래 기다려야 하죠?"

웨이트리스는 한숨을 내쉬었다. "모르겠네요. 40분?" 그리고 나는 제발 이런 태도가 유행하지 않기를 빌었다.

"몇 분이세요?" 웨이트리스가 나에게 물었다.

"둘이요." 나는 공동 테이블에 앉을 필요가 없게 거짓말을 했다. "포스터예요."

"성 말고 이름을 말하셔야 해요."

"왜요?"

웨이트리스는 눈을 굴렸다. "그래야 손님을 부를 수 있죠."

"샌드라요."

"철자는요?"

안돼. 제발 플립이 유행이 되어가고 있다고는 하지 말아줘. 제발.

나는 샌드라의 철자를 불러주고, 지역정보신문들을 집어 들고 장시간 기다리기 위해 한쪽 구석에 자리를 잡았다. 테이블에 앉기 전에는 개인광고를 살펴보기 어려웠지만, 그냥 기사들도 못지않게 좋았다. 문신을 제거해주는 새로운 레이저 기술이 나왔고, 버클리에서는 실외 흡연을 불법으로 만들었고, 봄에 꼭 갖춰야 할 색깔은 포스트모던 핑크였으며, 결혼 유행이 돌아오고 있었다. "동거는 유행이 지났죠." 기사에 인용된 여러 할리우드 여배우들이 말했다. "이제는 다이아몬드 반지, 결혼식, 헌신, 그런 것들이 멋져요."

"수지." 웨이트리스가 외쳤다.

아무도 대답하지 않았다.

"일행 두 분인 수지요." 웨이트리스는 쥐꼬리 같은 머리를 획획 젖히면서 말했다. "수지."

나는 그게 나 아니면 포기하고 가버린 누군가라는 결론을 내렸다. "여기요." 나는 그렇게 말하고, '바보 삼총사' 스타일로 머리를 자른 웨이터의 안내를 받아 창가에 있는 무릎이 마주 닿게 생긴 테이블에 앉았다. "주문할 준비 됐어요." 나는 웨이터가 가기 전에 말했다.

"일행분이 있는 줄 알았는데요."

"일행도 곧 올 거예요. 더블 톨 카페라떼 한 잔, 무지방 우유를 넣고 덜 단 초콜릿을 얹어서요." 나는 밝게 말했다.

웨이터는 한숨을 내쉬고 기다리는 표정을 지었다.

"설탕은 갈색으로요."

내 말에 웨이터는 눈을 굴렸다. "수마트라, 이가체프, 아니면 술라웨시?"

나는 도움을 구하려고 메뉴를 보았지만, 메뉴에는 칼릴 지브란의 인용구밖에 없었다. "수마트라요." 그래도 수마트라는 어디인지 아니까, 그렇게 말했다.

웨이터는 한숨을 쉬었다. "시애틀 스타일, 아니면 캘리포니아 스타일?"

"시애틀."

"그리고?"

"어…, 숟가락도요?" 나는 희망을 품고 말했다.

그는 눈을 굴렸다.

"무슨 맛 시럽이요?"

메이플 시럽? 나는 그렇게 생각했지만, 그럴 리는 없었다.
"라즈베리?"

선택지 중에 있었던 모양이다. 웨이터는 어슬렁어슬렁 걸어갔고, 나는 개인광고에 달려들었다. 이제는 NS(비흡연자) 표시에 동그라미를 칠 이유가 없었다. 사실상 모든 광고에 있었다. 두 개는 아예 제목에 넣었고, 아주 지적이고 눈에 띄게 잘생긴 운동선수라고 자칭하는 사람의 광고에서는 두 번이나 적기도 했다.

친구라는 표현은 퇴출, 영혼을 위한 활동이 유행 진입. 요정에 대한 언급이 두 번 있었고, 알 수 없는 약자가 또 나왔다. GC. 'JSDM이 WSNSF를 구함. GC여야 함. 베이스라인 남쪽. 28번가 서쪽.' 나는 그 광고에 동그라미를 치고 암호책으로 돌아갔다. GC란 '지리적으로 가까워야 함'의 약자였다.

다른 GC는 없었지만, '볼더몰 지역 선호'가 하나 있었고 구체적으로 '발몬트 아니면 필, 2500 블록만'이라는 광고도 있었다.

그래, 볼더 안이라면 나도 페덱스 익스프레스로 우리 집 문앞에 배달시키고 싶네. 그렇게 생각하니 나와 데이트를 하려고 래러미에서부터 기꺼이 차를 몰고 오는 빌리 레이가 사랑스러웠다.

"여긴 정말 웃기네요." 플립이 내 맞은편에 앉으면서 말했다. 인형 옷 같은 귀여운 드레스를 입고, 허벅지까지 올라오는 분홍색 스타킹에 투박한 메리 제인을 신었는데, 전부 다 뒤집히지 않고 똑바로 갖춰 입었다. "40분이나 기다려야 한다니."

그렇지, 그리고 너도 그 줄에 서 있어야지. "공동 테이블도 있어요." 내가 말했다.

"스왑과 부프들 아니고 누가 같이 앉아요. 예전에 브린이 공동 테이블에 자리를 잡은 적이 있는데…." 플립은 말하다가 허리를 굽히고 스타킹을 끌어올렸다.

접착테이프는 보이지 않았다. 플립은 웨이터를 손짓해 불러서 주문했다. "라떼마키아또탈지우유넣고톨사이즈에자홀라, 그리고 거품은 많지 않게요." 그녀는 나를 돌아보고 말했다. "브린은 수마트라 라떼를 주문했었죠." 그녀는 내 서점 봉투를 집어들었다. "이건 뭐죠?"

"지나 박사의 딸에게 줄 생일 선물이에요."

플립은 이미 봉투에서 책을 빼내어 신기하다는 눈으로 살펴보고 있었다.

"책이에요."

"비디오는 없었어요?" 플립은 책을 봉투 안에 다시 밀어 넣었다. "나라면 바비를 사줄 텐데." 플립이 머리채를 휙 넘기자 이마에 붙여놓은 접착테이프 조각을 볼 수 있었다. 두 눈 사이에 소문자 i처럼 보이는, 문신 가운데에 동그랗게 오려낸 테이프가 붙어 있었다.

"그 문신은 뭐예요?"

"문신이 아니거든요." 플립은 더 잘 보이게 머리카락을 쓸어넘겼다. 소문자 i가 맞았다. "요새 누가 문신을 새겨요."

나는 플립의 올빼미 문신을 가리키려다가, 그 자리에도 접착테이프가 붙었음을 깨달았다. 플립은 올빼미가 있던 자리에 작은 동그라미를 붙여놓았다.

"문신은 인공적이죠. 피부밑에다가 온갖 화학물질과 발암물질을 넣는 거잖아요. 이건 낙인이에요."

"낙인이라고요?" 나는 늘 그렇듯이 이 대화를 시작하지 말걸 그랬다는 생각을 하며 말했다.

"낙인은 유기농이에요. 몸 안에 뭘 집어넣지 않죠. 몸 안에 이미 있던 뭔가를 끄집어내는 거예요. 불은 4대 원소 중에 하나잖아요."

화학부에 있는 새라가 이 말을 들으면 좋아할 텐데. "그런 건 처음 봐요." 내가 말했다. "그 i는 뭘 의미하죠?"

플립은 어리둥절한 얼굴이었다. "뭘 의미하냐뇨? 아무것도 의미하지 않아요. 그냥 'I'예요. 나요. 나는 나다. 개인 성명이죠."

나는 왜 그 낙인이 소문자인지나, 누군가가 그 낙인을 찍은 그녀를 보면 바로 '무능하다(incompetent)'는 말을 떠올릴 거라고 생각은 안 해봤는지를 묻지 않기로 했다.

"이건 '나'예요. 다른 사람이 필요 없는 사람. 특히나 공동 테이블에 앉아서 수마트라 커피를 주문하는 스왑은 필요 없죠." 플립은 깊은 한숨을 내쉬었다.

웨이터가 이상한 나라의 앨리스에 나올 법한 컵에 라떼를 담아서 가져왔는데, 이건 유행일 수도 있지만 아마 그냥 실용적인 적응이지 싶었다. 김이 오르는 액체를 투명한 유리잔에 부으면 재앙을 낳을 수 있으니까.

플립이 다시 한숨을 내쉬었다. 땅이 꺼져라 한숨을 내쉬더니, 실의에 빠진 얼굴로 손잡이가 긴 숟가락 뒷면에 묻은 거품을 핥았다.

"완전 스멀거리는 기분 느낀 적 있어요?"

스멀거린다는 게 무슨 소리인지 몰랐기 때문에 나는 내 숟가락 뒷면을 핥고 그게 답을 바라는 질문이 아니기를 빌었다.

실제로 그랬다. "오늘 같은 경우도 그래요. 주말인데, 난 당신과 같이 여기에나 앉아 있고." 이 대목에서 플립은 눈을 굴리고 다시 한숨을 쉬었다. "남자들은 엿 같아. 알죠?"

그건 분명히 카우보이 부츠를 신고 피어싱을 한 브린 이야기일 터였다.

"인생도 엿 같아. 도대체 내가 직장에서 하는 일이 뭐지?" 플립이 말을 이었다.

별로 없지. 나는 생각했다.

"그러니까 다 엿 같아요. 어디에도 가지 않고, 아무것도 성취하지 못하고. 난 스물두 살이라고요!" 플립은 거품을 한 숟가락 퍼먹었다. "왜 스왑이 아닌 남자는 만나질 못하지?"

나는 이마의 문신 때문일 수도 있다고 생각하다가, 나도 플립보다 별로 나을 게 없다는 사실을 기억했다.

"그룹싱크가 하는 말이 딱 맞아요." 플립은 기대하는 눈으로 나를 보더니, 몸이 찌그러들겠다 싶을 만큼 많은 공기를 토해냈다. "어떻게 그룹싱크에 대해 모를 수가 있어요? 시애틀 최고의 밴드라고요. 내 기분이 지금 걔네 노래 가사랑 비슷해요. '발사대에서 바퀴만 빙빙 돌려, 나도 몰래 침을 뱉고 스멀거리네.' 이건 너무 백수 같은 짓이야." 플립은 그게 내 탓이라는 듯이 노려보며 말했다. "난 여기에서 나가야겠어요."

플립은 계산서를 낚아채더니 사람들 사이를 어슬렁어슬렁 뚫고 웨이터에게 다가갔다.

　웨이터가 잠시 후에 오더니 나에게 계산서를 내밀었다. "친구분이 손님이 지불할 거라고 하셨어요. 저한테 20퍼센트 팁을 주라고도 하셨고."

Execution of Louis XVI, Charles Monnet, 1794, Wikimedia Commons

Alice Roosevelt, Frances Benjamin Johnston, 1902, Wikimedia Commons

앨리스 블루

Alice Blue

1902년 ~ 1904년

———

테디 루즈벨트 대통령의 예쁘고 쾌활한 십대 딸이 일으킨 색깔 유행. 딸을 두고 루즈벨트는 이렇게 말하기도 했다. "나는 미합중국 대통령이거나, 앨리스를 통제하거나 할 수 있다. 도저히 한꺼번에 둘 다 할 수는 없다." 앨리스 루즈벨트는 최초의 '미디어 스타' 중 한 명이었다. 열광적인 대중은 앨리스의 모든 행동, 말, 옷차림을 따라 했다. 앨리스의 회청색 눈 색깔에 어울리는 드레스가 만들어지자, 기자들은 그 색깔에 앨리스 블루라는 별명을 붙였고, 그 색깔은 즉시 인기를 얻었다. 뮤지컬 코미디 '이렌느'에는 '앨리스 블루 가운'이라는 노래가 나왔고, 가게들은 회청색 옷감과 모자와 머리끈을 내놓았으며, 수백 명의 아기가 앨리스라는 이름을 얻고 전통적인 분홍색이 아니라 앨리스 블루의 옷을 입었다.

플립이 떠난 후에 나는 신문을 다시 펼쳐 개인광고로 돌아갔지만, 어쩐지 광고들이 슬프고 조금은 절박해 보였다. '외로운 SWF(싱글 백인 여성)가 정말로 이해심 많은 누군가를 찾습니다.'

나는 요정 티셔츠, 요정 베개, 요정 비누, 꽃 모양의 병에 담긴 엘프메이든이라는 이름의 향수를 보면서 쇼핑몰을 헤매다녔다. '종이 인형'이라는 가게에는 요정 인사장, 요정 달력, 요정 포장지가 있었다. '페퍼콘'에는 요정 찻주전자가 있었다. '누비 유니콘'은 몇 가지 유행을 합쳐서 제비꽃처럼 차려입은 요정을 그려 넣은 카페라떼 컵을 내놓았다.

해는 벌써 졌고, 날씨는 흐리고 쌀쌀해졌다. 눈이라도 내릴 듯한 분위기였다. 나는 '라떼 레냐'를 지나 몸도 데우고 포스트모던 핑크가 어떤 색인지도 보려고 '패션 프런트' 안으로 들어갔다.

색채의 유행은 보통 기술적인 돌파구의 결과물이다. 1870년대 유행색이었던 연보라색과 터키색은 염색약 생산에 과학적인 돌파구가 생긴 덕분에 나타났다. 1960년대의 형광도 마찬가지였다. 새로이 나온 보석 같은 고동색과 에메랄드 자동차 색도 그랬다.

그러나 새로운 색채가 정말 드물게 나타난다는 사실은 패션 디자이너들을 막지 못했다. 디자이너들은 그냥 오래된 색에 새로운 이름을 붙인다. 이를테면 1920년대 스키아파렐리의 쇼킹핑크, 그전까지는 특징 없는 갈색이었던 샤넬의 베이지 색처럼 말이다. 아니면 누군가의 이름을 붙이기도 하는데, 그 사람이 그 색깔을 걸치든 말든 상관은 없다. 빅토리아 블루, 빅토리아 그린, 빅토리아 레드, 그리고 언제나 인기가 있고 훨씬 논리적이기도 한 빅토리아 블랙이 그런 경우다.

'패션 프런트' 직원은 전화로 남자친구와 통화하면서 갈라진 머리끝을 들여다보고 있었다. "포스트모던 핑크 있나요?" 내가 물었다.

"있죠." 직원은 호전적으로 대답하고 전화기에 다시 말했다. "나 이 여자 시중들러 가야 해." 그리고 전화기를 쾅 소리 나게 내려놓고 어슬렁어슬렁 선반 쪽으로 걸어갔다.

나는 그 뒤를 따라가면서 이것도 유행이구나 생각했다. 플립이 유행이다.

직원은 75퍼센트 할인이라고 붙어 있는 천사 그림 스웨트셔츠가 가득한 카운터를 밀고 지나가서 선반을 가리켰다. "그리고 포모 핑크예요. 포스트모던이 아니라." 그녀는 눈을 굴리며 말했다.

"가을 유행색이라던데요." 내가 말했다.

"아무렴요." 그녀는 말하고 내가 "1960년대 이후 가장 매력적인 새로운 색채"를 뜯어보는 동안 전화기 옆으로 돌아갔다.

새로운 색이 아니었다. 1928년에 처음 나왔을 때는 장미의 재라고 불렀고 1954년에 두 번째로 나왔을 때는 비둘기 핑크라고 했던 색이었다.

양쪽 모두 피부와 머리색이 바래 보이는 칙칙한 회색빛 분홍색이었으나, 그래도 엄청난 인기를 끌었다. 포모 핑크라는 현재의 생애에서도 다시 인기를 끌 게 분명했다.

장미의 재만큼 멋진 이름은 아니었지만, 유행을 타기 위해 꼭 이름이 유혹적일 필요는 없다. 1776년에 성공한 색인 벼룩색을 보라. 그리고 루이 16세의 궁정에서 인기를 끌었던 색채는 농담이 아니라 정말로 암갈색이었다. 그냥 암갈색만도 아니었다. 어찌나 인기를 끌었던지 식욕을 돋우는 온갖 색조가 다 유행했다. 젊은 암갈색, 늙은 암갈색, 암갈색 배, 암갈색 허벅지, 암갈색과 우유색의 열병….

나는 연구실에 가지고 돌아가기 위해 포모 핑크 리본을 1미터 정도 샀는데, 그것은 직원이 다시 전화를 끊어야 한다는 뜻이었다. "이건 헤어랩 용인데요." 그녀는 내 짧은 머리를 못마땅하게 바라보며 말하더니, 거스름돈을 잘못 내주었다.

"포모 핑크 좋아해요?" 나는 그녀에게 물었다.

그녀는 한숨을 내쉬었다. "가을을 선도하는 색이니까요."

물론 그랬다. 여기에 모든 유행의 비밀이 놓여 있다. 군집 본능 말이다. 사람들은 다른 모두와 비슷해 보이고 싶어 했다. 흰 구두와 자전거 바지와 비키니를 사는 이유도 그래서였다. 하지만 그 전에 누군가는 바닥이 두꺼운 플랫폼 슈즈를 신거나 머리를 잘라야 했고, 그것은 군집 본능과 반대 방향이었다.

나는 리본과 정확하지 않은 거스름돈을 숄더백(유행이 한참 지났다)에 집어넣고 쇼핑몰로 다시 나갔다. 눈발이 흩날리기 시작했고, 버켄스탁 샌들에 에콰도르 셔츠 차림의 거리 음악가들은 추위에 떨고 있었다. 나는 장갑을 끼고(완벽한 스왑이다), 도서관 쪽으로 다시 걸어가면서 여피 상점들과 베이글 가판대를 보고 점점 더 우울해졌다. 나는 이런 유행 중 어느 것도 어디에서 왔는지 알지 못했다. 심지어 포모 핑크는 패션 디자이너가 내놓았을 텐데 말이다. 하지만 그 패션 디자이너가 사람들이 포모 핑크를 사게 만들거나, 걸치게 만들거나, 관련 농담을 하게 하거나, "다가오는 패션은?"이라는 주제로 사설을 쓰게 만들 수는 없지 않은가?

패션 디자이너들이 무언가를 이번 계절에 많이 팔리게 만들 수는 있다. 특히 사람들이 가게에서 다른 것을 찾을 수가 없다면 말이다. 하지만 그것을 유행으로 만들 수는 없었다. 1971년, 디자이너들은 긴 미디스커트를 소개하려고 했으나 완전히 실패했으며, 몇 년 동안 "모자의 재유행"을 예언했으나 아무 소용도 없었다. 유행을 만들기 위해서는 판촉 이상의 무엇인가가 필요했고, 나는 그 무엇인가의 정체를 전혀 알지 못했다.

그리고 자료를 모으면 모을수록, 그 안에 답은 없다는 확신만 굳어갔다. 여성의 독립성 증가와 머릿니와 자전거 등은 핑계에 지나지 않았고, 아무도 이해하지 못하는 것을 설명하기 위해 나중에 생각해낸 이유일 뿐이었다. 나는 특히 이해하지 못했고 말이다.

내가 맞는 분야에 있기는 한 건지도 의문이었다. 마치 내가 하는 모든 일이 무의미한 것처럼, 너무나 불만족스럽고 너무나…, 스멀거리는 기분이었다.

나는 플립 때문이라고 생각했다. 플립이 브린과 그룹싱크에 대한 이야기로 나를 이렇게 만들었다. 플립은 어디에나 따라다니면서, 도와주기보다는 방해하고 기분을 암울하게 만드는, 수호천사의 반대 같은 존재였다. 하지만 플립이 내 주말을 망치게 둘 수는 없었다. 주중에 망치는 것만으로도 충분히 나빴다.

초콜릿 치즈케이크 한 조각을 사 들고 도서관에 다시 가서 '전사의 용기', '나의 계곡은 푸르렀다', '칼라 퍼플'을 대출했지만, 강철빛 오후 내내 나아지지 않는 기분과 집까지 가는 추운 길 때문에 도저히 일하기는 불가능했다.

도서관에서 빌린 혼돈 이론 책을 읽어보려고 했지만, 더 우울해지기만 했다. 혼돈계에는 변수가 너무 많아서 논리적이고 간단한 방식으로 활동한다 해도 그 계의 행동을 예측하기가 거의 불가능했다. 그런데 논리적으로 간단한 방식으로 움직이지도 않았다.

모든 변수가 모든 다른 변수와 상호 작용하며, 예기치 못한 방식으로 부딪치고 연결된다. 상호 작용이 유발한 반복 순환에 따라 변수들은 계 안으로 몇 번이고 다시 반영되며, 너무나 다양한 방식으로 교차하고 이어졌다. 나비 한 마리가 엄청나게 파괴적인 영향을 낳을 수 있대도 놀랍지 않았다. 아니면 아무 영향이 없을 수도 있었고.

왜 베넷 박사가 변수가 제한된 계를 연구하고 싶어 했는지 알 수 있었지만, 무엇이 제한된단 말인가? 책 내용에 따르면 무엇이든, 모든 것이 변수였다. 엔트로피, 중력, 전자의 양자 효과, 우주 반대편에 있는 별까지.

그러니까 베넷 박사가 옳았고 그 계를 움직이는 외부의 X 요인이 없다 하더라도, 모든 변수의 계산은 고사하고 무엇이 변수인지를 결정할 방법조차 없었다.

이 모든 내용은 마음이 불편할 정도로 유행과 닮아서, 내가 어떤 변수를 계산에 넣지 않았는지 생각하게 만들었다. 덕분에 빌리 레이가 전화했을 때 나는 그야말로 물에 빠진 사람처럼 그에게 매달렸다. "전화해줘서 정말 기뻐. 연구가 생각보다 빨리 진척되어서 시간이 비거든. 어디 있어?"

"보즈먼으로 가는 길이야. 당신이 바쁘다길래, 세미나를 건너뛰고 그동안 보던 타아기를 가지러 가기로 했지." 빌리 레이는 말을 멈췄고, 나는 그의 휴대전화기에서 울리는 경고의 웅웅 소리를 들을 수 있었다. "월요일에는 다시 갈 거야. 다음 주 저녁 식사 어때?"

나는 오늘 밤에 저녁 식사를 같이하고 싶다고 신경질적으로 생각했다. "좋아. 다시 오면 전화해."

잡음이 점점 커졌다. "기회를 놓쳐서 유감…." 빌리 레이는 거기까지 말하고 통화권을 이탈했다.

나는 창가로 가서 진눈깨비를 내다보다가 침대에 들어가서 '운명에 이끌려'를 샅샅이 읽었는데, 별로 대단한 작품은 아니었다. 94쪽밖에 되지 않았고, 엄청난 유행이 될 수밖에 없을 만큼 형편없는 책이었다.

모든 것을 수호천사들이 정하고 조직해 놓았다는 것이 이 책의 전제였고, 여자 주인공에게는 이런 대사가 주어졌다. "모든 일에는 이유가 있는 법이야, 데렉! 당신은 우리 약혼을 깨고 에드위나와 잤다가 에드위나의 죽음에 연루되었고, 나는 위안을 찾아 파올로에게 갔다가 그이와 함께 네팔에 가서 고통과 절망의 의미를 깨달았어. 그런 고통과 절망이 없다면 진정한 사랑도 무의미하다는 사실을 배웠지. 그게 다, 그러니까 열차 사고와 릴리스의 자살, 할버드의 약물 중독, 주식 시장의 붕괴가 전부 다 우리가 함께할 수 있기 위해 필요했어. 아, 데렉, 모든 일에는 이유가 있는 거야!"

단발머리는 빼고 말이지. 나는 새벽 세 시에 이렌느 캐슬과 골프 클럽 춤을 생각하면서 깨어났다. 앙리 푸앵카레에게도 그런 일이 일어났다. 그는 며칠이고 수학 함수들을 풀었는데, 어느 날 밤에 커피를 너무 많이 마시고(지독한 문학작품과 똑같은 효과를 발휘하는 모양이었다) 잠을 이루지 못했고, 덕분에 수학적인 발상이 "우르르 떠올랐다".

프리드리히 케쿨레도 그랬다. 그는 버스 위에서 몽상에 잠겼다가 격렬하게 춤을 추고 있는 탄소 원자들의 사슬을 보았다. 그런 사슬 중 하나가 갑자기 꼬리를 입에 물고 고리 형태를 취했고, 그리하여 케쿨레는 벤젠 고리를 발견하고 유기 화학에 혁명을 일으켰다.

이렌느 캐슬이 골프 클럽과 한 일이라고는 헤지테이션 왈츠뿐이었고, 나는 잠시 후에 불을 켜고 브라우닝의 책을 펼쳤다.

브라우닝은 플립을 알았던 게 분명했다. 플립에 대한 시라고밖에 볼 수 없는 '스페인 회랑의 독백'을 썼으니 말이다. 그는 확실히 플립이 시를 다 구겨버린 뒤에 나왔을 법한 "으아아, 이 골칫거리야"라는 구절을 썼고, "저기 내 심장의 혐오가 가네"라고도 썼다. 나는 다음에 플립이 계산서를 나에게 떠맡기면 그 구절을 읊어주기로 마음먹었다.

Irene and Vernon Castle, *Modern Dancing*, 1914, , Wikimedia Commons

Hampstead Hotpants, 1971 © Douglas Miller/Keystone/Getty Images

핫팬츠

Hot Pants

1971년

———

아주 젊고 몸매 좋은 이들에게만 잘 어울리건만 모두가 입은 유행 패션. 1960년대 미니스커트의 계승자로, 핫팬츠는 종아리 중간까지 오는 미디스커트를 유행시키려고 했던 패션 디자이너들의 시도에 대한 반동이었다. 핫팬츠는 새틴이나 벨벳으로 만들었고, 멜빵이 달린 경우가 많았으며, 에나멜가죽 부츠를 함께 신었다. 여자들은 핫팬츠를 입고 사무실에 나갔고, 심지어는 미스 아메리카 대회에서도 입었다.

나는 구겨진 스크랩을 다리고 간소화한 연구비 신청서를 해독하려고 애쓰면서 나머지 주말을 보냈다. 취지 덧씌우기 한도라는 건 대체 뭘까? 그리고 나의 효율 우선순위 등급은? 그리고 "전매 사이트 구분 제한을 열거하시오"라는 건 무슨 뜻일까? 여기에 비교하면 단발머리의 원인(또는 나일 강의 원천)을 찾는 문제쯤은 식은 죽 먹기 같았다.

EDI(전자 자료 교환) 보증이 무엇인지 아는 사람이 아무도 없었다. 월요일에 출근했더니, 내가 아는 모든 사람이 그게 무엇인지 물어보려고 통계부에 몰려들었다.

"혹시 이 멍청한 연구비 신청서를 어떻게 채워야 할지 알아?" 새라가 오전에 머리를 들이밀고 물었다.

"전혀." 내가 말했다.

"비용 단계변화 인덱스라는 게 뭘까?" 새라는 문에 몸을 기댔다. "그냥 포기하고 다시 시작해야겠다는 기분이 든 적 있어?"

나는 컴퓨터 화면을 보면서, 있다고 생각했다. 나는 스크랩을 읽고, 그 안에서 유의미했으면 좋겠다 싶은 정보를 추출하고, 그 내용을 디스크에 적어넣고, 그 자료를 해석하기 위한 통계 프로그램을 짜면서 오전 대부분을 보냈다. 빌리 레이라면 "컴퓨터에 집어넣고 버튼을 누른다"고 표현했을 일이었다.

그래서 버튼을 눌러보면, 오 놀라워라, 놀랄 만한 결과는 없었다. 노동자로 종사하는 여성의 수와 단발머리에 대한 신문의 분노에 찬 언급 수 사이에 상관관계가 있었고, 단발과 담배 판매량 사이에는 더 강한 상관관계가 있었고, 머리 길이와 스커트 길이 사이에는 아무 상관관계도 없었는데 그건 나도 예측할 수 있는 결과였다. 스커트는 1926년에 종아리까지 내려갔는데, 머리 길이는 1925년의 소년 같은 싱글컷과 1926년에 그보다 더 짧은 이튼컷을 거쳐 1929년 대공황이 올 때까지 꾸준히 짧아졌다.

클로슈 모자와의 상관관계가 가장 강했는데, 이 결과는 선후 관계가 바뀐 가설을 지지하며, 통계학이란 흔히 평가받는 대로가 전부가 아님을 한 점 의혹도 없이 증명한다.

"최근에는 전부 다 우울하기만 했어." 새라가 말하고 있었다. "난 언제나 그이가 나보다 관계의 문지방이 높은 게 문제일 뿐이라고 믿었는데, 어쩌면 이게 종속적인 의존 관계에 따라오는 부정 체계에 불과한지도 모른다는 생각이 든 거야."

나는 테드 이야기구나 생각했다. 우리는 결혼하고 싶어 하지 않는 테드에 대해 이야기하고 있었다.

"그리고 이번 주말에는 이런 생각이 들었지. 이게 다 무슨 소용이야? 나는 친밀함을 강화하는 길을 따라가고 그이는 그 길에서 벗어나는 데에만 관심이 있고."

"스멀거리지." 내가 말했다.

"뭐라고?"

"지금 그 기분 말이야. 발사대 위에서 헛바퀴만 돌리는 것 같은 기분. 이번 주말에 플립과 마주치진 않았지, 설마?"

"오늘 아침에 봤어. 애플게이트 박사의 우편물을 나한테 가져왔더라."

세상을 돌아다니며 어둠과 파괴를 전파하는 반(反)천사.

"흠, 어쨌든…." 새라가 말했다. "혹시 관리부 중에 비용 단계변화 인덱스가 뭔지 말해줄 수 있는 사람이 있나 찾으러 가봐야겠다."

나는 단발머리 데이터로 돌아갔다. 1923년의 지리분포를 돌린 다음 1922년의 분포를 분석했다. 뉴욕시와 할리우드에 데이터 군집이 나타났는데, 놀라운 일은 아니었다. 그리고 미네소타 주의 세인트폴과 오하이오 주의 메리데일에도 많이 나타났는데, 이건 놀라운 결과였다. 나는 직감에 따라 앨라배마 주 몽고메리의 분석 결과를 요청했다. 통계적으로 의미가 있기에는 너무 작지만, 세인트폴의 예를 설명하기에는 충분한 크기의 데이터 군집이 나왔다. 몽고메리는 F. 스콧 피츠제럴드가 젤다를 만난 곳이었고, 세인트폴은 그의 고향이었다. 지역 주민들은 '버니스 머리를 자르다'에 부응하려고 한 게 분명했다. 이 사실은 오하이오 주 메리데일을 설명하지 못했다. 나는 1921년의 지리 분포를 돌렸다. 여전히 그 자리에 있었다.

"여기요." 플립이 내 코앞에 우편물을 내밀었다. 아무도 포모 핑크가 가을 유행색이라고 말해주지 않은 모양이었다. 플립은 눈부시게 꼴 보기 싫은 파란색 튜닉과 레깅스를 입고 접착테이프 종합세트를 달았다.

"와줘서 잘됐네요." 나는 스크랩 한 무더기를 잡으며 말했다. "나한테 카페라떼 값 2달러 50센트 빚졌고, 이걸 좀 복사해 줬으면 해요. 아, 그리고 잠깐만요." 나는 토요일에 훑어본 개인광고들과 천사에 대한 기사 두 개를 챙겨서 플립에게 건넸다. "각각 한 부씩요."

"난 천사를 믿지 않아요." 플립이 말했다.

늘 그렇듯이 유행의 첨단을 걷는 플립이었다.

"예전에는 믿었지만, 이젠 안 믿어요. 브린 이후로는요. 진짜 수호천사가 있다면 낙담했을 때 기분을 돋궈주고 조사 위원회 회의에서도 빼주고 그래야죠."

"요정은 어때요?" 내가 물었다.

"요정 대모 같은 거요? 당연하죠. 흥."

당연하다라.

나는 단발머리 연구로 돌아갔다. 오하이오 주 메리데일. 그곳에 무엇이 있어서 단발머리가 대인기를 끌게 만들 수 있었을까? 더위? 1921년 여름 오하이오 날씨가 이례적으로 뜨거웠다면 어떨까? 너무 더워서 긴 머리가 목덜미에 축축 들러붙고, 여자들이 "더는 못 참겠어"라고 말했다면?

나는 오하이오 주의 6월부터 9월까지 날씨 자료를 불러내고 메리데일을 찾기 시작했다.

"잠시 시간 있어?" 문가에서 목소리가 날아왔다. 인사부의 일레인이었다. 뚱한 표정에 이마에는 땀받이 머리띠를 둘렀다. "고용상태 이행 구성량이 도대체 뭔지 알아?" 일레인이 말했다.

"전혀. 관리부에는 물어봤어?"

"두 번이나 올라갔는데 들어가지도 못했어. 사람들이 몰려들어서." 일레인은 심호흡을 했다. "완전히 스트레스받아. 운동하러 갈래?"

"계단 오르내리기?" 나는 의심스럽게 물었다.

일레인은 단호하게 고개를 저었다. "계단 오르내리기는 대근육 운동이 안 돼. 벽 타기를 해야지. 28번가에 있는 체육관에서. 등반용 피톤이고 뭐고 다 있어."

"고맙지만 사양할게. 벽이라면 여기에도 있어."

일레인은 못마땅한 눈으로 내 방 벽을 보더니 밖으로 나갔고, 나는 다시 단발머리 문제로 돌아갔다. 메리데일의 1921년 기온은 평균보다 조금 낮았고, 이렌느 캐슬이나 이사도라 덩컨의 고향도 아니었다.

나는 잠시 그 자료를 버려두고 파레토 차트를 작성한 다음 회귀 분석을 좀 더 돌렸다. 교회 출석과 단발머리 사이에는 약한 상관관계가 있었고, 단발머리와 허프모빌 판매 사이에는 강한 상관관계가 있었지만, 패커드나 모델 T 포드 같은 자동차와는 그렇지 않았고, 단발머리와 간호사 여성들 사이에는 아주 강한 상관관계가 있었다. 나는 1921년의 미국 병원 목록을 불러냈다. 메리데일에서 수백 킬로미터 범위에 병원은 하나도 없었다.

지나가 지칠 대로 지친 얼굴로 들어왔다.

"아니, 나도 연구비 신청서를 어떻게 채워야 할지 몰라." 나는 지나가 묻기 전에 말했다. "그리고 다른 사람도 아무도 모르더라."

"그래?" 지나는 멍하니 말했다. "난 아직 신청서를 보지도 못했어. 모든 시간을 플립의 비서를 찾기 위한 멍청한 조사 위원회에 써버렸거든. 비서에게 제일 중요한 자질이 뭐라고 생각해?"

"플립의 정반대." 나는 말하고 나서, 지나가 웃지 않자 다시 말했다. "능숙하고, 쾌활하고, 기꺼이 일하는 사람?"

"바로 그거야." 지나가 말했다. "그리고 어떤 사람에게 그런 자질이 있다면, 바로 채용하겠지. 안 그래? 그리고 그 자리에 필요 이상의 자격을 갖춘 사람이 있다면, 얼른 낚아채야겠지. 아주 작은 결점 하나 때문에 그런 사람을 거절하고 다른 사람 수십 명을 인터뷰하려 하지는 않을 거야. 특히나 다른 할 일도 있다면 말이야. 이 어처구니없는 연구비 신청서를 작성한다거나, 생일 파티 계획을 세운다거나 하는 일 말이야. 내가 파워레인저는 안된다고 했더니 브리타니가 뭘 골랐는지 알아? '바니와 친구들'이 좋대. 그 사람이 능숙하지 않고 쾌활하지 않고 기꺼이 일하려 들지 않는 상황도 아니란 말이야. 알겠어?"

브리타니에 대해 하는 말인지, 비서 지원자에 대해 하는 말인지 잘 알 수가 없었다. "바니라니 끔찍하네." 나는 말했다.

"내 말이." 지나는 내가 자기주장을 증명해줬다는 듯이 말했다. 그 주장이 무엇인지는 몰라도. "그 사람을 채용할래." 지나는 여봐란듯이 걸어나갔다.

나는 다시 컴퓨터 앞에 앉았다. 클로슈 모자, 허프모빌, 그리고 오하이오 주 메리데일. 무엇 하나 방아쇠가 될 법해 보이지 않았다. 무엇이었을까? 무엇이 갑자기 유행에 시동을 걸었을까?

플립이 내가 조금 전에 준 스크랩 더미와 개인광고들을 가지고 들어왔다. "이걸 어쩌라고 했죠?"

최면요법

Mesmerism

1778년 ~ 1884년

———

자력에 대한 새로운 발견이 이루어지고, 자력의 의학적인 가능성에 대한 추측과 탐욕에서 비롯한 유행 과학. 파리 사교계는 '동물성 자력' 치료를 하는 메스머 박사에게 몰려들었는데, 이 치료에는 '자성을 띤 물'이 담긴 욕조와 강철 막대기, 그리고 환자를 마사지하고 눈을 깊이 들여다보는 라벤더색 로브 차림의 조수들이 얽혀 있었다. 환자들은 비명을 지르고, 흐느껴 울고, 깊은 무아지경에 빠져들고, 나갈 때는 메스머 박사에게 돈을 지불했다. 사실 최면술과 동물성 자력은 종양에서 폐결핵에 이르기까지 모든 병을 치료한다고 했다. 벤 프랭클린을 필두로 하는 과학 조사에서 최면에 그런 효과가 없다는 사실이 증명되자 사그라들었다.

화요일에는 관리부가 또 회의를 소집했다. "간소화한 연구비 신청서를 설명하기 위해서겠지." 나는 구내식당으로 걸어가면서 지나에게 말했다.

　　"그랬으면 좋겠네." 지나는 어제보다 더 지친 얼굴로 말했다. "가끔이라도 누군가 다른 사람이 방어하는 입장에 서는 모습을 보면 좋겠어."

　　무슨 뜻인지 물어보려고 했지만, 그 순간 방 저편에서 턴불 박사와 이야기를 나누는 베넷 박사의 모습이 보였다. 턴불 박사는 (어깨심 없는) 포모 핑크 정장 차림이었고, 베넷 박사는 1970년대에 유행했던 무늬가 들어간 폴리에스테르 셔츠를 입었다. 내가 그 모든 상황을 받아들였을 무렵에 지나는 새라, 일레인, 그리고 한 무리의 다른 사람들과 함께 테이블에 앉아 있었다.

　　나는 친밀감 문제와 빨리 걷기에 대한 토론에 대비하면서 그쪽으로 걸어갔지만, 다들 플립의 새 비서에 대해 의논하고 있었다.

　　"플립보다 더 나쁜 사람을 채용하는 일이 가능하다고는 생각지도 못했어." 일레인이 말하고 있었다. "어떻게 그럴 수가 있어, 지나?"

　　"하지만 일에는 굉장히 능숙해." 지나가 방어적으로 말했다. "윈도우즈와 SPSS를 다뤄본 경험도 있고, 복사기를 고칠 줄도 알아."

　　"그런 건 아무 상관도 없어." 물리학부에서 일하는 여자가 말했다. 나에게는 상관이 있는 문제 같았지만.

　　"흠, 난 그 사람과 일하지 않을 거야." 제품개발부 남자가 말했다. "그 여자가 그런 줄 몰랐다고 하지는 마. 척 보기만 해도 알 수 있잖아."

강한 편견이란 제일 오래되고 제일 추악한 유행 중 하나이고, 워낙 끈질기게 지속하다 보니 대상이 계속 변하지 않았다면 유행이라고 불리지도 않았을 것이다. 위그노교도, 한국인, 동성애자, 이슬람교도, 투치족, 유대인, 퀘이커교도, 늑대, 세르비아인, 세일럼의 주부들…. 규모가 작고 다르기만 하다면 거의 모든 그룹에 차례가 돌아갔고, 그 패턴은 절대 달라지지 않았다. 못마땅해하고, 고립시키고, 악마로 몰아세우고, 박해하고. 그것은 유행을 시작하는 스위치를 알아내면 좋을 이유 중 하나였다. 나는 편견의 유행을 영원히 꺼버리고 싶었다.

"그런 사람들은 하이텍 같이 큰 회사에서 일하지 못하게 해야 해." 테드에 대한 심리학 나부랭이 헛소리에도 불구하고 사실은 좋은 사람인 새라가 말하고 있었다.

그리고 그렇게 어리석을 리가 없는 애플게이트 박사가 넌더리를 내며 덧붙였다. "그 사람을 해고한다면 차별 해고라고 고소하겠지. 이래서 차별금지법이 문제라니까."

나는 플립의 새로운 비서가 도대체 어떤 작고 다른 그룹에 속하는 불행을 타고났는지 궁금했다. 히스패닉, 레즈비언, 아니면 총기협회원?

"내 연구실에는 발도 못들일 거야." 터번을 두른 여자가 말했다. "난 불필요한 건강상의 위험에 노출되지 않을 거야."

"하지만 직장에서 담배를 피우지는 않을 거야." 지나가 말했다. "1분에 100단어를 칠 수 있다니까."

"이런 말을 듣다니 내 귀를 믿을 수가 없네." 일레인이 말했다. "간접흡연의 위험에 대한 FDA 보고서 안 읽어봤어?"

반면, 인간종을 개선하느니 인류를 완전히 버리고 베넷 박사의 원숭이가 되는 편이 낫겠다 싶은 순간들도 있다. 그쪽이 더 이해가 될 테니까.

내가 일레인에게 그런 말을 하기 직전에 베넷 박사가 내 팔을 잡았다. "와서 같이 앉아요." 그는 나를 끌고 가면서 말했다. "관리부가 또 무슨 감성 훈련을 꺼낼 때에 대비해서 제 상대가 되어줘야겠어요." 그는 자신 없는 눈으로 나를 보았다. "친구분들과 같이 앉는 편이 좋다면 안 되겠지만."

"아니에요." 나는 지나를 에워싼 친구들을 보며 말했다. "지금은 전혀 아니에요."

"아, 잘됐네요. 지난번 감성 훈련 때는 플립과 엮였지 뭡니까." 우리는 같이 앉았다. "그래서 유행 연구는 어떻게 되어가요?"

"진행이 안 돼요. 단발머리를 고른 건 명백한 이유가 없는 유행을 연구하고 싶어서였어요. 대부분의 유행은 기술적인 돌파구에서 비롯되거든요. 나일론, 물침대, 불 켜지는 운동화…."

"원폭 대피소 같이요."

나는 고개를 끄덕였다. "아니면 마케팅 현상이거나요. 트리비얼 퍼수트 게임이나 테디베어처럼."

"그리고 원폭 대피소 같이요."

"맞아요. 아무튼 단발머리는 미용실 비용을 빼면 돈이 들지 않았고, 그 돈도 없다면 가위를 들고 직접 머리를 자르면 그만이었는데, 그건 언제나 있었던 기술이죠." 나는 한숨을 내쉬다가 내가 플립처럼 말하고 있다는 사실을 깨달았다.

"그래서 문제가 뭡니까?" 베넷이 물었다.

"문제는 단발머리에 분명한 이유가 없다는 거예요. 한동안은 이렌느 캐슬이 이유일 가능성이 있어 보였지만, 알고 보니 이렌느는 그 전해에 파리에서 인기를 끌었던 네덜란드식 단발 유행을 따른 거였어요. 그리고 다른 출처들은 결정적인 시기와 직접 관련이 없어요. 혹시 오하이오의 메리데일이라는 곳 들어본 적 있어요?"

"안녕하세요." 단상에서 관리자가 말했다. 폴로셔츠에 도커즈 면바지를 입고, 기분 좋은 미소를 머금고 있었다. "모두 여기에서 보게 되어 정말 기쁩니다."

"관리부가 뭘 하려는 거죠?" 나는 베넷에게 속삭였다.

"난 새로운 약자를 내놓으려는 것 같아요." 베넷이 속삭였다. "부서 통합 경영 사업(Departmental Unification Management Business)." 그는 알파벳 약자를 용지에 적었다. "D. U. M. B. (dumb-멍청하다)."

"오늘은 몇 가지 사안이 있습니다." 관리자가 희희낙락 말했다. "첫째로, 간소화한 연구비 신청서를 작성하는 데 사소한 어려움을 겪는 분들이 계셨는데요. 여러분의 모든 질문에 답하는 메모를 받으시게 될 겁니다. 부서 간 의사소통 연락 담당자가 지금도 여러분 전원에게 드릴 사본을 만들고 있습니다."

베넷이 테이블에 고개를 처박았다.

"둘째로, 하이텍에서 이번 주부터 '편하게 입기' 정책을 도입

한다는 사실을 알려드리고 싶군요. 최고의 기업은 모두 다 시행하고 있는 혁신입니다. 편한 옷은 더 느긋한 직장과 더 강력한 내부근로자 인터페이스를 유도하지요. 그러니 내일부터는 모두 편한 옷을 입으시길 바랍니다."

나는 관리자에게 신경을 끄고 베넷을 연구했다. 꼴이 엉망이었다. 폴리에스테르 프린트 셔츠에는 갈색의 작은 데이지 꽃이 들어갔는데, 그 안에 든 온갖 다양한 색조의 갈색 중에서 갈색 코르덴 바지와 조금이라도 어울리는 갈색은 없었다. 그는 그 위에 보풀이 뭉친 회색 카디건을 걸쳤다.

하지만 옷만 문제가 아니었다. 영화 '브래디 번치'는 1970년대 스타일을 다시 유행으로 만들었다. 플립은 새틴 디스코바지를 입고 온 적이 있었고, 플랫폼 슈즈와 금사슬이 볼더몰 사방에 보였다. 그러나 베넷은 '복고풍'으로 보이지 않았다. '스왑'으로 보였다. 나는 베넷이 보머 재킷을 입고 나이키 운동화를 신어도 여전히 그래 보이리라는 느낌을 받았다. 마치 반(反)유행광 같았다.

아니, 그것도 맞지 않았다. 꽤 많은 유행이 기존의 유행에 대한 거부에서 출발했다. 1960년대의 장발은 1950년대의 군인 머리에 대한 거부였고, 짧고 풀기 없고 형태도 없는 드레스는 과장된 허리받이와 코르셋을 댄 빅토리아 시대 드레스에 대한 반응이었다.

베넷은 저항하고 있지 않았다. 그보다는 아예 유행이라는 개념 자체를 의식하지 못한다고 봐야 했다. 아니, 그것도 정확한 말은 아니었다. 그는 유행에 면역이 있었다.

그리고 베넷이 유행에 면역이 있다면, 그건 모종의 바이러스가 유행을 일으킨다는 의미일까? 나는 지나의 테이블 쪽을 보았다. 일레인과 애플게이트 박사가 지나에게 폐기종이며 공중보건국장의 경고에 대해 열렬히 속삭이고 있었다. 베넷은 정말로 모든 유행에 면역일까, 아니면 플립의 말대로 패션에만 장애가 있는 걸까?

나는 공책을 펴고 "플립의 새 비서를 고용했대요"라고 써서 베넷 앞으로 밀었다.

그는 마주 썼다. "알아요. 오늘 아침에 만났어요. 이름이 셜이에요."

"흡연자라는 사실도 알았어요?" 나는 적어놓고 그 내용을 읽는 베넷의 표정을 관찰했다. 그는 놀라지도 반발하지도 않았다.

"플립이 말했어요." 그는 적었다. "셜이 직장을 오염시키고 있다고 하더군요. 가마가 솥더러 까맣다고 하는 격이죠."

나는 씩 웃었다.

"플립의 이마에 문신한 i자는 무슨 뜻이에요?" 베넷이 적었다.

"문신이 아니라 낙인이래요." 나는 마주 적었다. "i로 시작하는 단어라면 무능하다(incompetent), 아니면 구제불능이다(im-possible)?"

"진취성(initiative)입니다." 그 순간에 관리자가 말했고, 우리둘 다 찔려서 눈을 들었다. "그래서 세 번째 사안으로 넘어가게됩니다만, 니브니츠 연구기금에 대해 아시는 분이 얼마나 되나요?"

나는 알고 있었고, 아무도 손을 들지 않았지만 분명히 모두가 알고 있다고 장담할 수 있었다. 니브니츠는 가장 큰 연구기금이었다. 맥아더 기금보다 더 컸고, 사실상 달린 조건도 없었다. 과학자들은 그 돈을 받아서 어떤 종류의 연구에나 쓸 수 있었다. 아니면 바하마 제도로 은퇴해 버리거나.

또한 니브니츠는 가장 수수께끼 같은 연구기금이기도 했다. 누가 그 돈을 주는지, 무엇 때문에 주는지, 심지어는 언제 주는지마저도 아는 사람이 없었다. 작년에는 인공지능 연구자인 로렌스 친이 받았고, 재작년에는 네 명이 받았는데, 그전에는 또 3년이 넘도록 아무도 받지 못했다. 니브니츠 연구기금 사람들은 (누군지는 몰라도) 천국에서 오는 천사들처럼 주기적으로 아무것도 모르는 과학자에게 날아 내려와서 다시는 간소화한 연구비 신청서를 작성할 일이 없게 만들어줬다.

필요한 조건도, 신청서도, 니브니츠가 선호하는 특정한 연구 분야도 없었다. 재작년에 받은 네 명 중 하나는 노벨상 수상자였고, 하나는 조교였으며, 하나는 프랑스 연구소에서 일하는 화학자였고, 하나는 파트타임 발명가였다. 확실하게 알려진 단 한 가지는 액수였고, 관리자는 조금 전 차트에 그 숫자를 적어 놓았다. $1,000,000.

"니브니츠 연구기금 수상자는 본인이 선택하는 연구에 쓸 돈을 백만 달러 받습니다." 관리자는 차트 페이지를 넘겼다. "니브니츠 연구기금은 과학적인 감각…," 그는 차트에 과학이라고 썼다. "확산적인 사고…," 그는 생각이라고 적었다. "그리고 의미 있는 과학적 돌파구에 대한 상황 소인에 주어집니다." 그는 돌파구라고 적은 다음에 포인터로 세 단어 모두를 두드렸다.

"과학, 생각, 돌파구."

"저게 우리와 무슨 상관이죠?" 베넷이 속삭였다.

"2년 전에는 파리 연구소에서 니브니츠 연구기금을 받았습니다." 관리자가 말했다.

"아니, 그게 아니죠." 나는 속삭였다. "그 연구소에서 일하던 과학자가 받은 거죠."

"그리고 그 연구소에서는 구식 관리 기술을 쓰고 있었지요." 관리자가 말했다.

"아, 안돼." 나는 중얼거렸다. "관리부는 우리가 니브니츠 연구기금을 따내기를 바라는군요."

"어떻게 그럴 수가 있죠?" 베넷이 속삭였다. "니브니츠 연구기금을 어떻게 받는지는 아무도 모르는데."

관리자는 우리 쪽으로 차가운 시선을 던졌다. "니브니츠 연구기금 위원회는 의미 있는 과학적 돌파구에 가져올 잠재력이 있는 창조적이고 뛰어난 프로젝트를 찾고 있는데, GRIM은 바로 그것을 위해 존재합니다. 이제 무리를 지어 니브니츠 연구기금을 따내기 위해 할 수 있는 다섯 가지 일을 적어주시기 바랍니다."

"기도." 베넷이 말했다.

나는 종이를 한 장 집어서 적어 내려갔다.

1. 잠재력을 최대한 활용하라.
2. 권한 분산을 용이하게 하라.
3. 전망 그리기를 실행하라.

4. 우선순위 전략을 세우라.

5. 핵심 구조를 확대하라.

"그게 뭡니까?" 베넷은 그 목록을 보고 말했다. "이건 말이 안 되는데요."

"우리가 니브니츠 연구기금을 따내기를 바라는 것도 말은 안 되죠." 나는 그 종이를 제출했다.

"이제 바쁘게 움직입시다. 여러분은 확산적인 사고를 해야 합니다. 의미 있는 과학적 돌파구를 내보도록 합시다."

관리자는 지휘봉을 옆구리에 끼고 걸어나갔지만, 모두 망연자실해서 그 자리에 앉아있기만 했다. 예외로 턴불은 다이어리에 빠르게 무엇인가를 쓰기 시작했고, 플립은 어슬렁어슬렁 들어와서 종잇조각을 나눠주기 시작했다.

"프로젝트 결과: 의미 있는 과학적 돌파구라." 나는 고개를 절레절레 저으며 말했다. "흠, 단발머리는 확실히 안 되겠네요."

"저 사람들은 과학이 그런 식으로 돌아가지 않는다는 것도 모르나요? 과학적인 돌파구를 그냥 주문할 수는 없어요. 그런 일은 몇 년 동안이나 연구하다가 문득 이전에는 알아차리지 못했던 연관성을 보게 될 때나, 완전히 다른 무엇인가를 찾을 때 일어나는 거란 말입니다. 가끔은 우연히 일어나기도 하지요. 저 사람들은 그냥 원한다고 과학적인 돌파구를 얻을 수 없다는 걸 모르나요?"

"이 관리부는 플립을 승진시킨 사람들이거든요. 기억해요?" 나는 얼굴을 찌푸렸다. "그런데 '의미 있는 과학적 돌파구에 대한 상황 소인'은 뭐죠?"

"플레밍의 경우에는 오염된 배양균을 보고 곰팡이가 박테리아를 죽였다는 사실을 알아챈 일이었지요." 베넷이 말했다.

"그리고 관리부는 니브니츠 연구기금 위원회가 잠재력 있는 창조적인 프로젝트에 돈을 준다는 걸 어떻게 알죠? 위원회가 있는 줄은 어떻게 알고요? 우리가 아는 한, 니브니츠는 어떤 잠재력도 보이지 않는 프로젝트에 돈을 주는 부유한 노인일 수도 있어요."

"그런 경우라면 우린 쉽게 우승하겠네요." 베넷이 말했다.

"우리가 아는 한, 니브니츠는 그냥 이름이 C자로 시작하는 사람들에게 연구기금을 주거나, 그냥 모자에서 이름을 뽑을 수도 있다고요."

플립이 다가와서 베넷에게 종잇조각을 하나 건넸다. "이게 간소화한 연구비 신청서를 설명해주는 메모인가요?" 베넷이 말했다.

"아니요오오." 플립은 눈을 굴리며 말했다. "진정서예요. 구내식당을 100퍼센트 금연 환경으로 만들자는." 플립은 느긋하게 걸어갔다.

"i가 무엇의 약자인지 알겠어요. 짜증나는(irritating)이에요." 내가 말했다.

베넷은 고개를 저었다. "견딜 수 없는(insufferable)이에요."

© Silver Screen Collection

너구리털 모자

Coonskin Caps

1955년 5월 ~ 1955년 12월

───────

알라모 전투에서 싸우고 "세 살에 곰을 죽인" 켄터키 개척 영웅을 다룬 월트 디즈니 텔레비전 시리즈 '데이비 크로켓'에서 영향을 받아 생긴 어린이용 유행. 너구리털 모자는 활과 화살 세트, 장난감 칼, 장난감 소총, 술 달린 셔츠, 뿔 화약통, 도시락통, 지그소 퍼즐, 색칠 그림책, 파자마, 팬티, 그리고 미국의 모든 아이가 모든 구절을 아는 데이비 크로켓의 발라드 열일곱 가지 버전을 포함하는 더 큰 상품 유행의 일부였다. 이 유행의 결과로 너구리털 부족 현상이 일어나고, 모자를 만들기 위해 1920년대에 유행했던 미국 너구리털 코트를 뜯어내기도 했다. 어떤 사내아이들은 자기 머리를 너구리털 모자 모양으로 자르기도 했다. 1955년 크리스마스 직전에 유행이 붕괴하면서 상인들에게 아무도 원하지 않는 모자 수백 개만 남겼다.

다음 날 플립에게 복사해달라고 했던 스크랩을 찾아서 연구실을 뒤지다가 퍼뜩, '이미 새 비서를 만났다'는 베넷의 말이 떠올랐다. 그 말은 그 비서가 생물학부에 배정되었다는 뜻이다. 하지만 오후에 궁지에 몰린 표정의 지나가 들어와서 말했다. "난 사람들이 뭐라든 신경 쓰지 않아. 그 사람을 고용한 건 옳은 일이었어. 셜이 방금 내가 쓴 글을 20부 인쇄해서 순서대로 맞춰놨거든. 정확하게 말이야. 간접 간접흡연을 하게 된다 해도 상관없어."

"간접 간접흡연?"

"플립은 흡연자가 내뱉는 공기를 마시는 게 그런 거래. 하지만 난 상관없어. 그만한 가치가 있으니까."

"셜이 자기한테 배정됐어?" 내가 말했다.

지나는 고개를 끄덕였다. "오늘 아침에 내 우편물을 갖다 줬어. 다른 사람 것이 아니고 내 우편물을 말이야. 자기도 셜을 비서로 배정받아야 해."

"그럴 거야." 나는 말했지만, 말은 쉽고 행하기는 어려웠다. 이제 비서가 생기니 플립은(그리고 내 스크랩은) 지구 표면에서 사라져버렸다. 건물 전체를 두 번은 수색했는데, 구내식당에는 모든 테이블에 커다란 '금연' 표지가 붙어 있었으며, 자재부에서는 데지데라타가 '프린터 카트리지'가 무슨 뜻인지 알아내려고 애쓰고 있었다. 그리고 결국 나는 내 연구실에서, 내 컴퓨터 앞에 앉아서 무슨 내용인가를 입력 중인 플립을 발견했다.

플립은 내가 보기 전에 그 내용을 지우고 펄쩍 뛰어올랐다. 플립에게 그게 가능하다면 말이지만, 어딘가 찔리는 표정이었다.

"안 쓰고 있었잖아요." 플립은 나에게 말했다. "여기 있지도 않았다고요."

"내가 월요일에 준 스크랩은 복사했어요?" 내가 말했다.

플립은 멍한 얼굴이었다.

"맨 위에 개인광고 복사불이 있었는데."

플립은 머리채를 휙 넘겼다. "내가 어떤 사람인지 말할 때 우아하다는 표현이 어울려요?"

플립은 머리 타래 중에서 길고 가느다란 머리카락을 칙칙한 파란색 자수실로 싸맸고, 이마에는 접착테이프를 밴드처럼 두르고 i자 주위만 잘라냈다.

"아니요." 내가 말했다.

"흠, 아무도 전부 다 충족하길 기대하진 않으니까요." 플립은 난데없이 말했다. "어쨌든, 난 박사님이 왜 개인광고에 중독됐는지 모르겠어요. 그 카우보이가 있으면서."

"뭐라고요?"

"빌리 보이 아무개요." 플립은 전화기를 향해 손을 흔들며 말했다. "전화해서 무슨 세미나 때문에 시내에 온다고 어디서 만나서 저녁 식사를 하자더군요. 오늘 밤일 거예요. 네브래스카 데이지인가 뭔가였는데. 7시에."

나는 가서 전화 메모장을 보았다. 비어 있었다. "전할 내용을 적지 않았어요?"

플립은 한숨을 내쉬었다. "내가 뭐든지 다 할 순 없잖아요. 그래서 비서를 둬야 했고요. 기억나요? 내가 너무 힘들게 일하지 않아도 되게 고용한 건데, 그 여자는 흡연자고, 내가 그 여자를

배정한 사람 중에서 절반은 그 여자를 자기 연구실에 들이고 싶
어 하지 않고, 그래서 난 여전히 이런 온갖 물건을 복사하고 생
물학부까지 가야 하지 뭐예요. 흡연자들은 강제로 담배를 포기
하게 만들어야 한다고 봐요."

"그 비서를 누구에게 배정했죠?"

"생물학부하고 제품개발부하고 화학부하고 물리학부하고 인
사부하고 경리부, 그리고 나한테 고함을 지르고 일을 잔뜩 시키
는 사람들 전부 다요. 아니면 흡연자들을, 나머지 우리들까지
다 담배 연기에 노출시키지 않게 막사 같은 데 집어넣든가…."

"나한테 배정하지 그래요? 난 그 사람이 담배를 피워도 상관
없는데."

플립은 파란 가죽 스커트 엉덩이에 두 손을 올리고 못마땅하
다는 듯이 말했다. "담배는 암을 일으킨단 말이에요. 게다가, 그
런 사람을 박사님에게 배정할 생각은 없어요. 박사님은 여기에
서 나한테 그나마 잘해주는 유일한 사람이니까."

Loupot Cigarettes Bonza, Charles Loupot, Switzerland c. 1919, Wikimedia Commons

Disneyland Vacationland Fall 1967 02, Dolly Madison © Tom Simpson

엔젤 푸드 케이크

Angel Food Cake

1880년 ~ 1890년

———

이 세상 것 같지 않게 가볍고 하얀 케이크라는 점을 암시하는 이름을 붙인 음식 유행. 세인트루이스, 허드슨 강변에 있는 어느 레스토랑 아니면 인도에서 기원했다. 이 케이크의 비밀은 열두 개(또는 열한 개, 아니면 열다섯 개)의 계란 흰자를 단단하고 반짝이는 봉우리가 될 때까지 치대는 데 있었다. 굽기가 어려운 나머지 완전히 종교를 하나 일궈냈다. 팬에 기름을 칠하지 말아야 하고, 굽는 동안 아무도 주방 바닥을 가로질러 걸을 수 없다는 식이었다. 당연하게도 이 유행을 대체한 것은 데빌 푸드 케이크였다.

알고 보니 5시 30분에 '캔자스 로즈'였다. "내 메시지를 잘 받았군." 빌리 레이가 주차장에서 나를 만나러 나오면서 말했다. 검은색 청바지에 흑백의 카우보이 셔츠를 입고 하얀 카우보이 모자를 쓰고 있었다. 머리는 지난번에 보았을 때보다 길었다. 장발 유행이 돌아오고 있는 게 분명했다.

"그런 셈이지. 왔으니."

"이렇게 이른 시간이라 미안해. 저녁에는 인터넷 관개사업에 대한 워크숍이 있어서 말이야. 놓치고 싶지 않아." 그는 내 팔을 잡았다. "여기가 시내에서 제일 잘 나가는 곳일 거야."

그 말이 맞았다. 예약을 해놓았는데도 30분을 기다렸고, 줄에 서 있는 여자들은 하나같이 포모 핑크를 입고 있었다.

"타아기는 받았어?" 나는 '절대금연' 표지판에 등을 기대며 빌리 레이에게 물었다.

"그럼. 끝내줘. 유지비는 낮고, 추위에 대한 내성은 강하고, 한 철에 양털을 15파운드씩 내놓지."

"양털? 난 타아기가 소 품종인 줄 알았어."

"이젠 아무도 소를 키우지 않아." 그는 당연히 나도 알았어야 한다는 듯이 얼굴을 찡그리며 말했다. "콜레스테롤 때문이지. 양은 콜레스테롤이 낮고, 털을 한 번 깎은 양가죽이 겨울에 새로 떠오르는 패션 직물이거든."

"바비 제이 님." 빨간색 깅엄 점퍼스커트를 입고 헤어랩을 한 안내원이 외쳤다.

"우리야." 내가 말했다.

"흡연 구역이 있던 자리 근처에도 앉고 싶지 않아요." 빌리 레이가 말했고, 우리는 안내원을 따라 테이블로 갔다.

해바라기 유행이 죽기 전에 여기에 왔던 모양이었다. 우리 테이블을 둘러싼 하얀 말뚝 울타리에 해바라기를 휘감았고, 벽에 걸린 액자에도 해바라기였고, 화장실 문에도 그렸고, 냅킨에도 수놓았다. 해바라기 무늬가 들어간 식탁보 한가운데에 놓인 메이슨 꽃병에는 거대한 인공 해바라기 다발이 꽂혀 있었다.

"멋지지, 음?" 빌리 레이는 해바라기 모양의 메뉴판을 열면서 말했다. "다들 대초원 식당이 다음에 올 대유행이라고 해."

"양가죽이 유행일 줄 알았는데." 나는 메뉴판을 집으면서 중얼거렸다. 대초원 음식은 그다지 새롭지 않았다. 양 많은 프라이드 치킨 스테이크, 크림 그레이비 소스, 옥수수를 모두 큰 접시에 담아 내오는 스타일이었다.

"마실 것은요?" 사슴 가죽옷을 입고 해바라기가 들어간 큰 손수건을 매듭지어 묶은 웨이터가 물었다.

나는 메뉴판을 보았다. 에스프레소, 카푸치노, 카페라떼가 있었다. 대초원의 시대에도 커피는 엄청난 유행인 모양이었다. 아이스티는 없었다.

"아이스티야말로 캔자스 주의 음료수인데요." 나는 웨이터에게 말했다. "어떻게 그게 없을 수가 있죠?"

웨이터는 플립에게 수업이라도 받은 모양이었다. 눈을 굴리고, 능숙하게 한숨을 내쉰 다음, 이렇게 말했다. "아이스티는 상도를 벗어났죠."

나는 그것 역시 대초원에서 했을 리가 없는 말이라고 생각했지만, 빌리 레이는 이미 미트로프와 으깬 감자, 카푸치노를 2인분 주문하고 있었다.

"그래서, 당신을 주말까지 일하게 만든 연구에 대해 말해봐."

나는 무슨 일을 하고 있었는지 설명한 다음에 말했다. "문제는 원인이 쏟아져나온다는 거야. 여성 평등, 자전거 타기, 포와레라는 이름의 프랑스 패션 디자이너, 1차 세계대전, 그리고 히터가 터졌을 때 머리카락이 그슬려서 잘라낸 코코 샤넬까지. 불행히도, 그중 어떤 것도 중요한 원천으로는 보이지 않아."

저녁 식사가 해바라기로 장식한 갈색 도기 접시에 담겨 도착했다. 양배추 샐러드에는 신선한 바질을 얹었는데, 바질 역시 대초원에 흔했다는 기억은 나지 않았다. 그리고 미트로프에는 레몬 조각을 얹어놓았다.

먹으면서 빌리 레이는 양 키우기의 장점을 이야기했다. 양은 건강에 좋고, 수익성이 있고, 몰기에 어렵지 않았으며, 어디에서나 털을 깎을 수 있었는데, 모두 다 빌리 레이가 6개월 전에 롱혼 소 키우기에 대해 똑같은 말을 하지만 않았어도 더 믿음이 갔을 것이다.

"디저트 드시겠어요?" 웨이터가 묻더니 페이스트리 카트를 가져왔다.

나는 대초원의 디저트라면 구스베리 파이 아니면 깡통조림 복숭아일 거라고 생각했지만, 흔히 보는 메뉴였다. 크림 브륄레, 티라미슈, 그리고 "저희의 최신 디저트인 브레드 푸딩입니다."

흠, 브레드 푸딩은 확실히 소가 죽고 메뚜기떼가 작물을 먹어치운 후에 긴축 재정으로 먹을 법한 캔자스 디저트 같았다.

"난 티라미슈를 먹을게." 내가 말했다.

"나도 같은 걸로." 빌리 레이가 말했다. "난 언제나 브레드 푸딩이 싫었어. 마치 남은 음식을 먹는 것 같잖아."

"저희 브레드 푸딩은 누구나 극찬합니다." 웨이터가 비난하듯이 말했다. "제일 인기 있는 디저트예요."

유행 연구의 나쁜 점은, 도무지 신경을 끌 수가 없다는 데 있다. 데이트 상대와 마주 앉아서 티라미슈를 먹으면서도 그 남자가 얼마나 멋진지 생각하는 대신, 디저트의 유행과, 어째서 유행하는 디저트는 언제나 다이어트 집착에 정비례하여 달고 끈적하며 열량이 높아지는가에 대해 생각하게 되는 식이다.

초콜릿과 휩크림과 두 종류의 치즈가 들어가는 티라미슈를 보라. 그리고 1940년대 전시 배급 속에서도 대유행한 번트슈거 케이크를 보라.

부디 이른 시일 안에 돌아오지 않기를 바라는 디저트인, 1920년대에 유행한 파인애플 업사이드다운 케이크도 그렇고, 1950년대 쉬폰 케이크도, 1960년대 초콜릿 퐁듀도 그렇다.

나는 베넷이 음식 유행에도 면역이 있을지, 브레드 푸딩과 초콜릿 치즈케이크에 대해서는 어떻게 생각할지 궁금했다.

"또 단발머리 생각이야?" 빌리 레이가 말했다. "당신은 너무 많은 것을 보고 있는지도 몰라. 이번에 내가 참석하는 회의에서는 '니프' 해야 한다고 하더군."

"니프?"

"NYF. 초점을 좁혀라(Narrow Your Focus). 주변적인 요소는 다 지워버리고 핵심 변수에만 초점을 맞춰라. 이 단발머리 유행에는 한 가지 이유만 있을 수도 있잖아? 그렇다면 제일 그럴싸

할 가능성에 초점을 맞추고 거기에 집중하는 거야. 그렇게 해도 통해. 양의 흡윤개선병 문제에서 시도해봤거든. 나랑 워크숍에 같이 갈 생각은 정말 없어?"

"난 도서관에 가야 해."

"당신은 그 책을 빌려야 해. '성공에 초점을 맞추는 다섯 단계'."

저녁 식사 후에 빌리 레이는 니프를 하러 갔고, 나는 브라우닝에 대해 찾아보려고 도서관에 갔다. 로레인은 자리에 없었다. 접착테이프를 붙이고, 헤어랩을 하고, 뚱한 표정을 지은 젊은 여자가 있었다. "기한이 3주 지났어요."

"그건 불가능해요. 겨우 저번 주에 대출했는데요. 그리고 월요일에 반납했고요." 플립에게 피파의 비결을 시도해보고 브라우닝은 자기가 무슨 말을 하는지 몰랐다는 결론을 내린 후에 말이다. 나는 브라우닝을 반납하고, 과도한 영향력에 대한 또 다른 이야기인 '오셀로'를 대출했었다.

그녀는 한숨을 내쉬었다. "우리 컴퓨터에는 아직 대출 중이라고 나와요. 집은 찾아봤어요?"

"로레인은 있나요?" 내가 물었다.

그녀는 눈을 굴렸다. "아니요오오."

나는 로레인이 있을 때까지 기다리는 것이 제일이라는 결론을 내리고 직접 브라우닝을 찾으러 서고로 건너갔다.

브라우닝 전집은 없었고, 빌리 레이가 보라고 했던 책은 제목을 기억할 수가 없었다. 나는 대초원의 요리가 실제로 어땠는지 알고 있었던 윌라 캐더의 책을 두 권, 그리고 양이 나왔던 기억이 있는 소설 '광란의 무리를 멀리하고'를 뽑아낸 다음 빌리 레이가 말한 책 제목을 기억해내려고 애쓰고 영감이 내려오기를 바라면서 서가를 배회했다.

도서관은 수많은 의미 있는 과학적 돌파구에 원인이 되었다. 다윈은 오락 삼아서 맬서스의 '인구론'을 읽고 있었고(다윈에 대해 말해주는 일화다), 알프레드 베게너는 마르부르크 대학 도서관을 배회하면서 하릴없이 지구본을 돌리고 과학 논문들을 뒤적이다가 대륙 이동설을 떠올렸다. 하지만 나에게는 아무것도, 심지어는 빌리 레이가 말한 책 제목조차도 떠오르지 않았다. 나는 혹시 직접 보면 책 제목이 기억날까 싶어서 경영서 구역으로 넘어갔다.

초점을 좁히고, 모든 주변 요소를 제거하라는 내용이었는데. "이유가 한 가지만 있을 수도 있잖아?" 빌리 레이는 그렇게 말했지.

틀렸다. 선형계에서라면 그럴지도 모르지만, 단발머리는 양의 흡윤개선병과 달랐다. 그보다는 베넷의 혼돈계에 가까웠다. 수십 가지 변수가 있었고, 전부 다 중요했다. 그 변수들은 반복하고 재반복하고, 교차하고 충돌하며, 아무도 예상하지 않는 방법으로 서로에게 영향을 주면서 서로에게 서로를 반영했다. 어쩌면 문제는 원인이 지나치게 많다는 점이 아니라, 충분히 많지 않다는 점일 수도 있었다. 나는 900번대 서가로 가서 '저 미친 1920년대: 신여성, 싸구려 자동차, 그리고 깃대 위의 농성자들'과 '1920년대: 사회학적인 연구' 외에 내가 들 수 있는 최대한 많은 1920년대 관련 책들을 뽑아내어 대출대로 가져갔다.

"연체된 책이 한 권 있어요." 여자애가 말했다. "4주 연체예요."

나는 처음으로 내가 올바른 길에 들어섰다는 생각에 신이 나서 집으로 갔고, 새로운 변수들을 살펴보기 시작했다.

1920년대에는 유행이 넘쳐났다. 재즈, 휴대용 술병, 말아 내린 스타킹, 댄스 열풍, 너구리털 코트, 마종 게임, 마라톤, 댄스 마라톤, 키스 마라톤, 스터츠 베어캣 스포츠카, 깃대 위 농성, 나무 위 농성, 십자말풀이…, 그리고 그 모든 붉게 칠한 무릎과 비옷과 흔들의자 시합들 속 어딘가에 단발머리 열풍을 당긴 방아쇠가 있었다.

나는 아주 늦게까지 일한 다음 '광란의 무리를 멀리하고'를 들고 침대로 향했다. 내 기억이 옳았다. 그 소설은 양에 대한 이야기였다. 그리고 유행에 대한 이야기이기도 했다. 5장에서 양 한 마리가 절벽으로 떨어졌는데, 다른 양들이 그 뒤를 따라서 하나씩 하나씩 절벽 아래 바위로 곤두박질을 쳤다.

3
지류들

그는 말했지. "나리님들. 이 몸은 비밀스러운 주문을 이용하여,
태양 아래 살면서 기거나 날거나 뛰는 모든 피조물을
여러분이 다시는 보지 못할 곳으로 끌고 갈 수 있습니다!"

— 로버트 브라우닝

Marie Antoinette hairdo, Wikimedia Commons

디오라마 가발

Diorama Wigs

1750년 ~ 1760년

———

머리를 특이하게 치장하기를 좋아했던 마담 퐁파두르가 루이 16세의 궁정에 불어넣은 머리 모양 유행. 솜이나 짚을 채우고 풀을 발라 단단히 굳힌 틀 위에 머리카락을 걸치고, 그 머리에 분을 뿌리고 진주와 꽃으로 장식했다. 이 유행은 빠른 속도로 통제를 벗어났다. 머리틀은 90센티미터까지 높아졌고, 장식은 정교해졌으며 그림까지 들어갔다. 폭포, 큐피드, 소설 장면들에 그치지 않고 함선과 연기까지 완벽하게 갖춘 해상 전투가 여성들의 머리 위에서 벌어졌고, 죽은 남편에 대한 애도의 마음 가득했던 어느 과부는 머리카락으로 묘비를 세웠다. 프랑스 혁명이 도래하고 그 결과로 가발을 쓸 머리통이 부족해지면서 사그라들었다.

강은 그냥 넓은 개울이 아니다. 강이란 수십, 때로는 수백 개 지류를 위한 배수지다. 예를 들어 시베리아에 있는 레나 강에는 80만 평이 넘는 지역의 물이 흘러드는데, 여기에는 카렌가, 올레크마, 비팀, 알단 강을 비롯하여 천여 개의 작은 개울과 시내가 포함되고, 그중에는 도저히 레나 강과 연결된다고는 생각하지 못할 만큼 구불구불한 경로를 따라 수천 킬로미터 거리를 따라오는 개울도 있다.

과학적인 돌파구로 이어지는 사건들은 무작위일 뿐 아니라, 과학과 거리가 먼 일일 때가 많다. 홍역의 경우를 보자. 아인슈타인은 네 살 때 홍역에 걸렸는데, 그의 아버지는 앓아누운 어린 아들을 즐겁게 해주려고 가지고 놀 휴대용 컴퍼스를 쥐어줬을 뿐이다. 그것이 우주로 가는 열쇠가 되었다.

플레밍의 삶은 처칠 가의 사유지 관리인이었던 아버지부터 시작해서 온통 우연의 연속이다. 열 살짜리 윈스턴 처칠이 호수에 빠졌을 때, 플레밍의 아버지는 뛰어들어서 아이를 구했다. 가족은 그 아들 알렉산더를 의대에 보내줌으로써 그 은혜에 보답했다.

펜지어스와 윌슨을 보라. 프린스턴 대학의 로버트 디키는 P. J. E. 피블스에게 빅뱅이 얼마나 뜨거웠는지 계산하는 방법에 관해 이야기했다. 계산을 해본 피블스는 방사선 잔여물로 탐지할 수 있을 만큼 뜨겁다는 사실을 알고, 피터 G. 롤과 데이비드 T. 윌킨슨에게 초단파를 찾아보아야 한다고 말했다.

피블스는 (잘 따라오고 있는지?) 존스 홉킨스 대학에서 강연하다가 롤과 윌킨슨의 프로젝트에 대해 언급했다. 카네기 연구소의 켄 터너는 그 강연에 대해 듣고 그 내용을 MIT에 있는 버나드 버크에게 말했는데, 버크는 펜지어스의 친구였다. (아직 따라오고 있는지?)

펜지어스가 아무 상관 없는 다른 일로 (아마 딸의 생일 파티 문제였겠지) 버크에게 전화를 걸었을 때, 그는 버크에게 도저히 제거할 수 없는 배경 잡음에 관해 이야기했다. 그리고 버크는 윌킨슨과 롤에게 전화해보라고 했다.

다음 한 주 동안 몇 가지 일이 일어났다.

나는 깃대 위의 농성과 마종에 관한 자료를 컴퓨터에 집어넣었고, 관리부는 하이텍을 금연 건물로 선포했고, 지나의 딸인 브리타니는 다섯 살이 되었고, 하필이면 턴불 박사가 나를 만나러 왔다.

그녀는 포모 핑크색의 실크 캠프 셔츠에 핑크색 청바지를 입고 우호적인 미소를 띠고 있었다. 청바지와 캠프 셔츠는 그녀가 하이텍의 편하게 입기 칙령에 따르고 있음을 의미했다. 그 미소는 무슨 뜻인지 알 수가 없었다.

"샌드라." 그녀는 미소를 총력으로 펼치며 말했다. "마침 잘 만났네요."

"턴불 박사, 혹시 소포를 찾으신다면…." 나는 조심스럽게 말했다. "플립은 아직 다녀가지 않았는데요."

그녀는 소리 내 웃었다. 턴불 박사에게 가능하리라고는 생각지도 못한 명랑하고 낭랑한 웃음소리였다. "알리시아라고 불러요." 그녀가 말했다. "소포는 없어요. 그냥 들러서 잡담이나 나눌까 했죠. 서로를 좀 더 잘 알 수 있게 말이에요. 사실 몇 번밖에 대화해보지 않았잖아요."

나는 딱 한 번이었고, 당신이 나에게 소리를 질렀다고 생각했다. 정말로 여기에는 왜 온 걸까?

"그래서…." 그녀는 연구실 테이블 하나에 걸터앉아서 다리를 꼬았다. "학교는 어디를 다녔나요?"

하이텍에서 상대를 알아가기란 보통 "그래서, 요새 어떤 사람을 만나요?" 아니면 일레인의 경우에는 "격렬한 에어로빅에 관심 있어요?" 같은 질문으로 이루어졌지만, 턴불이 생각하는 잡담은 이런 것인지도 몰랐다. "베일러 대학에서 박사 학위를 받았어요."

턴불은 더 활짝 웃었다. "사회학이었겠지요?"

"통계학도요." 내가 말했다.

"복수 전공이군요." 그녀는 좋다는 듯이 말했다. "학부 과정도 그 학교에서 밟았나요?"

설마 턴불이 산업 스파이일 리는 없었다. 우리는 같은 곳에서 일하고 있다. 그리고 이건 모두 인사부 기록에 들어간 내용이었다. "아니요." 나는 말했다. "당신은 어디에서 대학원 과정을 밟았나요?"

대화 종료. "인디애나요." 그녀는 내가 상관할 바 아닌 무엇인가를 물었다는 듯이 대꾸하더니, 핑크색 엉덩이를 테이블에서 미끄러뜨렸다. 그러나 나가지는 않고 서서 연구실에 쌓인 자료 더미를 둘러보았다.

"물건이 참 많군요." 그녀는 어수선한 파일 하나를 살펴보면서 말했다.

관리부가 업무 공간 상황을 염탐하라고 보냈는지도 모르겠다. "연구비 신청서를 완성하는 대로 다 정리할 계획이에요." 나는 말했다.

턴불은 헤매다니다가 깃대 위 농성에 대한 파일을 보았다. "난 신청서를 이미 제출했어요."

그러시겠지.

"그리고 어수선한 환경은 좋아요. 수전 홀리루드와 댄 투페더스의 연구실도 엉망이었어요. R. C. 멘데스는 그게 창의력의 지표라고 말하기도 하죠."

도대체 그 사람들이 누구인지, 지금 무슨 일이 벌어지고 있는지 알 수가 없었다. 분명히 뭔가 있기는 했다. 관리부가 흡연의 흔적을 찾으라고 보냈을지도 모른다. 턴불은 우호적인 미소에 대해서는 까맣게 잊고 상어처럼 연구실 안을 맴돌고 있었다.

"베넷에게 들으니 유행의 근원을 분석하고 있다면서요. 왜 유행을 연구하기로 했죠?"

"다른 사람들도 다들 하니까요."

"정말인가요?" 그녀는 열심히 물었다. "다른 과학자들 누구요?"

"농담이었어요." 설득력이 떨어졌다. 나는 농담을 설명하려드는 가망 없는 과업에 착수했다. "알잖아요, 유행이라는 게, 다른 사람들도 다들 하니까 그냥 따라 하는 뭔가잖아요."

"아, 알겠어요." 그건 모르겠다는 뜻이었지만, 그래도 그녀는 기분이 상하기보다는 재미있어하는 얼굴이었다. "재치 역시 창의력의 지표가 될 수 있죠. 그렇지 않나요? 과학자에게 제일 중요한 자질이 무엇이라고 생각해요?"

"운이요." 내가 말했다.

이번에는 턴불도 기분이 상한 얼굴이었다. "운?"

"그리고 좋은 조수들요." 나는 말했다. "로이 플렁켓을 봐요. 플렁켓의 조수가 클로로플루오로카본 탱크에 은제 마개를 쓴 게 테플론의 발견으로 이어졌지요. 아니면 베크렐도 그래요. 베크렐은 방사선 치료를 도와줄 젊은 폴란드 여자를 고용한 덕분에 운이 좋았죠. 그 여자 이름은 마리 퀴리였고."

"그거 정말 흥미롭군요." 턴불이 말했다. "당신 학부 과정을 어디에서 밟았다고 했죠?"

"오리건 대학이요." 내가 말했다.

"박사 학위를 받았을 때 몇 살이었나요?"

우리는 다시 심문 과정으로 돌아왔다. "스물여섯이었어요."

"지금은 몇 살이죠?"

"서른하나요." 나는 말했고, 그게 올바른 대답이었는지 턴불의 밝은 미소가 다시 돌아왔다. "오리건에서 자랐나요?"

"아니요. 네브래스카에서요."

반면에 이 대답은 턴불이 원하는 내용이 아니었다. 그녀는 미소를 끄고 "할 일이 많네요." 하더니 뒤도 한 번 돌아보지 않고 나가버렸다. 무엇을 원하는지는 몰라도, 재치있고 어수선한 정도로는 부족한 모양이었다.

내가 스크린을 멍하니 보면서 대체 무슨 일이었을까 생각하고 앉아 있는데, 플립이 온갖 접착테이프 모음을 붙이고 뒤축이 없는 나막신을 신고 들어왔다.

그 나막신이야말로 접착테이프를 써야 할 물건이었다. 한 걸음 디딜 때마다 나막신이 발에서 덜그럭거렸고, 플립은 발을 반쯤 질질 끌면서 복도를 걸어와야 했다. 나막신과 접착테이프 둘 다 지난번에 걸쳤던 옷과 같은 칙칙한 강청색이었다.

"그걸 무슨 색이라고 하죠?" 내가 물었다.

"체렌코프 블루요."

그렇겠지. 원자로에서 나오는 파란 방사선의 이름을 따서 말이다. 얼마나 적절한가. 하지만 공평하게 말하자면, 나도 유행색에 형편없는 이름이 붙은 일이 처음이 아니라는 점은 인정해야 했다. 루이 16세 시절의 색깔 이름들은 그야말로 욕지기가 났다. 하수도색, 비소색, 천연두색, 그리고 '병든 스페인사람' 색. 모두가 황록색에 붙은 인기 있는 이름들이었다.

플립은 나에게 종이를 한 장 내밀었다. "여기에 서명해야 해요."

직원 휴게실을 금연 구역으로 선포하라는 진정서였다. "휴게실에서 담배를 피우지 못하면 어디에서 담배를 피울 수 있죠?" 내가 말했다.

"담배를 피우지 말아야죠. 암을 일으킨다고요." 플립은 분개에 차서 말했다. "난 담배를 피우는 사람들은 직장을 얻지 못하게 해야 한다고 생각해요." 플립은 머리채를 획 넘겼다. "그리고 그런 사람들은 간접흡연으로 나머지 우리를 해칠 수 없는 곳에 살게 해야 해요."

"정말인가요, 괴벨스 각하." 나는 무식함이 최근 가장 큰 유행이라는 사실을 잊고 그렇게 말한 후에 진정서를 돌려줬다.

"간접 간접흡연은 위험하다고요." 플립은 화를 내며 말했다.

"심술도 그렇죠." 나는 컴퓨터 앞으로 고개를 돌렸다.

"크라운이 하나에 얼마죠?" 플립이 말했다.

아무래도 생각지도 못한 곳에서 질문을 받는 날인 모양이었다. 나는 어리둥절해서 말했다. "크라운? 왕관 같은 거 말인가요?"

"아니요오오. 크라운요."

나는 한쪽으로 헤어랩을 늘어뜨린 플립의 머리채 위에 왕관을 올려놓은 그림을 그려보려고 했고, 실패했다. 하지만 플립이 무슨 말을 하는지는 몰라도, 그게 다음 대유행일 가능성이 크니 관심을 기울이는 편이 좋을 터였다. 플립이 무능하고, 반항적이고, 대체로 참기 힘들지는 몰라도 패션에서는 최첨단에 있었으니 말이다.

"크라운이라. 금으로 만든?" 나는 내 머리에 왕관을 얹는 시늉을 했다. "끝이 뾰족뾰족한?"

"끝이 뾰족?" 플립은 격분했다. "뾰족한 끝은 없는 게 낫죠. 크라운인데."

"미안해요, 플립. 난 모르겠⋯."

"박사님은 과학자잖아요. 과학적인 용어는 알아야죠." 플립이 말했다.

나는 크라운이 과학 용어가 된 경위가 접착테이프가 사사로운 심부름이 된 경위와 같을까 궁금했다.

"크라운이라니까!" 플립은 엄청나게 큰 한숨을 내쉬더니, 달각거리면서 연구실을 나가서 복도 저편으로 걸어갔다.

도무지 이해할 수 없는 조우가 이어지는 날이었고, 그중에는 단발머리 자료도 포함되었다. 나는 그 시대의 다른 유행들을 포함하자던 생각을 후회했다. 유행은 너무 많았고, 하나도 말이 되질 않았다.

예를 들어 땅콩 밀기 경마가 그렇고, 깃대 위 농성이 그렇고, 무릎에 립스틱을 칠하는 유행이 그랬다. 대학생들은 낡은 포드 모델 T에 '바나나 기름'과 '아, 이 아이는!' 같은 해괴한 슬로건을 그려 넣었고, 중년의 주부들은 중국 처녀들처럼 차려입고 마작같은 마종 놀이를 즐겼으며, 유행은 난데없이 나타나서 몇 달이나 심지어는 몇 주 만에 서로를 대체하는 것 같았다. 블랙보텀 춤이 마종의 자리를 대신하고, 그 자리를 투탕카멘 춤이 대신하고, 그 모든 것이 도저히 가려낼 수 없을 만큼 혼란스러웠다.

십자말풀이가 그나마 사리에 맞는 유일한 유행이었는데, 그것조차도 수수께끼였다. 이 유행은 단발머리 유행보다 한참 후인 1924년 가을에 시작했는데, 십자말풀이 자체는 1800년대부터 존재했고, '뉴욕 월드'는 1913년부터 매주 십자말풀이를 냈다.

그리고 잘 뜯어보면 사리에 맞는다고 할 수도 없었다. 어떤 목사는 교회에서 십자말풀이를 나눠줬는데, 풀어내면 성경 수업이 되는 퍼즐이었다. 여자들은 흑백의 정사각형들로 장식한 드레스를 입었고, 그에 어울리는 모자를 쓰고 스타킹을 신었으며, 브로드웨이에서는 '1925년의 퍼즐'이라는 시사 풍자극을 올렸다. 사람들은 이혼 사유로 십자말풀이를 댔고, 비서들은 손목에 팔찌처럼 소형 사전을 걸고 다녔으며, 의사들은 눈의 피로를 경고했고, 부다페스트에서는 어떤 작가가 십자말풀이 형태의 유서를 남기고 자살했다. 다른 이야기지만 경찰은 그 유서를 영영 풀지 못했다. 아마 다음 유행인 찰스턴 춤에 먹혀버려서였을 것이다.

베넷이 고개를 들이밀었다. "잠시 시간 있어요? 물어볼 게 있는데요." 베넷이 안으로 들어왔다. 체스판 무늬 셔츠는 마드라스 스타일도 아이비리그 스타일도 아닌 빛바랜 격자무늬 셔츠로 바꿔 입었고, 손에는 간소화한 연구비 신청서 한 부가 들려 있었다.

"이집트의 태양신 이름에 해당하는 단어요? 그건 라예요."

그는 씩 웃었다. "아니, 그저 플립이 당신에게는 관리부가 돌리겠다고 했던 메모를 한 부 가져다줬나 해서요. 간소화한 연구비 신청서를 설명하는 메모요."

"그렇기도 하고 아니기도 해요. 지나에게 받아야 했어요." 나는 1920년대에 대한 책 무더기에서 종이를 뽑아냈다.

"잘됐네요. 한 부 복사하고 돌려줄게요."

"괜찮아요. 가져도 돼요."

"연구비 신청서를 다 썼어요?"

"아니요." 나는 말했다. "메모를 읽어봐요."

그는 메모를 보았다. "19쪽, 질문 44-C. 기본적인 지원 자금의 공식을 찾으려면, 그 프로젝트에 눈금 조정 구성이 포함되어 있지 않을 때는 부서의 필수요건 분석에 재정 기반 지수를 곱하시오. 눈금 조정 구성이 있을 경우에는 별첨 지시문의 W-A 항목에 따라 지수를 계산해야 합니다." 그는 종이를 뒤집었다. "별첨 지시문은 어디 있는데요?"

"아무도 몰라요." 내가 말했다.

그는 나에게 메모를 돌려줬다. "혼돈을 연구하기 위해 프랑스까지 갈 필요가 없을지도 모르겠네요. 바로 여기에서 연구할 수 있을지도요." 그는 고개를 저으며 고맙다고 하고 나가려고 했다.

"말이 나온 김에 말인데, 정보 확산 프로젝트는 어떻게 되어가요?"

"연구실은 다 준비됐어요." 베넷이 말했다. "이 멍청한 연구비 신청서만 끝내면 바로 원숭이들을 받을 수 있는데, 이건 아무래도…." 그는 올이 다 드러난 바지에서 계산기를 꺼내더니 숫자를 찍어 넣었다. "지금부터 6천 년은 걸리겠네요."

플립이 어슬렁거리며 들어오더니 우리 둘에게 스테이플로 철한 종이 묶음을 하나씩 건넸다.

"이건 뭡니까?" 베넷이 말했다. "별첨 지시문인가요?"

"아니요오오." 플립이 고개를 홱 젖히면서 말했다. "흡연이 미치는 건강상의 위험에 대한 FDA 보고서예요."

Last four couples standing in a Chicago dance marathon, 1930, Wikimedia Commons

댄스 마라톤

Dance Marathon

1923년 ~ 1933년

———

제일 오래 춤을 춘 사람이 돈을 벌었던 인내력 유행. 춤추는 커플들은 깨어있기 위해 서로를 꼬집고 걸어찼으며, 그래도 안 될 때는 번갈아 서로의 어깨에 기대어 자면서 최장 150일을 버텼다. 댄스 마라톤은 사람들이 누가 수면 부족으로 환각을 일으키거나 쓰러지거나, 아예 호머 무어하우스처럼 쓰러져 죽어버릴지 지켜보는 섬뜩한 관람 스포츠가 되었고, 뉴저지 동물학대방지협회는 댄스 마라톤이 (인간이라는) 동물에게 잔인하다고 불평했다. 대공황 초기에 그저 사람들에게 돈이 필요했기 때문에 계속되었는데, 계산해보면 한 시간에 1페니가 조금 넘는 돈이었다. 그것도 이겼을 때 한해서.

화요일에 나는 새로운 부서 간 의사소통 연락담당 비서를 만났다. 별첨 지시문을 더 기다릴 수는 없다는 결론을 내리고 연구비 신청서를 쓰다가, 28쪽이 '모두 열거하'로 끝나는데 다음 페이지 맨 위는 '다양화 지수에'라는 사실을 알아차렸다. 쪽수를 보았다. 42쪽이었다.

나는 지나에게 빠진 페이지가 있는지 보려고 갔다. 지나는 자루와 포장지와 리본의 미로 속에 앉아 있었다. "브리타니 생일 파티에 올 거지? 꼭 와야 해. 다섯 살짜리 애 여섯 명에 애들 엄마가 여섯 명인데, 어느 쪽이 더 나쁜지 모르겠어."

"갈게." 나는 약속하고, 빠진 페이지에 관해 물었다.

"빠진 페이지가 있어? 내 신청서는 집에 있는데. 언제 빠진 페이지를 작성할 수 있을지 모르겠네. 아직 접시와 컵과 장식물을 사고 다과류를 준비해야 하는데."

나는 그곳을 탈출해서 다시 연구실로 돌아갔다. 머리가 희끗희끗한 여자가 컴퓨터 앞에 앉아서 빠른 속도로 숫자를 찍어 넣고 있었다.

"미안해요." 그 여자는 내가 방에 들어서자마자 말했다. "플립이 박사님 컴퓨터를 써도 된다고 했는데, 방해하고 싶진 않네요." 그녀는 파일을 저장하기 위해 재빨리 키보드를 누르기 시작했다.

"플립의 새 비서분인가요?" 나는 호기심 어린 눈으로 그녀를 보면서 물었다. 그녀는 말랐고, 피부는 빌리 레이가 앞으로 30년쯤 더 목장에서 말을 타면 그렇게 될 법한 단단한 황갈색이었다.

"셜 크리츠예요." 그녀는 나와 악수를 하면서 말했다. 손아귀 힘도 빌리 레이 같았고, 손가락은 황갈색으로 물들었는데, 새라와 일레인이 어떻게 "보기만 해도" 흡연자인지 알았는지 설명해주는 특징이었다.

"플립은 턴불 박사님의 컴퓨터를 쓰고 있고…." 쉰 목소리도 그랬다. "나보고 여기 올라와서 박사님 컴퓨터를 쓰라고, 싫어하지 않을 거라고 하더군요. 파일을 저장하는 대로 비켜드릴게요. 담배는 피우지 않았어요." 셜은 마지막에 덧붙여 말했다.

나는 말했다. "담배 피우셔도 괜찮아요. 컴퓨터도 써도 되고요. 전 어차피 인사부에 가서 다른 연구비 신청서를 가져와야 하거든요. 페이지가 빠져 있어서요."

"제가 갖다 드릴게요." 셜은 바로 일어서서 내 손에 들린 신청서를 받았다. "어느 페이지가 빠졌죠?"

"29쪽부터 41쪽까지요. 어쩌면 마지막 부분도 빠졌을지 모르겠네요. 제 신청서는 68쪽까지만 있어서요. 하지만 제가 해도…."

"비서가 왜 있는데요. 초고를 따로 작성해볼 수 있게 여분 사본도 만들까요?"

"그거 좋네요, 고마워요." 나는 놀라서 말하고 컴퓨터 앞에 앉았다.

플립에게 친절하게 굴었더니, 무슨 보답을 받았는지 보라. 나는 '피리 부는 사나이'야 어떻든 간에 브라우닝이 유행에 대해 조금이라도 안다는 생각을 철회했다.

셜이 타이핑하던 자료는 그대로 있었다. 일종의 표였다. "카뱅크스-48, 투페더스-34, 홀리루드-61, 친-39." 나는 턴불이 지금 무슨 프로젝트를 수행하는 걸까 생각했다.

셜은 딱 5분 만에 깔끔하게 정리해서 스테이플로 철한 종이 묶음 한 더미를 들고 돌아왔다. "원래 가지고 계시던 신청서에 빠진 페이지를 집어넣고, 만약에 대비해서 여분을 두 벌 더 만들었어요." 셜은 종이뭉치를 연구실 테이블에 부드럽게 내려놓고 또 다른 두꺼운 종이뭉치를 내밀었다. "복사실에 있다가 이 스크랩들을 발견했어요. 플립은 누구에게 가야 할 물건인지 모르더군요. 박사님 스크랩이 아닐까 싶은데요."

그녀는 댄스 마라톤에 대한 스크랩 더미를 들고 있었다. 그것도 종이 집게로 복사본을 깔끔하게 집어서.

"복사본을 원하셨지 싶어서요." 셜이 말했다.

"고마워요." 나는 놀라서 말했다. "혹시 플립에게 말해서 제 담당이 될 순 없겠죠?"

"어려울 것 같네요. 플립은 박사님을 좋아하는 것 같거든요." 셜은 스크랩 종이뭉치를 연구실 테이블에 내려놓고 테이블 위를 정리하기 시작했다. 그러더니 난장판 속에서 혼돈 이론에 대한 책을 건져냈다.

"만델브로트 도해." 셜은 흥미롭다는 듯이 말했다. "이걸 연구하시나 보죠?"

"아니에요. 유행의 기원을 연구해요. 그 책은 그냥 호기심에서 읽고 있었어요. 그래도 관련이 있긴 있어요. 유행은 수많은 변수가 원인이 되는 사회 혼돈계의 한 측면이니까요."

셜은 별다른 말 없이 '멋진 신세계'와 '끝이 좋으면 다 좋다'를 혼돈 이론 책 위에 쌓더니 '신여성, 싸구려 자동차, 그리고 깃대 위의 농성자들'을 집어 들었다. "어쩌다가 유행을 선택하게 됐어요?" 탐탁지 않은 어조였다.

"유행을 싫어하세요?"

"그저 사회에 영향을 미치자면 유행을 일으키는 것보다 더 직접적인 방법이 있다고 생각할 뿐이에요. 제 물리학 선생님은 이런 말씀을 하시곤 했죠. '다른 사람들이 하는 일에 신경 쓰지 마라. 네가 원하는 일을 하면, 세상을 바꿀 수 있다'고요."

"아, 전 유행을 일으키는 방법을 알아내고 싶은 게 아니에요. 아마 하이텍은 그걸 원할 테고, 그래서 계속 이 프로젝트에 자금을 대주는 거겠죠. 유행의 구조가 지금 보이는 것만큼 복잡하다면 절대로 중요한 변수를 분리할 수가 없을 테고, 어느 시점에는 제게 자금 지원을 그만둘 테지만요." 나는 댄스 마라톤에 대한 기록들을 보았다. "전 무엇이 유행을 일으키는지 이해하고 싶어요."

"어째서요?" 셜은 흥미로워하며 물었다.

"그냥 이해하고 싶으니까요. 사람들은 왜 그렇게 행동할까? 왜 모두가 갑자기 똑같은 게임을 하거나 똑같은 옷을 입거나 똑같은 믿음을 갖기로 결정할까? 1920년대에는 흡연이 유행이었어요. 이제는 흡연반대가 유행이죠. 어째서? 본능적인 행동일까요, 아니면 사회적인 영향일까요? 아니면 알 수 없는 무엇 때문일까요? 세일럼의 마녀 재판은 분노와 탐욕 때문에 일어났지만, 마녀들은 언제나 존재하는데 우리가 늘 마녀들을 불태우지는 않죠. 그러니까 분명히 무엇인가 다른 게 있어야 해요."

"그런데 그게 무엇인지 이해할 수가 없어요." 나는 계속 말했다. "그리고 빨리 이해하게 될 것 같지도 않아요. 도무지 성과가 없어 보이거든요. 혹시 단발머리를 일으킨 원인을 아시진 않죠?"

"진척이 느린가요?" 셜이 물었다.

"느리다고 하기도 민망해요." 나는 댄스 마라톤에 대한 스크랩 복사본을 가리켰다. "마치 댄스 마라톤 대회에 출전한 기분이에요. 대부분 시간 동안에는 아예 춤이라고 할 수가 없고, 한 발을 다른 발 앞에 디디면서 버티고 깨어 있으려고 노력하는 시간에 불과해요. 애초에 왜 이 대회에 등록했는지 기억하려고 애쓰면서요."

"제 물리학 선생님은 과학이란 1퍼센트의 영감과 99퍼센트의 땀이라고 하시곤 했죠." 셜이 말했다.

"그리고 50퍼센트의 전혀 간소하지 않은 연구비 신청서 작성이겠죠." 나는 여분의 사본을 한 부 집어 들었다. "지나에게 한 부 갖다 줘야겠네요."

"지나 박사님에게는 이미 한 부 갖다 드렸어요." 셜이 말했다. "아, 생각난 김에 다시 가봐야겠네요. 브리타니의 생일선물을 포장해드리겠다고 약속했거든요."

"정말 플립을 설득해서 저한테 오실 수 없겠어요?" 내가 말했다.

셜이 나간 후에 나는 신청서를 작성하기 시작했지만, 페이지가 빠졌을 때보다 말이 되는 내용도 아니었고, 어쩐지 다시 스멀거리는 기분이 들기 시작했다. 나는 여분의 사본을 하나 집어

들고 베넷의 연구실이 있는 생물학부로 내려갔다.

턴불이 컴퓨터 앞에서 베넷과 머리를 마주 대고 있었다. 그래도 베넷은 바로 고개를 들고 나에게 미소를 지었다.

"안녕, 들어와요."

"아니, 괜찮아요. 방해할 생각은 없었어요." 나는 턴불에게 미소를 보이며 말했다. 그녀는 마주 웃지 않았다. "빠진 데 없는 연구비 신청서를 한 부 갖다 주고 싶었을 뿐이에요." 나는 베넷에게 신청서를 내밀었다. "플립이 돌린 신청서에는 빠진 페이지가 있었어요."

"무능하고(imcompetent), 구제불능에(incorrigible), 자격도 없고(incapacitating)." 베넷이 말했다.

턴불은 적극적으로 나를 노려보고 있었다.

"막무가내(intruding)이기까지 하죠." 나는 말했다. "그러고 보니 저도 두 분 회의를 방해하고 있네요. 나중에 얘기해요." 나는 문으로 향했다.

"아니, 기다려요." 베넷이 말했다. "당신도 관심이 있을 거예요. 턴불 박사가 지금 막 프로젝트에 관해 이야기하고 있었는데요." 그는 턴불을 보며 말했다. "뭘 하고 있었는지 말해줘요."

"이전의 니브니츠 연구기금 수상자들 모두에 대한 자료를 구했어요. 과학적인 훈련 정도, 프로젝트 영역, 교육 배경…."

어제 턴불에게 받은 심문을 설명해주는 말이었다. 내가 프로파일에 맞는지 보려고 했던 거다. 나에게 던지는 표정을 보면 나는 입상권에도 들지 못한 게 분명했다.

"…연령, 성별, 인종 집단, 정치 소속." 턴불은 화면을 쭉쭉 내렸고, 나는 셜이 막 작업하던 것과 비슷한 차트를 알아보았다. "관련이 있는 특성을 알아내기 위해 회귀 분석을 돌리고, 그다음에 그걸 분석해서 전형적인 니브니츠 연구기금 수혜자의 프로파일과 니브니츠 연구기금 위원회가 결정을 내리기 위해 이용하는 기준을 구성하려 하고 있어요."

그 위원회의 기준은 사고의 독창성과 창조성일 텐데. 위원회가 있다면 말이지만.

"회귀분석은 아직 다 하지 못했지만, 일부 패턴이 드러나기 시작했어요." 턴불이 스프레드시트를 하나 불러냈다. "니브니츠 연구기금은 중간값을 냈을 때 1.9년 간격으로 주어지는데, 제일 최근 두 번에는 1.2년 차이로 주어졌어요. 다음 연구기금은 빨라도 내년 5월까지는 주어지지 않는다는 의미죠."

전혀 그런 의미 같지 않았고, 그렇게 말해버릴 생각도 있었지만, 턴불은 푹 빠져 있었다.

"연구비의 분배는 주기적인 패턴을 따라가는데, 교육 기관, 연구소, 영리 회사에 돌아가면서 주어지고 있고, 다음 순서는 회사예요. 우리에게는 유리한 점이죠. 그리고…." 턴불은 다른 스프레드시트를 불러냈다. "미시시피 서쪽에 있는 과학자들에게 쏠리는 성향이 있는데, 이것 역시 우리에게 유리하고, 생물학 편향도 있어요. 아직 구체적인 분야는 알아내지 못했지만, 내일까지는 그 부분에 대한 프로파일이 나올 거예요."

하나같이 수상할 정도로 주문 배달 과학 같은 소리였다. 나는 베넷이 이 모든 이야기를 어떻게 생각하나 보려고 했지만, 베넷은 골똘히 스크린만 바라보고 있었다. 마치 우리가 있다는 사실마저 잊은 사람처럼 멍한 눈이었다.

흠, 베넷이 관심을 두는 것도 당연했다. 왜 그렇지 않겠는가? 니브니츠 연구기금을 타낼 수 있다면 혼돈 이론을 연구하러 루 강으로 돌아갈 수 있을 테고, 그러면 신청서와 플립과 불확실한 연구비 지원에 대해서는 잊어버릴 수 있으니까.

과학은 그런 식으로 돌아가지 않는다는 점만 빼면 말이다. 의미 있는 돌파구는 경마 시합 같은 핸디캡 경주가 될 수 없다.

하지만 돈이 얽힌 곳에서 누군가가 사실이 아닌 믿음에 넘 어가는 모습이라면 처음 보는 일도 아니었다. 1920년대 후반 에 일어난 주식 시장 유행을 보라. 아니면 1600년대의 네덜란 드 튤립 열풍을. 1634년, 다른 튤립보다 더 화려하거나 더 예쁘 거나 더 희귀한 튤립의 값이 오르기 시작했고, 갑자기 상인이 고 왕자고 소농이고 형제자매 남편아내 할 것 없이 모두가 미친 사람들처럼 구근을 사고팔고 있었다. 가격은 천정부지로 솟아 올랐고, 투기자들은 하룻밤 사이에 거액을 벌었으며, 사람들은 1년 수입의 열두 배가 나갈 수도 있는 구근을 사려고 나막신과 요강까지 저당 잡혔다. 그러다가 아무 이유도 없이 시장이 폭 락했고, 네덜란드 주주들이 몸을 던질 마천루의 창문이 없다는 점만 빼면 증시가 대폭락한 1929년 10월 29일과 똑같은 상황 이 됐다.

행운의 편지, 다단계, 플로리다 땅투기 호황은 말할 필요도 없겠지.

"고려해야 할 다른 요인은 이 연구기금의 이름이에요." 턴불 이 계속해서 말했다. "니브니츠라는 이름은 18세기 식물학자였던 루드비히 니브니츠일 수도 있고, 15세기 바바리아에 살았던 카를 니브니츠 폰 드롤일 수도 있어요. 루드비히라면 생물학 편향성이 설명이 되겠죠. 폰 드롤이 더 유명하기는 한데, 이 사람의 영역은 연금술이에요."

"이만 가봐야겠네요." 나는 일어서면서 말했다. "제 유행 프로젝트를 납을 금으로 바꾸는 기술로 전환하려면 바쁘게 움직여야겠어요." 그리고 나는 걸어 나왔다.

베넷이 복도까지 나를 따라왔다. "연구비 신청서를 갖다 줘서 고마워요."

"플립의 권세에 맞서 한데 뭉쳐야죠. 플립의 새 비서는 만나봤어요?"

"네, 훌륭하던데요. 대체 무엇에 홀려서 이런 자리에 취직했나 모르겠어요."

"니브니츠가 머릿글자일 수도 있어요." 턴불이 문간에서 말했다. "그 경우에는…."

나는 작별을 고하고 내 연구실로 돌아갔다.

플립이 내 컴퓨터에 무엇인가를 입력하고 있었다. "당신이라면 날 어떻게 설명하겠어요?" 플립이 물었다.

나는 연구실 안을 둘러보았다. 티끌 하나 없었다. 셜이 연구실 테이블을 다 치우고 스크랩 종이는 모두 폴더에 넣어놓았다. 그것도 알파벳 순서대로.

나는 플립을 피할 수도 없고, 떨쳐낼 수도 없는 존재라고 생각하고 말했다. "불가항력적인(inextricable) 존재요."

"그거 괜찮네요. 철자가 어떻게 되는 거죠?"

Alchemist's laboratory, 1595, Hans Vredeman de Vries,
Wikimedia Commons

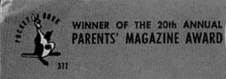

Baby and Child Care, Dr. Benjamin Spock, 1946, Wikimedia Commons

스포크 박사

Dr. Spock

1945년 ~ 1965년

———

소아과 의사인 벤자민 스포크 박사의 책 '유아와 육아'와 심리학에 대한 관심 증가, 확대 가족의 몰락으로 일어난 육아 유행. 스포크 이전에 나온 육아책들보다 더 자유방임적인 접근을 지지하고 밥을 먹이는 일정과 아동 발달에 대한 관심에 유연해지라고 충고했는데, 너무나 많은 부모가 이 충고를 아이들이 하고 싶어하는 대로 하게 놓아두라는 뜻으로 잘못 해석했다. 스포크 박사 스타일로 키운 아이들 첫 세대가 청소년기에 이르러 머리를 어깨 아래까지 기르고 행정 건물들을 폭파하기 시작하자 사그라들었다.

수요일에는 생일 파티에 갔다. 일찍 퇴근하려고 코트를 걸치는데 레이스 달린 보디스와 접착테이프로 장식한 청바지를 입은 플립이 어슬렁거리며 들어오더니 종이 한 장을 내밀었다.

"탄원서나 읽을 시간은 없어요." 내가 말했다.

"탄원서가 아니에요." 플립은 머리채를 넘기며 말했다. "연구비 신청서에 대한 메모예요."

메모에는 연구비 신청서를 23일까지 내야 한다고 적혀 있었는데, 내가 이미 아는 내용이었다.

"신청서는 나한테 줘야 해요."

나는 고개를 끄덕이고 메모를 플립에게 다시 건넸다. "베넷 박사님 연구실에도 갖다 줘요." 나는 장갑을 끼면서 말했다.

플립은 한숨을 내쉬었다. "그 방에 있을 때가 있어야죠. 늘 턴불 박사 연구실에 있어요."

"그렇다면 턴불 박사 연구실에 갖다 줘요."

"맨날 둘이 같이 있다니까요. 그 여자에 대해 완전 열심인 거 알죠."

아니, 그건 몰랐는데.

"둘이 늘 컴퓨터 앞에 붙어 앉아 있어요. 그 남자한테서 뭘 보나 모르겠어요. 완전 스왑인데." 플립은 손등에 붙은 접착테이프를 뜯으면서 말했다. "그 여자라면 혹시 그 남자도 그렇게까지 패션 장애인이 아니게 만들 수 있으려나."

나는 짜증이 나서 생각했다. 혹시라도 그럴 수 있다면 베넷의 유행과 무관한 특성도 사라질 테고, 나는 절대로 베넷이 유행에 면역을 가진 이유를 알아내지 못할 거라고.

"'세련됐다(sophisticated)'는 게 무슨 뜻이에요?" 플립이 물었다.

"코스모폴리탄이란 뜻이죠. 하지만 당신은 아니에요." 나는 그렇게 말하고 파티 장소로 갔다. 날씨는 그사이 더 추워졌다. 보통 10월이면 큰 눈보라가 찾아왔는데, 아무래도 곧 눈보라가 닥칠 것 같았다.

도착했을 때 지나는 거의 발작 상태였다. "내가 바니는 안된다고 하자 브리타니가 뭘 골랐는지 못 믿을 거야." 지나는 장식을 가리키면서 말했다. 그 장식은 포스트모던과는 아무 관계도 없는 핑크색이었다.

"바비!" 브리타니가 소리를 질렀다. 브리타니는 인어 공주 드레스를 입고 눈부신 핑크색 헤어랩을 하고 있었다. "선물 가져왔어요?"

다른 어린 여자애들은 모두 포카혼타스 점퍼스커트를 입었고, 페이튼이라는 이름의 귀여운 금발 여자애 하나만 라이온킹 점퍼를 입고 불이 들어오는 운동화를 신고 있었다.

"결혼했나요?" 페이튼의 엄마가 나에게 물었다.

"아니요." 나는 말했다.

그녀는 고개를 저었다. "요새는 친밀감 문제가 있는 남자가 정말 많다니까요. 페이튼, 아직 선물을 열어볼 때가 아니야."

"만나는 사람은 있나요?" 린지의 엄마가 물었다.

"선물은 나중에 열어볼 거야, 브리타니." 지나가 말했다. "우선 다 같이 게임부터 해야지. 베타니, 오늘은 브리타니의 생일이에요."

지나는 핑크색 바비가 그려진 풍선을 가지고 하는 게임을 시도해보다가 포기하고 브리타니가 선물을 뜯어보게 했다.

"샌드라 아줌마 선물부터 열어보렴." 지나는 브리타니에게 내 선물을 건네면서 말했다. "안돼, 케이틀린. 이건 브리타니가 받은 선물이야."

브리타니는 '두꺼비와 다이아몬드'의 종이 포장지를 북북 찢어버린 후에 멍한 눈으로 책을 보았다.

"내가 어렸을 때 제일 좋아하던 요정 이야기야." 내가 말했다. "착한 요정을 만난 여자아이에 대한 이야기인데, 알고 보면 착한 요정은 아닌 게, 변장한 요정이라는 건 …." 하지만 브리타니는 벌써 그 책을 옆에 던져놓고 반짝이는 드레스를 입은 바비 인형을 뜯어 열고 있었다.

"완전 긴 머리 바비다!" 브리타니가 빽 소리를 질렀다.

"내 거야." 페이튼이 그러더니, 인형을 잡아채서 브리타니의 손에 바비의 팔만 남겨놓았다.

"페이튼이 완전 긴 머리 바비를 망가뜨렸어!" 브리타니가 울부짖었다.

페이튼의 엄마가 일어서더니 차분하게 말했다. "페이튼, 아무래도 반성 시간이 필요하겠구나."

나는 페이튼을 제대로 혼내주든가, 최소한 "완전 긴 머리 바비" 인형이라도 빼앗아서 브리타니에게 돌려줘야 한다고 생각했지만, 페이튼의 엄마는 그대로 딸을 지나의 침실로 끌고 갔다. "네 기분을 조절할 수 있게 되면 나와도 좋아." 그녀는 페이튼에게 그렇게 말했는데, 내가 보기에 페이튼은 지금도 자기 기분대로 하고 있었다.

"아직도 반성 시간을 쓰다니 믿을 수가 없네." 첼시의 엄마가 말했다. "이젠 모두가 잡고 있기를 쓰는데."

"잡고 있기요?" 내가 물었다.

"부정적인 행동을 멈출 때까지 아이를 무릎 위에 앉히고 꼼짝 못 하게 안고 있는 거예요. 차단된 안전함을 느끼게 해주죠."

"과연." 나는 침실 문 쪽을 보면서 말했다. 나라면 억지로 안고 있기는 싫을 텐데.

"잡고 있기는 완전히 지나갔어." 린지의 엄마가 말했다. "우리집은 EE를 써."

"EE?" 내가 말했다.

"존중감 강화(Esteem Enhancement)의 약자죠." 린지의 엄마가 말했다. "그전 행동이 아무리 부정적이었다 해도 그보다는 긍정적인 곁다리 행동을 말해주는 거예요."

"긍정적인 곁다리 행동이라니?" 지나가 의심스럽다는 듯이 말했다.

"방금 페이튼이 브리타니 손에서 바비를 빼앗았을 때 같으면…." 린지의 엄마는 설명하게 되어 기쁜 기색으로 말했다. "이렇게 말하는 거야. '저런, 페이튼, 참 자신감 있게 물건을 잡는구나.'"

브리타니는 수영과 다이빙 바비, 붙였다 뗐다 바비, 바비의 밤의 도시 생활, 그리고 웨딩 드레스를 입고 공들인 머리에 베일을 쓴 바비를 뜯어 열었다. "로맨틱 신부 바비다." 브리타니가 넋을 잃고 말했다.

"이제 케이크 먹을 수 있어?" 린지가 말했고, 페이튼은 작은 귀를 문에 대고 있었는지 전혀 뉘우치지 않는 얼굴로 문을 열고 "나 이제 더 나아진 것 같아." 그러면서 테이블 위로 기어올랐다.

"케이크는 안돼." 지나가 말했다. "콜레스테롤이 너무 많아요. 프로즌 요거트와 스내플 먹자." 그러자 어린 여자애들은 마치 '피리 부는 사나이'의 피리 소리라도 들은 것처럼 달려왔다.

아이 엄마들과 나는 떨어진 바비 인형의 하이힐과 현미경으로 봐야 보일 법한 액세서리들이 없는지 조심스럽게 확인하면서 포장지와 리본을 주웠다. 다니엘의 엄마는 로맨틱 신부 바비의 망사 오버스커트를 매만져 펴면서 말했다. "리사가 이런 드레스를 좋아할지 궁금하네. 에릭에게 내년 여름 언제쯤에는 결혼하자는 말을 하려고 애쓰고 있거든."

"자기가 신부 들러리 대표가 되는 거야?" 첼시의 엄마가 물었다. "리사가 무슨 색깔을 쓸까?"

"아직 정하지 못했대. 흑백이 유행이기는 한데, 지난번에 결혼했을 때 그 색깔을 써서."

"포스트모던 핑크요." 내가 말했다. "이번 가을 신상 유행색이래요."

"난 핑크색을 입으면 기운 없어 보여요." 다니엘의 엄마가 말했다. "그리고 리사는 아직 에릭을 끌어들여야 해. 에릭은 왜 그냥 같이 살면 안 돼? 이럴 거라고."

린지의 엄마는 로맨틱 신부 바비를 집어 들고 둥근 소매를 부풀려주기 시작했다. "난 언제나 다시는 결혼하지 않겠다고 했지. 그 얼간이 맷 이후로는 말이야. 하지만 모르겠어. 요새는 기분이 좀…. 뭐랄까…."

스멀거린다? 나는 생각했다.

전화벨이 울렸고, 지나는 전화를 받으려고 침실로 들어가고 다른 사람들은 모두 부엌으로 자리를 옮겼다.

부엌에서 새된 비명소리가 들렸고, 모두가 '존중감 강화'를 위해 부엌으로 들어갔다. 나는 로맨틱 신부 바비를 집어 들고 핑크색 망사 장미봉오리와 하얀색 새틴 주름장식을 감탄하며 바라보았다. 바비는 기껏해야 두 시즌쯤 이어졌어야 마땅한 유행이다. 셜리 템플 인형조차도 세 시즌밖에 유행하지 못했다.

그런데 바비는 서른 번째 시즌에 들어섰고, 지금 같은 페미니즘과 성차별 없는 아이 양육의 시대에도 전보다 더 유행하고 있다. 바비는 무엇이 유행을 일으키는가를 연구하기에 완벽한 대상이었지만, 내가 그 이유를 알고 싶은지 잘 알 수 없었다. 바비의 인기는 인류에 대한 모든 믿음을 잃게 되는, 그런 유행이었다.

지나가 침실에서 나왔다. "자기 전화야." 지나는 무엇인가를 추측하는 표정으로 나를 보고 말했다. "침실에서 받아도 돼."

나는 로맨틱 신부 바비를 내려놓고 일어섰다.

"내 생일이란 말이야!" 브리타니가 빽 소리를 질렀다.

"저런, 페이튼." 린지의 엄마가 말했다. "프로즌 요거트로 놀라운 창의력을 발휘하는구나."

지나는 서둘러 부엌으로 들어갔고, 나는 침실로 들어갔다.

침실은 제비꽃으로 꾸며졌고, 자주색 무선 전화기가 놓여 있었다. 나는 전화기를 집어 들었다.

"여어." 빌리 레이가 말했다. "내가 어디에서 전화하는지 맞취보겠어?"

"내가 여기 있는 줄은 어떻게 알았어?"

"하이텍에 전화했더니 당신 비서가 말해주던데."

"플립이 번호를 알려줬다고? 정확하게?"

"이름은 모르겠군. 쉰 목소리였어. 기침을 많이 했고."

셜이었다. 내 컴퓨터에서 턴불의 자료를 입력하고 있었던 게 분명했다.

"아무튼 그래서, 지금 로키 산맥을 통과하는 중인데 말이야…. 잠깐만, 터널이 다가오는군. 통과하고 바로 다시 전화할게." 웅 소리가 나고 틱 소리가 났다.

나는 전화를 끊고 지나의 제비꽃 뒤덮인 침대에 앉아서 목장에 있을 때가 없는 빌리 레이가 어떻게 목장 일을 해내는 걸까 생각하고, 바비의 매력을 곰곰이 생각했다.

그 매력의 일부는 분명히 바비가 수십 년간 다른 유행들을 포섭할 수 있었던 데 있다. 1960년대 중반에 바비는 머리를 펴고 런던 카나비 거리 스타일의 옷을 입었고, 1970년대에는 목에서 발목까지 닿는 그래니 드레스를, 1980년대에는 딱 붙는 타이츠에 레그워머를 신었다.

요새는 우주비행사 바비와 관리자 바비가 있었고, 의사 바비까지 있었다. 의대를 다니기는 고사하고 중학교를 졸업하는 바비도 상상하기 힘들었지만 말이다.

빌리 레이는 나에 대해 완전히 잊어버린 듯했고, 페이튼의 엄마도 마찬가지였다. 그녀는 문을 열더니 "…네가 또래 아이들과 사이좋게 지내기로 결심할 때까지 안에서 반성했으면 좋겠구나." 하고선 요거트 범벅이 된 페이튼을 안으로 들여보냈다.

둘 다 나를 보지 못했고, 페이튼은 특히 그랬다. 문에 몸을 던지고 빨간 얼굴로 훌쩍이다가, 그게 통하지 않겠다 싶자 침대 옆에 엎드려서 그림판과 크레용을 꺼냈으니 말이다.

페이튼은 바닥 한가운데에 책상다리를 하고 앉더니, 크레용 상자를 열어서 핑크색을 골라 그림을 그리기 시작했다.

"안녕." 나는 말했고, 페이튼이 놀라서 펄쩍 뛰어오르는 모습에 즐거워했다. "뭘 하니?"

"반성 시간에는 이야기하면 안 돼요." 페이튼은 당당하게 말했다.

색칠 놀이도 하면 안 될 텐데. 나는 그렇게 생각하면서 빌리 레이가 다시 전화하겠다던 약속을 기억하기를 빌었다.

페이튼은 초록색 크레용을 골라서 그림판 위에 고개를 숙이고 열심히 그림을 그렸다. 나는 그림을 보려고 전화기를 침대 반대편으로 옮겼다.

"뭘 그리고 있니?" 나는 물었다. "나비?"

페이튼은 눈을 굴렸다. "아니요오. 이건 이야기예요."

"이야기?" 나는 제대로 보려고 고개를 기울였다. "무엇에 대한?"

"바비에 대한 거요." 페이튼은 무섭도록 플립을 똑 닮은 한숨을 내쉬더니, 밝은 파란색 크레용을 집었다.

왜 끔찍한 것들만 유행이 되는 걸까? 눈 굴리기, 바비, 브레드푸딩…. 왜 초콜릿 치즈케이크나 자기 머리로 생각하기는 절대 유행하지 않을까?

나는 그림을 더 자세히 들여다보았다. 이야기라기보다는 만델브로트 도해처럼 보였다. 작은 라벤더색 별과 핑크색 지그재그 모양을 거느린 수많은 선이 종이를 종횡무진 가로지르고 있어 모종의 지도 아니면 도해처럼 보였다. 페이튼은 여러 번의 반성 시간에 걸쳐 이 그림을 그린 게 분명했다.

"이건 뭐니?" 나는 자주색 지그재그 선을 가리키며 말했다.

"봐요." 페이튼은 그림판과 크레용을 내 무릎 위로 올리면서 말했다. "바비가 말리부 해변에 있는 집에 갔어요." 페이튼은 지그재그 선들 위로 물결 모양의 파란 선을 그렸다. "무지 멀어요. 재규어를 타고 가야 해요."

"그게 이 선이니?" 나는 파란 물결선을 가리켰다.

"아니요오오." 페이튼은 이런 방해에 짜증을 내며 말했다. "그건 바비가 뭘 입고 있나 보여주는 거예요. 봐요, 말리부 해변 별장에 갈 때 바비는 파란 모자를 쓴단 말이에요. 그래서 다들 말리부 해변 별장에 도착했어요." 페이튼은 인형처럼 크레용이 종이 위를 걷게 했다. "그리고 바비가 말했어요. '헤엄치러 가자.' 난 그랬어요. '좋아, 가자.' 그리고⋯." 페이튼은 잠시 말을 멈추고 오렌지색 크레용을 찾았다. "그리고 바비가 말했어요. '가자!' 그리고 우린 헤엄을 치러 갔어요." 페이튼은 재빨리 옆으로 지그재그 선을 한 줄 그리기 시작했다.

"그건 바비의 수영복이니?" 내가 물었다.

"아니요오오. 이게 바비예요."

바비라고? 나는 지그재그의 상징체계가 무엇일까 궁금했다. 아하. 바비의 하이힐이었다.

"그래서 다음날⋯." 페이튼은 노란 오렌지색을 골라서 뾰족 뾰족한 해를 그렸다. "바비가 그랬어요. '쇼핑하러 가자.' 나는 그랬어요. '좋아, 가자.' 그러니까 바비가 그랬어요. '우리 모페 드 스쿠터를 타고 가자' 그리고 난⋯."

빌리 레이가 터널에서 빠져나왔고, 나는 전화벨이 제대로 울 리기도 전에 전화를 받았다. "그래서 덴버로 가는 길?" 내가 물 었다.

"아니. 반대 방향이야. 두랑고에 가. 화상회의에 대한 회의가 있어. 당신 생각을 하다가 전화해야겠다 싶었지. 혹시 지금 하 는 일 말고 다른 일을 하고 싶진 않아?"

"그러고 싶지." 나는 페이튼이 버려놓은 크레용들에 붙은 이 름을 눈으로 읽으면서 강하게 말했다. 페리윙클, 스크리밍 그 린. 세룰리언 블루.

"⋯그러자 바비가 그랬어요. '안녕, 켄.' 그러자 켄이 말했어 요. '안녕, 바비. 데이트하고 싶니?'" 페이튼이 바쁘게 선을 그 리면서 말했다.

"나도 그래." 빌리 레이가 말했다. "계속 그런 생각을 했어. 이게 정말로 내가 원하는 일인가?"

"양 치는 게 계획대로 안됐어?"

"타아기 양? 아니, 그 녀석들은 잘하고 있어. 이 목장 일 전체 가 말이야. 너무나 고립된 일이야."

팩스와 인터넷과 휴대전화만 빼고 그렇겠지.

"⋯그래서 바비가 그랬어요. '난 반성 시간이 싫어.'" 페이튼 이 검은색 크레용을 휘두르면서 말했다. "'좋아.' 바비의 엄마가 그랬어요. '안 해도 돼.'"

"혹시 당신 그런 기분…." 빌리 레이가 말했다. "…뭐랄까….
뭐라고 해야 할지 모르겠는데…."

난 알아. 스멀거리는 기분 말이지. 그렇다면 이 불안하고 불
만족스러운 기분도 문신과 제비꽃 같은 유행이라는 뜻일까? 그
렇다면, 이 유행은 어떻게 시작된 걸까?

나는 침대 위에 몸을 바르게 세워 앉았다. "그런 기분을 느끼
기 시작한 게 정확히 언제지?" 나는 그에게 물었지만, 휴대전화
에서는 이미 불길한 웅 소리가 나고 있었다.

"또 터널이군." 빌리 레이가 말했다. "내가 돌아오면 좀 더 이
야기하자고. 하고 싶은 말이 있는데…." 그리고 통화가 끊겼다.

린지의 엄마도 스멀거리는 기분에 대해 이야기했고, 플립도
커피하우스에서 만났을 때 그랬고, 나는 모호한 갈망을 느끼다
못해 빌리 레이와 식사를 하러 나갔다. 내가 바이러스처럼 그에
게 그 기분을 옮긴 걸까? 그리고 유행이란 그런 식으로, 감염되
어 퍼져나가는 걸까?

"아줌마 차례예요." 페이튼이 번쩍이는 빨간색 크레용을 내
밀면서 말했다. 색깔 이름은 '래디컬 레드'였다.

"좋아." 나는 크레용을 받아들었다. "그래서 바비는…." 나는
파란색 물결선을 가로지르는 래디컬 레드 하이힐 선을 그렸다.
"…미용실에 가기로 했어요. 그리고 미용사에게 머리를 짧게 자
르고 싶다고 했어요." 나는 아쿠아마린색으로 가위 선을 그리려
고 했다. "그러자 미용사가 그랬어요. '왜요?' 그러자 바비가 그
랬어요. '다른 사람들도 다 머리를 자르니까요.' 그래서 미용사

는 바비의 머리카락을 싹둑 잘랐고….”

“아니요오.” 페이튼이 아쿠아마린 크레용을 빼앗아가더니 레이저레몬색을 쥐어주었다. “짧은 머리 바비는 이 색깔이에요.”

“아. 그렇구나. 그래서 미용사는 그랬어요. ‘하지만 누군가는 처음에 머리를 잘랐어야 해요. 그 사람들은 다른 사람들이 자른다고 따라할 수가 없어요. 그러니까 왜….’”

문 두드리는 소리가 났고, 페이튼은 내 손에서 레이저레몬 크레용을 낚아채고 그림판을 닫아서 놀라운 속도로 침대 밑에 밀어 넣은 다음, 엄마가 문을 열었을 때는 이미 두 손을 무릎 위에 포개고 침대가에 앉아 있었다.

“페이튼, 이제 비디오를 보는데….” 그녀는 말하다가 나를 보고 멈췄다. “페이튼이 반성하는 동안에 말을 걸진 않았겠죠?”

“한 마디도 안 했어요.”

그녀는 페이튼에게 다시 고개를 돌렸다. “이제 또래 친구들에게 긍정적으로 행동할 수 있겠니?”

페이튼은 현명하게도 고개를 끄덕이고 엄마와 함께 방을 나섰다. 나는 전화기를 침대 협탁에 다시 올려놓고 그 뒤를 따라나가다가, 멈칫하고 숨겨져 있는 그림판을 꺼내어 다시 들여다보았다.

페이튼이 뭐라고 하든 간에, 그것은 지도였다. 지도와 도해와 그림의 복합물로, 종이 한 장 안에 놀랍도록 많은 정보가 들어갔다. 위치, 경과 시간, 입었던 옷까지, 놀라운 자료량이었다.

그리고 흥미로운 방식으로 얽히기도 했다. 선들이 교차하고 다시 교차하면서 정교한 교차로를 형성했다. 래디컬 레드가 라벤더색으로 바뀌고 오렌지색이 덧씌워지고…. 바비는 그림의 아래쪽 절반에서만 모페드 스쿠터를 탔고, 한쪽 구석에는 입체적인 별무리가 있었다. 통계적인 변칙?

나는 이런 도해-지도-이야기 그림이 나의 1920년대 자료에도 통할까 생각했다. 지도와 통계 차트와 컴퓨터 처리 모델은 시도해봤지만, 날짜와 벡터와 발생률을 색깔로 암호화하여 세 가지를 합쳐본 적은 없었다. 그걸 다 합쳐본다면, 도대체 어떤 패턴이 나올까?

거실에서 빽 소리가 울렸다. "내 생일이야!" 브리타니가 울부짖었다.

나는 그림판을 침대 밑에 다시 밀어 넣었다.

"저런, 페이튼." 린지의 엄마가 말했다. "관심을 끌고 싶은 욕구를 어쩜 그렇게 창의적으로 표현하니."

© Gilemardam

파이로그라피

Pyrography

1900년 ~ 1905년

———

뜨거운 인두로 나무나 가죽을 지져서 도안을 새겨넣는 공예 유행. 꽃, 새, 말, 갑옷 입은 기사들을 핀통, 펜 접시, 장갑 상자, 파이프 선반, 놀이용 카드 용기, 그밖에 비슷하게 쓸모없는 물건들에 새겨 넣었다. 필요한 능력치가 너무 높아서 사그라들었는데, 누가 그린 말이나 모두 소처럼 보였기 때문이다.

목요일에는 날씨가 더 나빠졌다. 출근했을 때는 눈발이 날리는 정도였는데, 점심때쯤에는 본격적인 눈보라로 변했다. 플립이 복사기 두 대를 모두 고장 내는 바람에 나는 깃대 위 농성에 대한 스크랩을 모아서 킨코스까지 복사를 하러 가야 했지만, 차까지 걸어갔을 때 복사는 나중에 해도 된다는 결론을 내리고 머리를 폭 숙이고 종종걸음으로 건물로 돌아갔다. 그러다가 말 그대로 셜과 충돌하다시피 했다.

셜은 어느 미니밴 옆에 몸을 옹송그리고 담배를 피우고 있었다. 담배를 들지 않은 손에는 갈색 장갑을 꼈고, 코트깃은 뒤집어 세우고, 머플러를 턱까지 동여매고 덜덜 떨고 있었다.

"셜!" 나는 바람 소리에 먹히지 않게 고함을 질렀다. "바깥에서 뭐해요?"

셜은 장갑을 낀 손으로 서툴게 코트 주머니에서 종이를 한 장 꺼내어 건넸다. 건물 전체가 금연 구역이라고 선포하는 메모였다.

"플립이군요." 나는 이미 젖어버린 메모에서 눈을 털어내면서 말했다. "플립이 배후에 있어요." 나는 그 메모를 구겨서 땅바닥에 던져버렸다. "자동차 없어요?"

셜은 덜덜 떨면서 고개를 저었다. "다른 사람 차를 타고 출근해요."

"제 차 안에 앉으셔도 돼요." 나는 말하고 나서 더 좋은 장소를 생각해냈다. "이리 와요." 나는 셜의 팔을 잡았다. "담배를 피울 수 있는 곳을 알아요."

"건물 전체가 흡연 금지구역이 됐어요." 셜은 저항했다.

"건물 안이 아니에요." 나는 말했다.

셜은 담배를 비벼 껐다. "나이 든 여자한테 친절을 베푸는군요." 셜은 그렇게 말했고, 우리는 몰아치는 눈을 뚫고 종종걸음 쳐서 다시 건물로 돌아갔다.

우리는 문 안에 멈춰 서서 눈을 털어내고 모자를 벗었다. 단단하고 거칠어 보이는 셜의 얼굴이 추위로 새빨개져 있었다.

"이러지 않아도 되는데요." 셜은 머플러를 풀면서 말했다.

"저만큼 많은 시간 동안 유행을 연구하고 나면, 유행을 진심으로 싫어하게 되거든요." 나는 말했다. "혐오 유행은 특히 더 싫죠. 사람들에게서 최악의 면을 끌어내는 것 같아요. 그게 혐오 유행의 원리이기도 하고. 다음 대상은 초콜릿 치즈케이크가 될지도 모르죠. 아니면 독서나요. 자, 따라오세요."

나는 앞장서서 복도를 걸어갔다. "따뜻하지는 않아도, 바람은 피할 수 있을 거고, 최소한 눈을 맞지는 않을 거예요. 그리고 봄까지는 이 흡연반대 유행도 사그라들 거예요. 이제 반발을 살 수밖에 없는 극단적인 단계에 이르고 있으니까요."

"금주는 13년 이어졌어요."

"금주법이 그랬죠. 유행이 그렇게 이어지진 않았어요. 매카시즘은 4년밖에 가지 않았고." 나는 생물학부로 내려가기 시작했다.

"생각하는 곳이 정확히 어디죠?" 셜이 물었다.

"베넷 박사의 연구실이에요. 뒤쪽에 지붕 있는 베란다가 있어요."

"베넷 박사가 싫어하지 않을까요?"

"절대로요. 그 사람은 다른 사람들이 무슨 생각을 하든 신경 쓰지 않아요."

"비범한 젊은이 같군요." 셜이 말했고, 나는 정말로 그렇다고 생각했다.

베넷은 어떤 흔한 패턴에도 들어맞지 않았다. 자기 개성을 강하게 주장하기 위해 유행에 발맞추기를 거부하는 저항가는 아니었다. 저항으로 시작했다가 유행이 된 모터사이클 클럽 '지옥의 천사들'이나 '평화의 상징'을 보라. 그렇다고 의식이 없는 사람도 아니었다. 그는 재미있고 지적이었으며 관찰력이 있었다.

나는 생물학부로 내려가면서 셜에게 그 점을 설명하려고 했다. "그 사람이 다른 사람들의 생각에 신경 쓰지 않는 건 아니에요. 그저 그게 자기와 무슨 상관이라는 건지 모를 뿐이죠."

"우리 물리학 선생님은 '디오게네스는 정직한 사람을 찾느라 시간을 허비하지 말았어야 했다'고 하셨죠." 셜이 말했다. "그러지 말고 자기 머리로 생각하는 사람을 찾았어야 했다고."

생물학부 복도를 걷기 시작하는데 갑자기 턴불이 연구실 안에 있을 수도 있다는 생각이 떠올랐다. "여기에서 잠시만 기다리세요." 나는 셜에게 말하고 문 안을 살짝 들여다보았다. "베넷?"

그는 종이더미에 거의 가려진 채로 책상 위로 등을 굽히고 있었다.

"셜이 베란다에 나가서 담배를 피워도 될까요?" 내가 말했다. "물론이죠." 그는 눈도 들지 않고 말했다. 나는 밖으로 나가서 셜을 데려왔다.

"원한다면 이 안에서 피우셔도 됩니다." 우리가 들어가자 베넷이 말했다.

"아니, 그럴 수는 없어요. 하이텍이 건물 전체를 금연구역으로 만들었어요." 내가 말했다. "내가 베란다에 나가서 피워도 된다고 말했어요."

"물론이죠." 그는 일어서면서 말했다. "언제든 편하게 내려오세요. 전 언제나 여기 있으니까요."

"오?" 셜이 말했다. "점심시간에도 프로젝트에 매달리나요?"

베넷이 "지금은 연구할 프로젝트가 없고, 연구비 신청이 승인을 받아서 원숭이들을 데려올 수 있게 기다려야 한다"고 설명했지만, 나는 그 이야기에 관심을 두지 않았다. 나는 베넷의 옷차림을 보고 있었다.

플립이 '턴불이라면 베넷의 패션을 바꿀 수 있을 것'이라던 말이 옳았다. 그는 하얀 셔츠를 입고 새파란 넥타이를 매고 있었다.

"사실은 혼돈에 대해 연구하고 있었는데…." 그는 넥타이를 바로잡으면서 말했다.

"턴불 박사가 혼돈 이론이 니브니츠 연구기금을 타기에 최적의 프로젝트라는 결론을 내렸나요?" 나는 말하면서 내 목소리에 배어 나오는 신랄함을 막을 수가 없었다.

"아니요." 그는 나를 보고 얼굴을 찌푸렸다. "지난번에 턴불이 변수들에 대해 이야기한 덕분에, 왜 내 예측률이 나아지지 않았는지에 대해 한 가지 착안점을 얻었어요. 그래서 자료를 다시 계산했죠."

"도움이 됐나요?" 내가 말했다.

"아니요." 그는 턴불이 떠들어대던 때 짓던 표정과 비슷하게 다른 데 정신이 팔린 얼굴로 말했다. "연구를 하면 할수록 베르호스트가 옳았고, 계에 작용하는 외부의 힘이 있을지도 모른다는 생각이 들어요." 그는 셜에게 말했다. "이런 이야기에는 관심이 없으실 텐데요. 자, 베란다로 안내해드리죠." 그는 셜을 이끌고 동물 서식지를 관통하여 뒷문으로 향했다. "제 원숭이들이 오면, 옆길로 돌아서 오셔야 할 겁니다." 문을 열자 눈과 바람이 소용돌이쳐 들어왔다. "정말로 안에서 피우고 싶지 않으세요? 문간에 서 계실 수도 있는데요. 온기가 조금이라도 느껴지게 문이라도 열어두세요."

"전 몬태나에서 태어났어요." 셜은 나가면서 머플러를 목에 칭칭 감았다. "이 정도는 부드러운 여름 바람이죠." 나는 그래도 셜이 문을 열어놓았다는 사실을 알아차렸다.

베넷은 두 팔을 문지르면서 다시 들어왔다. "어휴, 바깥은 얼어붙게 추운데요. 사람들이 대체 왜 그런답니까? 도덕적인 정의라는 이름으로 나이 많은 여자분을 눈밭에 내보내다니. 뒤에 플립이 있지 싶군요."

"모든 일의 배후에 플립이 있죠." 나는 어질러진 책상을 보았다. "다시 연구하시게 해드리는 편이 좋겠죠. 셜이 여기에서 담배를 피우게 해줘서 고마워요."

"아니, 잠깐만요." 베넷이 말했다. "연구비 신청서에 대해서 몇 가지 묻고 싶은 게 있었는데요." 그는 책상 위에 쌓인 물건들을 헤치고 신청서를 꺼내더니, 내용을 보면서 페이지를 휙

획 넘겼다. "51쪽, 8절 말인데요. 서류 분산 방법이라는 게 무슨 의미죠?"

"증가형 ALR이라고 쓰면 돼요." 내가 말했다.

"그건 무슨 뜻이죠?"

"몰라요. 지나가 그렇게 쓰라던데요."

그는 고개를 설레설레 저으면서 받아적었다. "이 연구비 신청서가 날 죽이고 말겠어요. 이 신청서를 다 작성하는 데 걸린 시간이면 프로젝트를 끝내고도 남았을 겁니다. 하이텍은 우리가 니브니츠 연구기금을 타내고, 과학적인 돌파구를 발견하길 바라죠. 하지만 연구비 신청서를 작성하다가 과학적인 돌파구를 마련한 과학자가 있다면 한 명이라도 대봐요. 아니면 회의에 참석하다가도."

"멘델레예프가 있죠." 셜이 말했다.

우리 둘 다 돌아보았다. 셜은 문 안에 서서 모자에서 눈을 털어내고 있었다. "멘델레예프는 주기율표 문제를 해결했을 때 치즈제조 학회에 가던 길이었어요." 셜이 말했다.

"맞아요, 그랬지요." 베넷이 말했다. "기차에 발을 딛는 순간 해답이 떠올랐지요. 그냥 갑자기요."

"푸앵카레와 비슷하네요." 내가 말했다. "푸앵카레는 버스였지만."

"그리고 푸크스 함수를 발견했지요." 베넷이 말을 받았다.

"케쿨레도 벤젠 고리를 발견했을 때 버스 안에 있지 않았던가요?" 셜이 생각에 잠겨서 말했다. "겐트에서요."

"그랬죠." 나는 놀라서 말했다. "어떻게 과학에 대해서 그렇게 많이 아세요?"

"정말 많은 과학 보고서를 복사하다 보니, 몇 개 읽는 편이 좋을지도 모른다고 생각했죠." 셜이 말했다. "아인슈타인은 상대성 이론을 연구하다가 버스에서 시계탑을 보지 않았나요?"

"버스라." 나는 말했다. "당신과 나에게 필요한 건 버스일지도 모르겠네요, 베넷. 버스를 타고 어딘가로 가면 갑자기 모든 것이 선명해지는 거예요. 당신은 혼돈 이론 자료에 무엇이 문제인지 알고, 나는 무엇이 단발머리 유행을 일으켰는지 알고."

"그거 멋진 생각 같은데요." 베넷이 말했다. "정말로…."

"아, 잘됐네, 여기 있었군요, 베넷." 턴불이었다. "그 연구기금 프로파일에 대해 이야기 좀 해요. 셜, 이거 다섯 부만 복사해 줘요." 그녀는 셜의 품에 종이더미를 떠넘겼다. "순서 맞추고 스테이플로 찍어서요. 그리고 이번에는 내 책상 위에 두지 말아요. 우편함에 넣어둬요." 턴불은 베넷을 돌아보았다. "추가된 관련 요소들을 찾아내게 도와줘야겠어요."

"대중교통." 나는 말하고 나서 문 쪽으로 향했다. "그리고 치즈요."

Corner of Michigan and Griswold, circa 1920, Wikimedia Commons

머리 펴기

Ironing Hair

1965년 ~ 1968년

조앤 바에즈, 메리 트래버스 외 다른 포크 가수들이 일으킨 머리 모
양 유행. 히피 유행의 일부로, 곱슬곱슬하지 않고 곧게 뻗은 긴 머
리는 남성 대부분의 텁수룩한 장발보다 보기 힘들었다. 미용실에
서 '펴는 파마'를 해주기도 했지만, 십대들 사이에서는 다리미판에
머리를 놓고 옷 다리는 다리미로 머리채를 눌러서 펴는 방법을 더
선호했다. 친구가 한 번에 몇 센티미터씩 머리를 펴줘야 했고(부디
자기가 무슨 짓을 하는지 알고 있기를 바라면서), 대학생 여자애들은 기
숙사에서 번갈아 머리 펴기를 받으려고 줄을 섰다.

이후 며칠 동안에는 별다른 일이 일어나지 않았다. 간소화한 연구비 지원 신청서는 23일까지 제출이었고, 나는 또 한 주를 신청서 작성에 바친 후에 내 신청서를 제출해달라고 플립에게 넘기려다가, 다시 생각하고 직접 관리부에 가져갔다.

날씨는 다시 좋아졌고, 일레인은 같이 급류타기를 하러 가서 스트레스를 풀자고 나를 꼬시려 했고, 새라는 남자친구인 테드가 애착 혐오를 경험하고 있다고 했고, 지나는 베타니(브리타니와 똑같은 선물을 받기로 결심했고 생일이 11월에 있었다)에게 줄 로맨틱 신부 바비를 어디에서 찾을지 아느냐고 물었고, 나는 브라우닝 전집의 반납기한을 넘겼다는 통지를 세 번 받았다.

그 사이, 나는 투탕카멘 춤과 블랙보텀 춤의 자료를 모두 입력하고 바비 그림을 그리기 시작했다. 나에게 64색 크레용 상자는 없었지만, 컴퓨터에 페인트박스 프로그램이 있었다. 나는 페인트박스와, 통계와 미분방정식 프로그램들을 불러내어 상관관계를 암호화하고 상호 관계를 표시했다. 스커트 길이를 셀룰리언 블루로, 담배 판매액을 회색으로 도표화하고, 이사도라 덩컨을 라벤더색 회귀곡선으로 나타내고 섭씨 30도 이상의 온도를 노란색 회귀곡선으로 그렸다. 이렌느 캐슬은 하얀색, 립스틱에 대한 언급은 래디컬 레드, '버니스 머리를 자르다'는 그냥 갈색.

플립이 주기적으로 들어와서 진정서를 내밀거나 이런 질문을 던졌다. "박사님에게 요정 대모가 있다면 어떻게 생겼을까요?"

"할머니겠죠." 나는 '두꺼비와 다이아몬드'를 생각하며 말했다. "아니면 새, 아니면 두꺼비처럼 못생긴 뭔가. 요정 대모들은 자기들에게 친절하게 대하는지 아닌지에 따라 도와줄 가치가 있는지를 알아보려고 변장을 하니까요. 요정 대모는 왜 필요한데요?"

플립은 눈을 굴렸다. "부서 간 의사소통 담당자에게 개인적인 질문은 하는 게 아니에요. 요정 대모가 변장하고 있다면, 어떻게 알고 친절하게 대하죠?"

"친절이라는 건 누구에게나…." 나는 말하다가 가망이 없음을 깨달았다. "그 진정서는 뭐예요?"

"하이텍에 치과 보험을 요구하는 진정서죠, 당연히." 플립이 말했다.

당연히 그렇겠지.

"새 비서는 요정 대모가 아니겠죠, 설마?" 플립이 말했다. "할머니잖아요."

나는 플립에게 진정서를 돌려줬다. "셜이 당신의 변장한 요정 대모는 아닐 거예요."

"다행이다. 내가 담배를 피우는 사람에게 친절할 일은 없으니까요."

원숭이들의 도착을 준비하느라 바쁜 베넷도, 플립의 일을 다 소화하고 있는 셜도 보지 못했지만 턴불은 봤다. 턴불은 포모 핑크 옷을 입고 연구실로 올라와서 내 컴퓨터를 빌려달라고 요구했다.

"플립이 내 컴퓨터를 쓰고 있어요." 턴불은 화가 나서 말했다. "비키라고 했더니 거부하더군요. 세상에 그렇게 무례한 사람을 만나본 적 있어요?"

그것참 힘든 질문이었다. "철학자의 돌을 찾는 작업은 어떻게 되어가요?" 내가 물었다.

"환경의 영향은 확실히 기준에서 탈락시켰어요." 턴불은 내 자료들을 테이블로 옮기면서 말했다. "연구비를 탄 후에 의미 있는 과학적 돌파구를 마련한 니브니츠 수상자는 두 명밖에 없어요. 그리고 프로젝트 접근법은 학문 간 융합을 의도하는 실험으로 좁혔는데, 아직 인적 프로파일은 알아내지 못했어요. 아직 변수들을 평가하는 중이에요." 턴불은 내 디스크를 꺼내고 자기 디스크를 밀어 넣었다.

"질병도 고려했나요?" 내가 말했다.

턴불은 짜증 난다는 표정이었다. "질병?"

"질병은 과학적인 돌파구에 큰 역할을 수행했어요. 아인슈타인의 홍역, 멘델레예프의 폐병, 다윈의 건강염려증. 선페스트도 그렇죠. 선페스트 때문에 케임브리지가 폐쇄됐고, 뉴턴은 사과나무 과수원이 있는 집으로 돌아가야 했으니까요."

"난 그다지…."

"그리고 사격 기술은 어때요?"

"지금 웃기려는 거라면…."

"세인트 메리에서 외과 의사로 졸업한 플레밍을 잡아두고 싶어 한 건 플레밍의 소총 사격술 때문이었어요. 병원 소총 사격 팀 때문에 필요했던 거죠. 다만 외과에는 자리가 없었기 때문에, 미생물학과에 자리를 제안했고요."

"그래서 플레밍이 니브니츠 연구기금과 무슨 관계가 있죠?"

"주어진 환경의 영향으로 의미 있는 과학적 돌파구에 이르렀잖아요. 운동 습관은 어때요? 제임스 와트는 산책을 하다가 증기 기관 문제를 해결했고, 윌리엄 로완 해밀턴은….”

턴불은 종이뭉치를 낚아채고 디스크를 빼냈다. “다른 사람의 컴퓨터를 쓰도록 하지요. 혹시 알고 싶다면 말인데 통계상으로 유행 연구에는 가능성이 전혀 없어요.”

그래, 그건 알고 있었다. 특히 지금처럼 돌아간다면 말이다. 내 도해는 페이튼의 그림만큼 훌륭해 보이지 않았을뿐더러, 아무런 나비효과의 윤곽도 나타나지 않았다. 여전히 그 자리에 있을 뿐만 아니라 말아 내린 스타킹과 십자말풀이 자료로 더욱 두드러진 오하이오 주 메리데일만 빼면 말이다.

하지만 악어와 체체파리가 우글거리는 지류들을 뚫고 계속 걸을 수밖에 다른 도리가 없었다. 나는 쿠에의 자기암시요법과 십자말풀이에 대한 예측 구간을 계산한 다음, 관련된 머리 모양 자료를 입력하기 시작했다.

마르셀 웨이브에 대한 스크랩 자료를 찾을 수가 없었다. 열흘쯤 전에 천사 자료와 개인광고들과 함께 플립에게 복사를 맡겼는데, 그 후로 그 자료는 하나도 보지 못했다.

나는 플립이 다시 가져와서 어딘가에 그냥 던져놓았을 희박한 가능성을 생각하고 컴퓨터 옆 선반들을 뒤져본 다음, 자재부에서 데지데라타의 긴 머리를 헤어랩으로 싸고 있는 플립을 찾아냈다.

나는 플립에게 말했다. “지난번에 내가 복사해달라고 준 자료들 말인데요. 천사에 대한 기사와 단발머리에 대한 스크랩한 뭉치가 있었을 거예요. 그걸 어떻게 했죠?”

플립은 눈을 굴렸다. “그걸 내가 어떻게 알아요?”

"내가 당신한테 복사해달라고 줬으니까요. 나한테 그게 필요한데, 내 연구실에는 없으니까요. 마르셀 웨이브에 대한 스크랩도 일부 있었을 거예요." 나는 끈질기게 말했다. "기억해요? 당신이 좋아하던 구불구불한 머리 모양?" 나는 혹시 기억할까 싶어서 내 옆머리에 대고 곱슬곱슬한 모양을 만들었지만, 플립은 접착테이프로 데지데라타의 헤어랩을 말고 있었다. "개인광고도 있었어요."

이 말에는 떠오르는 바가 있었나 보다. 플립과 데지데라타는 눈빛을 교환했고, 플립이 말했다. "그래서 지금 나보고 훔쳤다는 거예요?"

"훔쳐요?" 나는 멍청하니 말했다. 천사에 대한 기사와 마르셀 웨이브 스크랩을?

"그건 공개된 거잖아요. 누구든 쓸 수 있다고요."

공개적이라니, 플립이 무슨 말을 하는지 전혀 알 수가 없었다.

"박사님이 동그라미를 쳐놨다고 해서 그 남자가 당신 거란 뜻은 아니죠." 플립은 데지데라타의 머리를 잡아당겼다. 데지데라타가 비명을 질렀다. "게다가 박사님한테는 그 로데오 남자가 있잖아요."

그제야 눈앞이 환해졌다. 개인광고. 우린 개인광고에 대해 말하고 있었다. 나에게 '우아한'과 '세련된'의 뜻을 물었던 이유도 설명됐다. "개인광고에 답을 했어요?" 내가 말했다.

"몰랐다는 듯이 말하네요. 맥이랑 대럴이 이미 한바탕 비웃었을 거 아녜요." 플립은 그렇게 말하고 접착테이프를 집어 던지고는 방 밖으로 달려나갔다.

나는 헤어랩에 붙은 길고 누덕누덕한 테이프 끝을 따라가고 있는 데지데라타를 쳐다보았다. "도대체 이게 다 무슨 일이에요?"

"그 남자는 발몬트에 살아요." 데지데라타가 말했다.

"그런데요?" 나는 이해가 가는 말을 조금이라도 듣기를 바라며 말했다.

"플립은 베이스라인 남쪽에 살죠." 나는 여전히 얼빠진 얼굴로 쳐다보았다.

데지데라타가 한숨을 내쉬었다. "모르겠어요? 지리적으로 가깝지가 않단 말이에요."

데지데라타 역시 이마에 i자를 붙이고 있었는데, '우아하고' '세련된' 사람을 찾는다면 벅차다고 여길 게 분명한 낙인이었다. "그 남자 이름이 대럴이에요?" 나는 물었다.

데지데라타는 테이프 끝을 머리카락에 감으려고 애쓰면서 고개를 끄덕였다. "치과 의사예요."

아하. 크라운이 치관(齒冠)이었구나.

"전 그 남자가 완전 스왑이라고 생각하는데, 플립은 정말 좋아하나 봐요."

플립이 누군가를 좋아하다니 상상하기 힘들었고, 이미 중요한 문제에서도 벗어나고 있었다. 플립은 개인광고를 챙겼고, 나머지 기사는 어떻게 했을까? "혹시 플립이 내 마르셀 웨이브 스크랩을 어디에다 뒀을지 모르겠죠?"

"세상에, 모르죠." 데지데라타가 말했다. "연구실은 찾아보셨어요?"

나는 포기하고 직접 찾으려고 복사실로 내려갔다. 플립은 아무것도 복사하지 않은 모양이었다. 복사기 양쪽과 복사기 뚜껑 위는 물론이고 방에 있는 모든 평평한 표면에 종이더미가 쌓여 있었는데, 그중에는 퇴적암 형성층처럼 바닥부터 허리 높이까지 쌓인 무더기도 두 개나 있었다.

나는 바닥에 책상다리하고 앉아서 종이를 뒤지기 시작했다. 온갖 메모, 보고서, "하이텍에서 마음에 드는 다섯 가지를 열거하시오"로 시작하는 감성 훈련 용지 백 장, 1988년 7월 6일 날짜에 "긴급"이라고 찍힌 편지까지.

내가 애완용 돌멩이에 대해 적었던 메모 몇 장과 누군가의 급료 영수증을 찾아내기는 했지만, 마르셀 웨이브 스크랩은 없었다. 나는 넘어가서 다음 무더기를 뒤지기 시작했다.

"샌드라." 문가에서 남자 목소리가 들렸다.

고개를 들었다. 베넷이 서 있었다. 무엇인가 잘못된 게 분명했다. 베넷의 모래색 머리카락은 엉망으로 흐트러졌고 주근깨가 있는 얼굴은 잿빛이었다.

"무슨 일이에요?" 나는 재빨리 일어서면서 말했다.

그는 내 손에 잡힌 종이 다발을 황망히 가리켰다. "그 안에서 내 연구비 신청서를 보지는 못했겠죠?"

"연구비 신청서요?" 나는 당혹해서 말했다. "그 신청서라면 월요일까지 제출해야 했을 텐데요."

"알아요." 그는 머리를 쥐어뜯으며 말했다. "제출하기는 했어요. 플립에게 줬죠."

4

급류

신은 양보다 더 멍청한 동물도 만드실 수 있었겠지만,
단언컨대 그러지 않으셨다….

— 도로시 세이어즈

지터버그

Jitterbug

1938년 ~ 1945년

─────

2차 세계대전 당시에 유행한 춤으로, 복잡한 발동작과 운동 동작이 들어간다. 빅밴드의 스윙재즈 음률에 맞춰 지터버그 춤을 추던 사람들은 등 너머로, 다리 아래로, 허공으로 파트너를 집어 던졌다. 미군들은 해외 주둔지 어디에나 지터버그를 퍼트렸다. 나중에 차차가 그 자리를 대신했다.

때로는 재난이 과학적인 돌파구로 이어질 수도 있다. 오염된 배양균과 빠져 죽을 뻔한 경험이 페니실린의 발견으로 이어졌고, 망가진 사진판이 X선의 발견으로 이어졌다. 멘델레예프를 보자. 그는 평생이 재난의 연속이었다. 그는 시베리아에 살았고, 시각장애인이었던 아버지가 돌아가신 후에 어머니가 근근이 먹고 살기 위해 시작한 유리 공장은 완전히 타버렸다. 하지만 그 화재 때문에 어머니가 상트페테르부르크로 이사했고, 그곳에서 멘델레예프는 분젠과 함께 공부할 수 있었으며, 결국에는 주기율표를 찾아냈다.

아니면 제임스 크리스티를 보자. 그는 고장 난 천체촬영기라는 좀 더 사소한 재난에 대처해야 했다. 막 명왕성 사진을 찍고, 행성 가장자리에 선명하게 엉뚱한 혹이 보이는 바람에 버리려고 했을 때 천체촬영기가 고장 나 버렸다(분명히 하이텍의 복사기를 만든 곳과 같은 회사 제품일 것이다).

크리스티는 문제의 사진 건판을 버리려다가 말고 수리기사를 불렀고, 수리기사는 그에게 혹시 도움이 필요할지 모르니 기다려달라고 했다. 크리스티는 한동안 근처에 서 있다가 사진에 나온 혹을 한 번 더 자세히 들여다보았는데, 그 김에 이전에 찍힌 사진들과 비교해보았다. 크리스티가 찾아낸 최초의 사진에는 '명왕성. 길게 늘어져 나옴. 쓸모없음. 불합격'이라고 표시되어 있었다. 그는 그 사진을 손에 쥐고 있던 사진과 비교했다. 두 건판은 똑같아 보였고, 크리스티는 망친 사진이 아니라 명왕성의 위성을 보고 있다는 사실을 깨달았다.

하지만 대체로 재난은 그냥 재난일 뿐이다. 지금처럼.

관리부는 오직 한 가지에만 신경을 쓴다. 서류작업에만. 관리부는 비용 초과, 총체적인 무능함, 범죄 기소까지도 거의 다 용서할 수 있다. 서류작업만 제대로 해낸다면, 그리고 제때 낸다면.

"당신 연구비 신청서를 플립에게 줬다고요?" 말하고 나서 나는 베넷에게 바로 미안해졌다.

베넷의 얼굴이 더 창백해졌다. "압니다. 멍청하죠?"

"당신 원숭이들은요?" 내가 말했다.

"없어진 원숭이들이죠. 난 그 녀석들에게 이제 영영 훌라후프를 가르치지 못할 거예요." 그는 내가 방금 뒤졌던 무더기 쪽으로 가서 훑어보기 시작했다.

"그쪽은 이미 살펴봤어요. 그 안에는 없었어요. 관리부에 플립이 잃어버렸다고 했어요?"

"했죠." 그는 복사기 위에 있는 종이들을 집어 들며 말했다. "관리부에서는 플립이 사람들에게 받은 신청서를 모두 제출했다고 한답니다."

"그 말을 믿는대요?" 나는 말했다. 아, 물론 믿겠지. 플립이 비서가 필요하다고 했을 때도 믿었는데. "다른 사람 신청서도 없어졌나요?"

"아니요." 그는 음울하게 말했다. "플립에게 신청서를 낼 만큼 멍청한 사람 세 명 중에서도 플립이 신청서를 잃어버린 사람은 나 혼자예요."

"어쩌면…." 내가 말했다.

"이미 물어봤어요. 다시 작성해서 늦게 내기는 불가능해요."

그는 종이더미를 내려놓고, 집어 들어서 다시 살펴보기 시작했다.

"이봐요." 나는 그 종이더미를 빼앗으면서 말했다. "차례대로 찾아봐요. 당신은 이 무더기를 뒤져요." 나는 이미 내가 훑어본 무더기 옆에 그 종이더미를 내려놓았다. "우리가 살펴본 종이더미는 방 이쪽에 놓고." 나는 그에게 작업대에 쌓여 있던 종이더미 하나를 건넸다. "아직 보지 못한 무더기는 이쪽에 두는 거죠. 알겠어요?"

"알았어요." 나는 조금이나마 베넷의 안색이 돌아왔다고 생각했다. 그는 종이더미 윗부분을 집어 들었다.

나는 누군가가(아마도 플립일 가능성이 크겠지만) 반쯤 남은 콜라캔을 버려놓은 재활용 쓰레기통을 뒤지기 시작했다. 끈적거리는 종이를 한 아름 집어 들고, 바닥에 주저앉아서, 한 장씩 떼어냈다. 첫 번째 뭉치에는 없었다. 나는 재활용 쓰레기통 위로 허리를 굽히고, 콜라가 바닥까지 떨어지지는 않았기를 빌면서 두 번째 한 아름을 집어 올렸다. 콜라는 바닥까지 흘러 있었다.

"플립에게 주면 안 된다는 정도는 알았어야 하는데." 베넷은 다른 종이더미를 보면서 말했다. "하지만 전 혼돈 이론 자료를 처리하고 있었고, 플립이 자기가 갖다 내기로 했다면서…."

"우린 찾아낼 거예요." 나는 콜라에 달라붙은 종이를 떼어내면서 말했고, 그 종이 뭉치를 반쯤 뜯어내다가 소리를 지르고 말았다.

"찾았어요?" 베넷이 희망을 품고 물었다.

"아니요. 미안해요." 나는 그에게 끈적끈적한 종이를 보여주었다. "내가 찾던 마르셀 웨이브 자료예요. 플립에게 복사해달라고 했거든요."

베넷의 얼굴에서 혈색이 완전히 빠져나갔다. 주근깨까지 모두 다. "플립이 신청서를 버렸겠군요."

"아니, 아니에요." 나는 베넷을 처음 만난 날 내 쓰레기통에 들어가 있던 구겨진 단발머리 스크랩들을 생각하지 않으려고 애쓰면서 말했다. "여기 어딘가에 있을 거예요."

없었다. 우리는 종이더미를 다 보고, 그곳에 신청서가 없다는 사실이 분명한데도 다시 한 번 샅샅이 살폈다.

"플립이 당신 연구실에 뒀을 수도 있지 않을까요?" 나는 마지막 종이더미의 바닥에 이르러서 말했다. "아예 가지고 나오지 않았을 수도 있잖아요."

그는 고개를 저었다. "내 방은 이미 다 뒤져봤어요. 두 번이나요." 그는 쓰레기통 속을 파내면서 말했다. "당신 연구실은 어때요? 지난번에 그 턴불의 소포를 당신에게 배달했었죠. 혹시…."

베넷을 실망시키기는 싫었다. "방금 제 방을 뒤집어엎고 왔어요. 이걸 찾느라고요." 나는 마르셀 웨이브에 대한 스크랩을 들어 올렸다. "하지만 누군가 다른 사람의 연구실에 있을지도 모르죠." 나는 뻣뻣하게 일어섰다. "플립은 어때요? 신청서를 어떻게 했는지 물어봤어요?" 아니, 내가 무슨 생각을 하는 거람. 다른 사람도 아니고 플립인데.

베넷은 고개를 끄덕였다. "'무슨 신청서요?' 이러더군요."

"좋아요." 나는 말했다. "작전이 필요해요. 당신은 식당을 맡아요. 난 직원 휴게실을 맡을게요."

"식당요?"

"그래요, 플립을 알잖아요. 아마 엉뚱한 데다가 전했을 거예요. 우리가 만난 날 그 소포처럼요." 그리고 나는 그 말에 어떤 단서가 있다고 느꼈다. 베넷의 연구비 신청서가 어디에 있을지에 대한 단서는 아니지만, 다른 무엇인가에 의미심장한 단서였다. 단발머리 유행을 촉발한 요소에 대한 단서? 아니, 그것도 아니었다. 나는 그 자리에 서서 그 느낌을 잡으려고 애썼다.

"뭡니까?" 베넷이 말했다. "어디에 있는지 알 것 같아요?"

그 느낌은 사라져버렸다. "아니요. 미안해요. 다른 생각을 하고 있었어요. 화학부에 있는 재활용 쓰레기통 앞에서 만나요. 걱정하지 말아요. 우린 찾아낼 거예요." 나는 쾌활하게 말했지만, 실제로 찾아내리라는 희망은 별로 품고 있지 않았다. 플립이라면 어디에든 버려뒀을 수 있었다. 하이텍은 큰 회사였다. 누구의 연구실에 있을지 몰랐다. 아니면 아래 자재부에 잃어버린 물건들의 수호성인인 데지데라타와 함께 있을지도. 아니면 주차장에 있을지도. "재활용 쓰레기통 앞에서 봐요."

나는 직원 휴게실로 올라가다가 더 좋은 생각을 해냈다. 셜을 찾으러 갔다. 셜은 턴불의 연구실에서 니브니츠 연구기금 자료를 컴퓨터에 타이핑하고 있었다.

"플립이 베넷 박사의 연구비 신청서를 잃어버렸어요." 나는 거두절미하고 말했다.

조금쯤은 셜에게서 '어디에 있는지 알아요'라는 대답을 기대했지만, 그렇지 않았다. 셜은 정말로 당황한 표정으로 말했다. "세상에, 저런! 베넷 박사가 떠나버리면…." 셜은 그러다가 말을 멈췄다. "내가 어떻게 도울 수 있을까요?"

"이 안을 봐주세요." 내가 말했다. "베넷은 이 방에 자주 오니까요. 그리고 플립이 신청서를 뒀을지 모를 곳이 떠오르면 어디든 찾아주세요."

"하지만 마감 기한은 이미 지나지 않았나요?"

"지났죠." 나는 대답하면서, 셜이 내가 무시하려고 애쓰고 있었던 생각을 지적한 데 화가 났다. 설령 우리가 콜라가 묻어 끈적거리는 상태로 엉뚱한 곳에 놓인 신청서를 찾아낸다 해도 마감 기한에 엄격한 관리부에서는 받아주지 않을지 모른다는 생각을 피하려고 하고 있었는데 말이다. "저는 직원 휴게실에 있을 거예요." 나는 그렇게 말하고 우편함들을 뒤지러 올라갔다.

신청서는 우편함에 없었고, 직원 테이블에 쌓인 오래된 메모 더미에도 없었고, 전자레인지 안에도 없었다. 턴불의 연구실에도 없었다. "다 뒤져봤어요." 셜이 머리를 들이밀고 말했다. "베넷 박사가 플립에게 신청서를 준 날이 며칠이죠?"

"모르겠어요. 마감은 월요일까지였는데요."

셜은 음울하게 고개를 저었다. "그게 내가 두려워하던 부분이에요. 쓰레기차가 화요일과 목요일에 오거든요."

셜을 이 일에 끌어들여서 미안했다. 나는 재활용 쓰레기통 앞으로 갔다. 베넷은 거의 쓰레기통 안에 들어가다시피 해서 다리를 허공에 흔들고 있었다. 그는 종이 한 움큼과 사과심 하나를 끄집어냈다.

나는 그 종이뭉치의 절반을 받아서 베넷과 나란히 훑어보았다. 연구비 신청서는 없었다.

"좋아요." 나는 긍정적인 목소리를 내려고 했다. "여기에 없다면, 누군가의 연구실에 있을 거예요. 어디부터 시작하죠? 화학부, 아니면 물리학부?"

"소용없어요." 지친 베넷이 말했다. 그는 쓰레기통에 등을 대고 주저앉았다. "신청서도 여기에 없고, 나도 여기에 오래 더 있지는 못하겠네요."

"연구비 지원 없이 프로젝트를 돌릴 방법은 없나요?" 내가 말했다. "동물 서식지도 있고 컴퓨터와 카메라 다 있잖아요. 실험실 쥐로 대신하거나 그럴 순 없어요?"

그는 고개를 저었다. "쥐는 너무 독립적이에요. 강력한 무리 본능이 있는 동물이 필요해요."

나는 '피리 부는 사나이'는 어떨까 생각했다.

"그리고 실험실 쥐에도 돈은 들어요." 베넷이 말했다.

"동물보호소는 어때요? 아마 고양이가 있을 텐데요. 아니지, 고양이는 안 되겠네요. 개들이 있잖아요. 개들에게는 무리 행동이 있고, 동물보호소에는 개들이 많아요."

그는 거의 플립만큼 불쾌한 표정을 지었다. "당신은 유행의 전문가인 줄 알았는데요. 동물권리보호에 대해 들어본 적도 없습니까?"

"하지만 당신이 동물들에게 무슨 짓을 하려는 게 아니잖아요. 그냥 관찰하려는 거지." 나는 그렇게 말했지만, 베넷 말이 옳았다. 동물권리보호운동에 대해서 잊고 있었다. 그들은 우리가 보호소에 있는 동물들을 이용하게 놓아두지 않을 것이다. "다른 생물학부 프로젝트들은 어때요? 다른 실험동물을 몇 마리 빌려

올 수 있을지도 모르잖아요."

"켈리 박사는 선충을 연구하고, 리에즈 박사는 편형동물을 연구해요."

그리고 턴불 박사는 니브니츠 연구기금을 타낼 방법을 연구하지.

"게다가 동물이 있다 해도 먹이를 줄 수가 없어요. 기억해요? 난 연구비 신청서를 제때 내지 못했다고요. 괜찮아요." 그는 내 얼굴을 보고 말했다. "이 일 덕분에 혼돈 이론으로 돌아갈 기회가 주어진 셈이죠."

신청서를 제대로 낸다 해도 자금이 없는 연구 말이지.

"흠." 베넷은 일어서면서 말했다. "이력서나 작성하는 게 좋겠네요."

그는 진지한 얼굴로 나를 보았다. "도와줘서 다시 한 번 고마워요. 정말이에요." 그는 복도를 걸어가기 시작했다.

"아직 포기하지 말아요." 나는 말했다. "내가 뭔가 생각해낼게요." 단발머리는 고사하고 천사 유행의 원인도 알아내지 못하는 사람이 하는 말이었다.

베넷은 고개를 저었다. "우린 지금 플립이라는 벽에 부딪힌 거예요. 우리 둘보다 더 큰 장애물이죠."

© Chicago Sun-Times Photo By The Denver Post, 1982

행운의 편지

Chain Letters

1935년 봄

———

돈벌이 수단 유행으로, 하나의 목록 맨 위에 있는 이름에게 10센트를 보내고, 목록 밑에 당신의 이름을 덧붙인 후, 그 편지의 사본 다섯 장을 당신만큼 잘 속기를 바라면서 친구들에게 보내는 방식이었다. 욕심과 통계학에 대한 이해 부족으로 일어난 이 유행은 덴버에서 생겨나, 우체국에 거의 하루 십만 통의 편지를 쏟아부었다. 덴버에서 3주를 유행한 후에 스프링필드로 이동했고, 여기에서는 광란의 2주 동안 1달러와 5달러짜리 행운의 편지가 돌아다닌 후에 피할 수 없는 몰락을 겪었다. 편지를 직접 전달했던 '행운의 금편지(1978년)' 유행과 다양한 다단계 판매로 변형되었다.

나는 베넷이 가는 모습을 보고 내 연구실로 돌아왔다. 플립이 내 컴퓨터 앞에 앉아 있었다. "'사랑스러'를 정확히 어떻게 쓰죠?" 플립이 물었다.

플립을 i자가 덜그럭거릴 때까지 흔들지 않기 위해 모든 의지력을 동원해야 했다. "베넷 박사의 연구비 신청서를 어떻게 했어요?"

플립은 머리에 달린 다양한 부속물을 뒤로 젖혔다. "데지데라타에게도 얘기했어요. 박사님의 남자를 훔쳤다고 나한테 화풀이할 줄 알았다고요. 불공평해요. 박사님에겐 이미 그 소 치는 남자가 있잖아요."

"양이에요." 나는 자동으로 바로잡은 다음, 멍하니 그녀를 보았다. 양이라.

"부서 간 의사소통 담당자에게 어디다가 편지를 쓰라 마라 하는 건 괴롭힘이에요." 나는 플립의 말을 듣지 않았다. 빌리 레이의 전화번호를 누르고 있었다.

"이야, 목소리를 들으니 기쁜데." 빌리 레이가 말했다. "최근에 당신 생각을 많이 했거든."

"양 좀 빌릴 수 있어?" 나는 빌리 레이의 말도 듣지 않고 말했다.

"물론이지. 뭐하러?"

"학습 실험이야."

"몇 마리나 필요해?"

"양떼처럼 행동하려면 몇 마리나 필요해?"

"세 마리. 언제 받고 싶어?"

빌리 레이는 정말로 좋은 남자였다. "몇 주 안에. 확실하지는 않아. 먼저 몇 가지 확인해야 하거든. 여기 방목장에 얼마나 큰 무리를 둘 수 있는지도." 그리고 베넷의 동의도 얻어야 했다. 관리부의 동의도.

"동그라미를 친다고 누군가가 박사님의 소유가 되는 건 아니라고요." 플립이 말했다.

나는 생물학부로 다시 달려 내려갔다. 베넷은 이력서를 작성하고 있지 않았다. 동물 서식지 한가운데에 놓인 바위에 우울한 얼굴로 앉아 있었다.

"베넷." 내가 말했다. "한 가지 제안이 있어요."

그는 미소 비슷한 표정을 지었다. "고맙지만…."

"들어봐요. 그리고 다 듣기 전까지는 안 된다고 하지 말아요. 우리 프로젝트를 결합했으면 해요. 아니, 잠깐만요, 마저 들어봐요. 난 메모리 용량이 더 높은 컴퓨터를 살 연구비를 신청했지만, 당신 컴퓨터를 쓸 수 있어요. 어차피 내 컴퓨터는 늘 플립이 쓰기도 하고요. 그러면 내가 받을 연구비로 식량과 보급품을 살 수 있어요."

"그래도 원숭이 문제는 해결되지 않아요. 어마어마하게 비싼 컴퓨터를 요청했다면 또 몰라도."

"나한테 와이오밍에 양 목장을 둔 친구가 하나 있어요." 내가 말했다.

"그래요, 알아요." 그가 말했다.

"그 친구가 무료로 우리에게 필요한 만큼 양을 빌려줄 테니까, 우린 그 양을 먹이기만 하면 돼요." 베넷이 안 된다고 할 테세였기에 나는 서둘러 말을 이었다. "양들에게 원숭이 같은 사회 조직이 없는 줄은 알지만, 그래도 양에게는 아주 강력한 따라가기 본능이 있어요. 하나가 하는 일은 모두가 하고 싶어 하죠. 그리고 양은 추위에 잘 견디니까, 바깥에 둘 수 있어요."

베넷은 두꺼운 안경 너머로 나를 진지하게 바라보고 있었다.

"당신이 하고 싶어 한 프로젝트가 아닌 줄은 알지만, 없는 것보다는 낫잖아요. 하이텍을 떠나지 않을 수 있을 테고, 아마 몇 달만 있으면 관리부에서 새로운 알파벳 약자와 새로운 자금 신청 절차를 내놓을 테니까, 그때 다시 원숭이들을 요청할 수 있을 거예요."

"난 양에 대해 아무것도 몰라요."

"서류가 통과되기를 기다리면서 배경 조사를 다 할 수 있어요."

"그리고 당신은 뭘 얻죠, 샌드라?" 베넷이 말했다. "양은 자기들 뜻과 상관없이 털이 잘리는데요."

유행에 대한 그의 면역능력이, 유행이 어디에서 오는가를 풀 열쇠라고 생각한다는 말은 차마 할 수가 없었다. "내가 생각하는 새로운 도해를 돌릴 수 있는 컴퓨터, 그리고 다른 관점이요. 내 단발머리 프로젝트는 아무 성과도 거두지 못하고 있어요. 리처드 파인만은 과학적인 문제에 봉착했다면, 한동안 다른 일에 착수해야 한다고 했지요. 문제를 다른 각도에서 볼 수 있다고요. 그래서 파인만은 봉고를 쳤어요. 그리고 많은 과학자가 자기 분야 바깥에서 작업하다가 제일 의미 있는 과학적 돌파구를 찾아내죠. 대륙 이동을 발견한 알프레드 베게너를 봐요. 지질학자가 아니라 기상학자였죠. 그리고 이산화탄소를 발견한 조셉 블랙도 화학자가 아니었어요. 의사였죠. 아인슈타인은 특허국 직원이었어요. 과학자가 자기 분야 밖에서 일하다 보면 전에는 한 번도 보지 못했던 연관성을 보게 돼요."

"으음." 베넷이 말했다. "그리고 양과 유행에 따르는 사람들 사이에는 확실히 연관성이 있지요."

"그래요, 누가 알겠어요? 양이 유행을 만들기 시작할지도 모르죠."

"깃대 위 농성을요?"

"십자말풀이라든가요. 실험동물에 해당하는 두 글자 단어는? 암양." 나는 베넷에게 미소를 지었다. "그런 일이 일어나지 않는다 해도, 양들을 연구하는 건 긍정적인 기분전환이 될 거예요. 동요 '메리와 메리의 어린 양'만 빼면, 양은 한 번도 유행이었던 적이 없거든요. 그래서, 어떻게 생각해요?"

베넷은 서글프게 미소 지었다. "관리부에서 절대로 허가하지 않을 거예요."

"하지만 허가한다면요?"

"그렇다면야, 당신과 함께 일하는 것보다 나은 일을 생각할 수는 없죠. 하지만 허가하지 않을 거예요. 그리고 허가한다 해도, 서류를 다 작성하는 데에만 몇 달은 걸릴 걸요. 서류가 통과되기를 기다리는 시간은 관두고라도요."

"그렇다면 우리 둘 모두에게 다른 관점을 선사하겠죠. 멘델레예프와 치즈제조 학회를 떠올려봐요."

"당신 제안을 관리부에 어떻게 말하러 가면 좋을까요?" 베넷이 말했다.

"그 부분은 나한테 맡겨요. 당신은 그 프로젝트를 양에 맞춰서 수정해요. 나는 전문가와 이야기하러 갈게요." 그렇게 말하고 나는 지나를 보러 올라갔다.

지나는 눈부신 핑크색 바비 초대장에 주소를 쓰고 있었다. "아직도 로맨틱 신부 바비를 찾을 수가 없어. 장난감 가게 다섯 군데에 전화했는데도."

나는 베넷이 무슨 일을 당했는지 지나에게 말했다.

지나는 서글프게 고개를 저었다. "정말 안됐다. 난 언제나 그 사람이 좋았는데…, 패션 센스는 없어도 말이야."

"네 도움이 필요해." 나는 그녀에게 프로젝트 결합에 대해 말했다.

"그래서 그 사람은 네 연구비와 빌리 레이의 양을 얻고, 너는 뭘 얻는데?"

"플립과 혼돈의 권세에 대한 작은 승리." 나는 말했다. "플립이 무능하다는 이유만으로 베넷이 연구비를 잃는 건 공평하지 않아."

지나는 한참 동안 심사숙고하는 눈빛으로 나를 보더니, 고개를 저었다. "관리부에서 절대 허가하지 않을 거야. 첫째, 이건 살아있는 동물 연구로, 논란이 많은 분야지. 관리부는 논란을 싫어해. 둘째, 이건 혁신적인 연구인데, 관리부는 원래 혁신을 싫어해."

"GRIM의 주춧돌이 혁신인 줄 알았는데."

"농담해? 새로운 것이라면 관리부에 형식이 없을 텐데, 관리부는 논란을 싫어하는 만큼이나 형식을 사랑해. 네가 그 사람을 좋아하는 건 알지만, 미안." 지나는 초대장에 주소를 쓰는 작업으로 돌아갔다.

"날 도와주면, 내가 대신 로맨틱 바비를 찾아줄게." 내가 말했다.

지나는 초대장에서 눈을 들었다. "로맨틱 신부 바비여야 해. 시골 신부 바비나 환상의 결혼식 바비가 아니라."

나는 고개를 끄덕였다. "거래 성립?"

"내가 돕는다고 해도 관리부에서 찬성한다는 보장은 할 수 없어." 지나는 초대장 무더기를 옆으로 밀어놓고 나에게 메모장과 연필을 건넸다. "좋아, 관리부에 가서 뭐라고 하려고 했는지 말해봐."

"음, 일단 연구비 신청서가 어떻게 됐는지부터 설명하고…."

"틀렸어. 그랬다간 순식간에 네가 다급하다는 사실을 알 거야. 관리부에 네가 지난번 회의 이후로 이 결합 프로젝트를 궁리했다고 해. 관리부에서 직원의 정보와 상호작용이 얼마나 중요한지 말한 후에 말이야. 최대한 활용한다거나 체계를 이룬다거나 같은 말들을 써."

"알았어." 나는 받아적었다.

"함께 일한 과학자들이 만들어낸 과학적인 돌파구들을 몇 개 주워섬겨. 크릭과 왓슨, 펜지어스와 윌슨, 길버트와 설리반…."

나는 메모장에서 고개를 들었다. "길버트와 설리반은 과학자들이 아니잖아?"

"빅토리아 시대 뮤지컬계의 거장 콤비지. 관리부는 모를 거야. 하지만 이름은 어디서 들어봤겠지. 너에겐 프로젝트 목표에 대한 두 쪽짜리 계획서가 필요해. 관리부에서 문제라고 생각할 법한 내용은 두 번째 장에 다 집어넣어. 그 사람들은 절대로 두 번째 장을 읽지 않으니까."

"프로젝트 개요 말이야?" 나는 휘갈겨 쓰면서 말했다. "우리가 쓰려는 실험 방법을 설명하고 유행 분석과 정보 확산 연구 사이의 연관성을 기술해?"

"아니." 지나는 그렇게 말하더니 자기 컴퓨터 쪽으로 몸을 돌렸다. "신경 쓰지 마. 내가 대신 써줄게." 지나는 빠른 속도로 타이핑하기 시작했다. "관리부에 통합형 학문 간 융합 팀 프로젝트는 MIT의 최신 유행이라고 말해. 1인 프로젝트는 구식이라고 하는 거야." 지나가 '인쇄'를 누르자 프린터에서 종이 한 장이 빠져나오기 시작했다.

"그리고 관리자의 몸짓 언어에 주의를 기울여. 관리자가 집게 손가락으로 책상을 두드린다면, 넌 난처한 상황에 빠진 거야."

지나는 나에게 계획서를 건넸다. 의심스럽게도 지나의 다섯 가지 만능 답변과 비슷해 보였는데, 그건 아마 이 계획서가 통할 거라는 뜻이었다.

"그리고 그건 입지 마." 지나는 내 스커트와 실험복 가운을 가리켰다. "편한 옷을 입어야 해."

"고마워. 관리부에서 찬성할까?"

"살아있는 동물 연구를? 농담해? 로맨틱 신부 바비는 핑크색 망사 장미꽃이 달린 인형이야." 지나가 말했다. "참, 그리고 베타니는 갈색 머리 바비를 갖고 싶어 해."

Richard Feynman Playing the Bongos © Tom Harvey, 1956

A floating game of mah jongg, 1924 © Courtesy Library of Congress, Prints and Photographs Division/JTA

마종

Mah-jongg

1922년 ~ 1924년

———

고대 중국의 마작패 놀이에서 영감을 받은 미국의 게임 유행. 미국
인들이 했기 때문에 루미 카드놀이와 도미노를 섞은 데다 벽을 세
우고 무너뜨리고 '바다 밑바닥에서 달을 건지기'까지 포함되었다.
열정적인 '풍!'과 '차오!' 소리, 그리고 상아색 패가 달그락거리는
소리가 함께 했다. 놀이하는 사람들은 동양풍의 로브를 갖춰 입고
(마종놀이 하는 사람들이 중국에 대해 잘 모르면 일본의 기모노를 입기도
했다) 차를 마셨다. 십자말풀이 열풍과 콘트랙트 브리지에 밀리기
는 했지만, 마종은 1960년대까지 유대인 중년 여성들 사이에서 계
속 인기를 누렸다.

나는 모든 변수를 헤아리지 못했다. 관리부에서 다른 무엇보다 서류작업을 소중하게 생각하는 것은 사실이었다. 니브니츠 연구기금은 예외였다.

하얀 카펫이 깔린 관리부 사무실에서 내가 준비한 장광설을 제대로 시작하기도 전에 관리자가 눈을 빛내면서 말했다. "이건 학문 간 융합 프로젝트인가요?"

"네." 내가 말했다. "고등 포유류의 학습 벡터와 유행 분석을 결합했습니다. 그리고 혼돈 이론의 측면도⋯."

"혼돈 이론이요?" 관리자는 비싼 티크나무 책상을 집게손가락으로 두드렸다.

"계획된 실험을 요구하는 비선형계라는 관점에서만 그렇습니다." 나는 서둘러 말했다. "주안점은 주로 고등 포유류에게 나타나는 정보 확산이고, 인간의 유행은 그 속의 부분 집합이죠."

"계획된 실험이라고요?" 관리자는 열심히 물었다.

"네. 하이텍의 실제적인 가치는 정보가 인간 사회에 어떻게 퍼지는가를 더 잘 이해하고⋯."

"원래 분야가 뭐였죠?" 관리자가 말을 잘랐다.

"통계학입니다." 나는 말했다. "원숭이 대신 양을 이용하는 이점은⋯." 그리고 말을 끝맺지는 못했다. 관리자가 이미 일어서서 내 손을 잡아 흔들고 있었기 때문이다.

"이게 바로 GRIM이 원하는 프로젝트입니다. 과학 분야들을 조화시키고, 진취성과 협력을 통해 새로운 직장의 패러다임을 창조하는 거죠."

나는 관리자가 사실상 표어로 말한다는 사실에 경탄하다가 다음에 이어지는 말을 놓칠 뻔했다.

"…딱 니브니츠 연구기금 위원회에서 찾는 프로젝트이기도 합니다. 이 프로젝트를 즉시 시행했으면 좋겠군요. 얼마나 빨리 시작할 수 있습니까?"

"저는… 그게…." 나는 말을 더듬었다. "양의 행동에 대해 배경 조사가 약간 필요합니다. 그리고 살아있는 동물 관련 규정이…."

관리자는 대수롭지 않다는 듯 손을 흔들었다. "그건 우리가 처리할 문제입니다. 두 박사님은 확산적인 사고와 과학적인 감수성에 집중해주세요. 좋은 결과를 기대합니다." 그는 내 손을 잡고 열렬히 흔들었다. "하이텍은 불필요한 형식 절차를 생략하고 이 프로젝트를 즉시 궤도에 올리기 위해 할 수 있는 일은 다 하겠습니다."

그리고 실제로 그랬다.

거의 내가 생물학부까지 내려가서 베넷에게 프로젝트 승인을 받았다고 말하기도 전에 허가서가 작성되고, 서류작업은 생략, 살아있는 동물 이용 승인 요청이 들어갈 정도였다.

"'즉시 궤도에 올린다'는 건 무슨 뜻이죠?" 베넷은 걱정스러워했다. "우리는 양의 행동에 대한 배경 조사도 하지 못했어요. 어떻게 소통하고, 어떤 기술을 배울 수 있는지, 무엇을 먹는지…."

"시간은 많을 거예요." 내가 말했다. "관리부잖아요. 안 그래요?"

또 내가 틀렸다. 관리자는 금요일에 나를 다시 하얀 카펫 위로 불러서 모든 허가서가 받아들여졌고, 살아있는 동물 이용도 승인되었다고 말했다. "월요일까지 양떼를 들일 수 있겠습니까?"

"양 주인이 그렇게 준비할 수 있을지 알아봐야 해요." 나는 빌리 레이가 준비하지 못하기를 빌며 말했다.

빌리 레이는 그렇게 할 수 있었고, 그렇게 했다. 직접 데려오지는 않았지만 말이다. 그는 랜더에서 열리는 가상 목장운영 회의에 참석하고 있었다. 대신 보낸 미구엘은 코걸이를 하고, 카우보이 모자를 쓰고, 헤드폰을 꼈으며, 양을 직접 내려줄 생각이 없었다.

"어디에 두고 싶어요?" 미구엘의 말투를 들으니 혹시 이마에 i자를 새겨놓았는지 모자챙 아래를 들여다보고 싶어졌다.

우리가 방목장 문으로 안내하자 미구엘은 무거운 한숨을 내쉬더니, 트럭을 거의 문 앞까지 후진시킨 다음, 혹사당했다는 얼굴로 트럭 운전석에 기대어 섰다.

"양을 내리지 않을 겁니까?" 결국 베넷이 물었다.

"빌리 레이는 양을 배달하라고 했지, 내리라는 말은 안 했어요." 미구엘이 말했다.

"우리 우편 배달원을 꼭 만나봐야겠어요. 둘이 천생연분인데요." 내가 말했다.

미구엘은 모자를 조심스레 앞으로 기울였다. "그 여자는 어디 사는데요?"

베넷은 트럭 뒤로 돌아가서 문을 잠가놓은 빗장을 들어 올렸다. "모두 한꺼번에 몰려나와서 우리를 짓밟지는 않겠죠?"

그렇지 않았다. 서른 마리쯤 되는 양들은 겁에 질린 듯이 매애거리면서 트럭 가장자리에 서 있었다.

"이리 나오렴." 베넷이 살살 달래듯이 말했다. "이 녀석들이 뛰어내리기에 너무 높은 걸까요?"

"'광란의 무리를 멀리하고'에 보면 절벽에서도 뛰어내리던데요. 어떻게 이 정도가 너무 높겠어요?"

그래도 베넷은 임시변통의 경사로를 만들기 위해 합판을 가지러 갔고, 나는 리에즈 박사를 보러 갔다. 리에즈 박사는 편형동물로 실험 대상을 바꾸기 전에, 말을 가지고 실험을 한 적이 있어서 고삐를 빌려줄 수 있었다.

그 고삐를 찾는 데 시간이 어찌나 오래 걸리는지 내가 연구실에 돌아갈 때쯤이면 고삐가 필요하지 않겠다고 생각했지만, 돌아가 보니 양들은 여전히 트럭 뒤칸에 한 덩어리로 모여 있었다.

베넷은 좌절한 얼굴이었고, 트럭 앞에 서 있는 미구엘은 들리지 않는 리듬에 맞춰 몸을 흔들고 있었다.

"나오질 않아요." 베넷이 말했다. "부르기도 하고 구슬리기도 하고 휘파람도 불어봤는데."

나는 그에게 고삐를 건넸다.

"한 마리를 경사로 아래로 끌고 내려올 수만 있으면, 다들 따라올 겁니다." 베넷은 고삐를 쥐고 경사로를 올라갔다. "한꺼번에 우르르 뛰어 내려올 때에 대비해서 비켜 있어요."

그는 제일 가까이에 있는 양의 머리에 고삐를 씌우려고 손을 뻗었고, 과연 양들은 우르르 몰려갔다. 트럭 안쪽으로.

"한 마리를 잡아서 안고 나올 수 있을지도 몰라요." 나는 천사에 대한 어느 책의 표지를 생각하면서 말했다. 그 책 표지에는 길잃은 양을 안고 있는 맨발의 천사가 나왔다. "작은 놈으로요."

베넷은 고개를 끄덕였다. 그는 나에게 고삐를 건네고, 겁을 주지 않으려고 천천히 경사로를 올라갔다. "쉬이, 쉬이." 그는 작은 암양에게 부드럽게 말했다. "해치지 않아. 쉬, 쉬."

그 양은 움직이지 않았다. 베넷은 무릎을 꿇고 앞다리와 뒷다리 아래로 팔을 넣어서 양을 들어 올렸다. 그리고 경사로를 향해 움직이기 시작했다.

책표지에 나온 천사는 안아 올리기 전에 클로로포름으로 양을 마취했을 것이다. 작은 암양은 네 개의 발굽을 사방으로 걸어차고, 미친 듯이 발버둥치면서 주둥이로 베넷의 턱을 세게 쳤다. 베넷은 비틀거렸고, 암양은 몸을 비틀면서 베넷의 배를 걸어찼다. 베넷은 쿵 소리 나게 양을 떨어뜨렸고, 양은 신경질적으로 매애거리면서 트럭 한가운데로 숨어들었다.

나머지 양들도 그 뒤를 따랐다. "괜찮아요?" 내가 물었다.

"아니요." 그는 턱을 움직여보면서 대답했다. "'온순하고 말 잘 듣는 어린양'은 어떻게 된 거죠?"

"블레이크는 분명히 실제로 양을 만나보지도 않고 시를 썼을 거예요." 나는 베넷이 경사로를 내려와서 물통 쪽으로 걸어갈 수 있게 도왔다. "이제 어쩌죠?"

그는 숨을 몰아쉬며 물통에 기대어 섰다. "결국에는 목이 마를 테니까…." 그는 턱을 조심스럽게 만져보며 말했다. "나오기를 기다려보죠."

미구엘이 재빨리 우리 쪽으로 건너왔다. "알겠지만 난 온종일 있을 순 없어요!" 그는 헤드폰에서 쿵쾅거리는 음악 소리를 들

226

으면서 소리를 지르더니 트럭 앞쪽으로 돌아갔다.

"빌리 레이에게 전화해볼게요." 나는 안으로 들어가서 빌리 레이에게 전화했다. 그의 휴대전화는 통화권 바깥에 있었다.

"고삐를 가지고 몰래 다가가 볼까요?" 내가 돌아가자 베넷이 말했다.

우리는 그렇게 해보았다. 양들의 뒤에 숨어서 밀어보기도 하고, 미구엘을 위협하기도 하고, 거친 숨을 몰아쉬며 물통에 몸을 기대고 긴 주문을 몇 개 읊기도 했다.

"흠, 확실히 정보 확산은 일어나고 있군요." 베넷은 다친 팔을 돌보며 말했다. "다들 트럭에서 내리지 않기로 결정한 걸 보면 말입니다."

턴불이 건너왔다. "니브니츠 연구기금의 최적 후보자 프로파일이 나왔어요." 그녀는 나를 무시하고 베넷에게 말했다. "그리고 또 다른 니브니츠를 찾아냈어요. 기업가예요. 광물 제련으로 재산을 벌어서 자선단체를 몇 개 설립한 사람이죠. 그 자선단체 위원회들의 신정 기준을 살펴보고 있어요." 그녀는 여전히 베넷에게만 말했다. "와서 프로파일을 봤으면 좋겠네요."

"가봐요." 내가 말했다. "놓칠 것도 없는데요, 뭘. 난 빌리 레이에게 다시 전화해 볼게요."

나는 다시 전화했다. 빌리 레이는 "당신이 해야 할 일은…." 까지 말하고 다시 통화권을 이탈했다.

나는 방목장에 다시 나갔다. 양떼는 트럭 밖으로 나와서 마른 풀을 뜯고 있었다. "어떻게 한 겁니까?" 베넷이 뒤따라 나와서 말했다.

"아무것도요. 미구엘이 기다리기 지쳤나 봐요." 하지만 미구엘은 여전히 트럭 앞에서 그룹싱크 아니면 뭐든 헤드폰으로 틀어놓은 음악에 맞춰 몸을 흔들고 있었다.

나는 양떼를 바라보았다. 양들은 언제나 그곳에 속해 있었다는 듯이 기분 좋게 방목장 안을 돌아다니며 평화롭게 풀을 뜯고 있었다. 헤드폰을 벗지 않은 미구엘이 트럭에 시동을 걸고 가버렸을 때도 양들은 공포에 질리지 않았다. 울타리 가까이에 있던 양 한 마리가 생각에 잠긴 지적인 시선으로 나를 올려다보았다.

이건 성공하겠어. 나는 생각했다.

그 양은 잠시 동안 나를 빤히 보더니 풀을 뜯으려고 고개를 떨구었고, 그러자마자 울타리에 머리가 끼어버렸다.

The Virgin and Child with St Anne (detail): Leonardo da Vinci, c. 1510,
Wikimedia Commons

© Doug

챠오파이

Qiao Pai

1977년 ~ 1995년

———

미국의 카드놀이 브릿지(1930년대에 유행)에 영향을 받아 일어난 중국의 게임 유행. 프랑스에서 브릿지 놀이를 배운 덩샤오핑이 많은 사람에게 알려, 챠오파이는 순식간에 백만 명이 넘는 열광적인 팬을 끌어들였고, 이들은 대개 일터에서 카드놀이를 했다. 미국의 브릿지와 달리 비딩은 소리 없이 이루어지고, 핸드를 순서대로 배열하지도 않으며, 게임 형식을 극도로 따진다. 나중에 탁구에 밀렸다.

이후 며칠 동안 양떼 안에 정보 확산은 거의 없다는 사실이 분명해졌다. 유행도 거의 존재하지 않았다.

"며칠 동안 관찰해보고 싶어요." 베넷이 말했다. "양들의 정상적인 정보 확산 패턴이 무엇인지 규명해야죠."

우리는 관찰했다. 양들은 마른 풀을 뜯고, 한두 걸음 옮기고, 마른 풀을 또 뜯고, 조금 더 멀리 걸어가서, 또 풀을 뜯었다. 전원 풍경화처럼 보일 지경이었다. 길고 멍청한 얼굴과 양털만 빼면.

누가 양들은 보송보송하고 하얗다는 신화를 퍼트렸는지 모르겠다. 실제 양털은 낡은 대걸레 같은 색깔이었고, 걸레와 비슷하게 흙투성이였다.

양들이 또 풀을 뜯어 먹었다. 주기적으로 한 마리가 씹기를 멈추고 방목장 안을 비틀거리고 돌아다니면서 떨어져 내릴 절벽을 찾다가, 다시 풀 뜯기로 돌아갔다. 한 번은 한 마리가 속을 게워냈다. 몇 마리는 울타리를 따라가며 풀을 뜯었다. 구석에 들어가면 어떻게 방향을 돌려야 할지 알아내지 못하고 그대로 머물러서 계속 풀을 뜯고, 흙 속까지 풀을 파먹은 후에, 더 좋은 생각이 나지 않는지 흙을 먹었다.

"양이 고등 포유류가 맞긴 맞아요?" 베넷은 손으로 턱을 괴고 울타리에 기대어 양들을 관찰하면서 물었다.

"정말 미안해요. 양이 이렇게 멍청할 줄은 몰랐어요." 내가 말했다.

"흠, 사실 단순한 행동 구조가 우리에게 이점으로 작용할 수도 있어요." 베넷이 말했다. "원숭이들의 문제는 똑똑하다는 점이죠. 원숭이들의 행동은 복잡하고, 동시에 많은 것들이 진행되거든요. 지배, 가족의 상호작용, 털 고르기, 의사소통, 학습, 주의집중 체계 등등…. 동시에 진행되는 요소가 워낙 많아서 다른 행동에서 정보 확산 행동을 분리하는 게 문제예요. 원숭이보다 행동이 적으면, 정보 확산을 보기는 더 쉽겠죠."

정보 확산이 있다면 말이지. 나는 양들을 보면서 생각했다.

양 한 마리가 한 걸음을 걷고, 풀을 뜯고, 두 걸음을 걷더니, 아무래도 하던 일을 잊어버린 듯 멍하니 허공을 물어뜯었다.

옷깃에 빨간색 가두리장식이 달리고 주머니에는 빨간색으로 '돈즈 다이너'라고 수놓은 웨이트리스 유니폼을 입은 플립이 종이를 한 장 들고 어슬렁어슬렁 걸어왔다.

"일자리를 새로 구했어요?" 베넷이 희망을 품고 물었다.

눈 굴리기. 한숨. 머리채 넘기기. "아니요오오오."

"그런데 식당 유니폼은 왜 입고 있어요?" 내가 물었다.

"유니폼이 아니에요. 유니폼처럼 보이게 만든 드레스죠. 여기에서 내가 어떻게 온갖 일을 다 해야 하는지를 나타내는 선언이에요. 여기 서명해요." 플립은 나에게 종이를 건네고 방목장 문 너머로 몸을 내밀면서 말했다. "저거 양이에요?"

그 종이는 주차장에서 담배 피우기를 금지하라는 진정서였다.

베넷이 말했다. "3천 평이 넘는 주차장에서 한 사람이 하루에 담배를 한 대 피워서는 걱정할 만큼 집중적인 간접흡연의 연기가 나오지 않아요."

플립이 머리채를 뒤로 넘기자 헤어랩이 거칠게 흔들렸다. "간접흡연의 연기 때문만이 아니에요." 플립은 혐오스럽다는 듯이 말했다. "대기 오염이죠."

플립은 어슬렁거리며 걸어갔고, 우리는 관찰작업으로 돌아갔다. 그나마 양들의 활동이 부족한 덕분에 관찰 프로그램을 세우고 문헌을 검토할 시간은 많이 주어졌다.

문헌이 많지는 않았다. 윌리엄메리 대학의 생물학자 한 사람은 500마리의 양떼를 관찰하고 그들에게 '강력한 무리 본능'이 있다는 결론을 내렸고, 인디애나 대학의 어느 연구자는 양에게서 서로 다른 다섯 가지 의사소통법을 식별했는데('매애' 소리가 발음대로 기록되어 있었다), 능동 학습 실험을 수행한 사람은 아무도 없었다. 그들은 지금 우리와 똑같이 양들이 씹고, 비틀거리고, 서성거리고, 토하는 모습을 관찰하기만 했다.

우리에게는 단발머리와 혼돈 이론에 관해 이야기할 시간이 많았다. "놀라운 점은 혼돈계라고 해서 언제나 혼돈 상태는 아니라는 거예요." 베넷이 문에 몸을 기대면서 말했다. "때로는 자발적으로 스스로를 재조직해서 정연한 구조를 만들기도 해요."

"갑자기 덜 혼돈스러워진다고요?" 나는 하이텍에도 그런 일이 일어나기를 비는 심정으로 말했다.

"아니, 그 점이 핵심인데요. 혼돈계는 점점 더 혼돈스러워져요. 일종의 혼돈 임계 질량에 이를 때까지요. 그런 일이 일어나면, 혼돈계는 자연스럽게 더 높은 평형 수준으로 스스로를 재조직해요. 그걸 '자기 조직화 임계성'이라고 부르죠."

우리도 그리로 향하는 길 같았다. 관리부에서는 한번씩 메모를 뿌렸고, 양들은 울타리 사이와 문과 먹이 배급통 아래에 머리를 끼워 넣었고, 플립은 주기적으로 와서 방목장과 연구실 사이에 있는 문 위에 매달려 단조롭게 걸쇠를 올렸다가 내리면서 상사병 증상을 보였다.

사흘째에는 양들이 어떤 유행도 시작하지 않으리라는 사실이 분명해졌다. 먹이를 받기 위해 버튼을 누르는 방법을 배우지도 않을 게 분명했다. 베넷은 양떼를 받은 다음 날 아침에 그 장치를 설치하고, 몇 번이나 시연하느라 엎드려서 코로 넓적하고 평평한 버튼을 눌렀다. 매번 먹이 알갱이가 달그락거리며 떨어졌고, 베넷은 여물통에 머리를 밀어 넣고 씹는 소리를 냈다. 양들은 무관심하게 지켜보았다.

"한 마리가 해보게 만들어야겠어요." 나는 말했다. 우리는 양떼가 도착한 날 녹화한 비디오테이프를 보고 양들이 어떻게 트럭에서 내려왔는지 알았다. 양들이 서로 밀고 밀리더니 마침내 한 마리가 경사로 위로 밀려 나왔다. 그러자 즉시 나머지 양들이 그 뒤를 따라 떨어져 내렸다. "한 마리만 가르칠 수 있다면, 나머지가 따라 할 거예요."

베넷은 체념한 듯 고삐를 가지러 갔다. "어느 양을 가르치죠?"

"저놈은 말고요." 나는 속을 게워내던 양을 가리키며 말했다. 나는 양떼를 보면서 어느 녀석이 기민하고 지적일까 재보았다. 그런 특징은 별로 보이지 않았다. "저놈으로 하죠."

베넷은 고개를 끄덕였고, 우리는 고삐를 쥐고 그 양에게 슬금슬금 다가갔다. 그 양은 잠시 생각에 잠겨 풀을 씹다가 번개같이 먼 구석으로 뛰어가 버렸다. 양떼 전체가 그 뒤를 따랐고, 서로를 뛰어넘어가며 열심히 벽을 향해 달려들었다.

"그리고 집집마다 쥐들이 쏟아져나오고….." 나는 '피리 부는 사나이'의 한 구절을 중얼거렸다.

"흠, 그래도 모두 한쪽 구석에 모이긴 했네요." 베넷이 말했다. "한 마리쯤은 고삐를 걸 수 있을 거예요."

그렇지 않았다. 양털 한 움큼을 잡고 방목장을 반쯤 가로지르는 데에는 성공했지만 말이다.

"양들한테 겁을 주고 있는 것 같은데요." 플립이 문에서 말했다. 플립은 오전의 절반 가까이 그곳에 매달려서 침울하게 걸쇠를 올렸다 내렸다 하면서 우리에게 치과의사 대럴에 대해 말하고 있었다.

"나도 이 녀석들이 무서워요." 베넷이 코르덴 바지를 털면서 말했다. "그러니 공평하네요."

"구슬리는 방법을 써봐야 할지도요." 나는 쪼그려 앉았다. "이리 온." 나는 사람들이 개를 다룰 때 쓰는 어린아이 같은 목소리로 말했다. "이리 온. 해치지 않을게."

양은 구석에서 무심하게 입을 우물거리면서 나를 노려보았다.

"양치기들은 양떼를 몰 때 어떻게 하죠?" 베넷이 물었다.

나는 그림에서 본 장면들을 기억하려고 애썼다. "모르겠어요. 그냥 양치기가 앞장서서 걸어가면 양들이 따라가던데요."

우리는 그 방법도 시도해보았다. 양떼가 우리를 피해 달려가다가 한 녀석이 우연히 버튼에 부딪힐지도 모른다는 희박한 가능성을 생각하고, 양 옆으로 살금살금 다가가서 반대쪽에서 양떼에게 접근하는 방법도 시도해보았다.

"저 먹이가 별로일 수도 있어요." 플립이 말했다.

"그 말이 맞아요." 내가 말하자 베넷은 믿을 수 없다는 눈으로 나를 빤히 보았다. "양들의 식습관과 능력에 대해 더 알아야 해요. 빌리 레이에게 전화해서 양들이 뭘 좋아하는지 알아볼게요."

전화는 빌리 레이의 음성 사서함으로 넘어갔다. "목장주의 집으로 연결하시려면 1번을, 헛간으로 연결하시려면 2번을, 양 숙사로 연결하려면 3번을 누르세요." 빌리 레이는 세 군데 모두 없었다. 캐스퍼로 가는 길이었다.

나는 연구실로 돌아가서 베넷과 플립에게 도서관에 가겠다고 말한 다음, 차를 몰고 나갔다.

접착테이프 머리띠를 붙이고 i자 낙인을 찍은 플립의 복제인간이 데스크에 앉아 있었다.

"양에 대한 책이 있나요?" 나는 그 여자에게 물었다.

"철자가 어떻게 되나요?"

"e자가 두 개 들어가요." 여자는 여전히 멍청한 얼굴이었다. "S, H로 시작하고요."

"'아라비아의 수장(sheik)'이 있고…." 여자는 화면을 보고 읽었다. "중동의 수장들과…."

"셰이크가 아니라 쉽이에요. sheep, 양이요" 내가 말했다.

"아." 여자는 몇 번이나 백스페이스바를 누르면서 sheep이라고 쳐넣었다. "'잃어버린 양의 수수께끼', '쇼핑을 나간 여섯 마리의 멍청한 양', '검은 양 신드롬'…."

"양에 대한 책이요. 양을 어떻게 기르고 훈련시키는지에 대한."

여자는 눈을 굴렸다. "그런 말은 안 했잖아요."

나는 마침내 도서 정리 번호를 알아내어 '재미와 이익을 위한 양 사육', '어느 오스트레일리아 양치기의 이야기', 내용 중에 양이 나왔던 기억이 있는 도로시 세이어즈의 '아홉 번의 종소리', '양떼 경영과 돌보기', 그리고 빌리 레이의 양들이 걸렸던 흡윤 개선병을 떠올리고 '양들이 흔히 걸리는 질병'을 찾아서 대출을 하려고 가져갔다.

"연체한 책이 나오는데요. 로버트 브라우닝 '전지'."

"지가 아니라 집이에요. '전집'. 지난번에도 말했는데 반납했다니까요."

"반납 기록은 안보여요. 벌금 16달러 50센트 나오네요. 지난 3월에 대출해갔다고 나와요. 미지불 연체료가 5달러가 넘으면 책을 빌려 갈 수 없어요."

"그 책은 반납했어요." 나는 20달러 지폐를 탁 소리 나게 내려놓으며 말했다.

"더해서 다시 살 책값도 지불해야 해요. 55달러 95센트예요."

이렇게 호되게 당하다니. 나는 수표를 써주고 빌린 책들을 가지고 베넷에게 돌아가서 함께 훑어보았다.

별로 힘을 북돋워 주지는 않았다. "뜨거운 날씨라면 양들은 한데 모여서 서로를 질식시킬 것이다." '재미와 이익을 위한 양 사육'에서는 이렇게 말하고 "양들은 이따금 바닥에 등을 대고 구르는데 혼자 다시 일어서지 못한다"라고도 했다.

"들어봐요." 베넷이 말했다. "양은 겁에 질리면 나무나 다른 장애물에 돌진할 수도 있다."

기술적인 부분에 대해서는 "양을 울타리 안에 가둬두는 쪽이 다시 들여보내기보다 훨씬 쉽다." 따위밖에 없었지만, 양 다루기에 대해 진작 써먹을 수도 있었을 정보는 많았다.

절대로 양의 얼굴을 만지거나 귀 뒤를 긁어서는 안 되고, 오스트레일리아 양치기는 불길하게도 "모자를 바닥에 던지고 짓밟아봐야 당신 모자만 망가질 뿐"이라고 충고하기도 했다.

"양은 갇히는 상황을 다른 무엇보다 두려워한다는데요." 나는 베넷에게 읽어주었다.

"이제 와서 말인가요."

그리고 어떤 충고는 썩 믿음직해 보이지 않았다. '양떼 경영'에서는 이렇게 말했다. "조용히 앉아 있으면 양들이 호기심을 느끼고 당신이 무엇을 하는지 보러 올 것이다."

그런 일은 일어나지 않았지만, 오스트레일리아 양치기에게는 양을 원하는 곳으로 가게 만드는 실용적인 방법도 있었다.

"양 옆에 한쪽 무릎을 꿇고 앉으십시오." 나는 책의 내용을 읽었다.

베넷은 지시에 따랐다.

"한 손을 꼬리심에 얹으십시오." 나는 계속 읽었다. "꼬리 부분 말이에요."

"꼬리요?"

"아니요. 엉덩이 약간 뒷부분이요."

셜이 연구실 베란다로 나와서 담배를 한 대 붙여 물더니, 울타리 쪽으로 와서 우리를 지켜보았다.

"다른 손은 턱 아래에 두십시오." 나는 계속 읽었다. "이런 식으로 양을 잡으면, 양이 몸을 비틀어 달아날 수 없고, 앞으로도 뒤로도 갈 수 없습니다."

"아직까지는 좋네요." 베넷이 말했다.

"자, 턱을 단단히 잡고 꼬리심을 잡은 손에 부드럽게 힘을 주어 양이 앞으로 가게 합니다." 나는 책을 내리고 상황을 지켜보았다. "턱 아래를 잡은 손에다가 밀어서 멈추는 거죠."

"좋아요." 베넷은 무릎을 세우고 일어서면서 말했다. "갑니다."

그는 양의 복슬복슬한 엉덩이를 잡은 손에 부드럽게 힘을 주었다. 양은 움직이지 않았다.

셜이 기침을 섞어서 길게 담배 연기를 뿜어내더니 고개를 절레절레 흔들었다.

"우리가 뭘 잘못하고 있나요?" 베넷이 말했다.

"그거야 뭘 하려고 하는지에 달렸죠." 셜이 말했다.

"음, 궁극적으로는 양에게 먹이가 나오는 버튼을 누르게 가르치고 싶은데요." 베넷이 말했다. "우선은 양 한 마리를 방목장에서 먹이 구유와 같은 쪽으로 몰아놓는 데 만족합니다."

그는 이야기하는 동안 내내 그 양을 붙잡고 손에 힘을 주고 있었지만, 그 양은 아무래도 모종의 지연 기제에 따라 움직이는 모양이었다. 양은 유순하게 두 걸음을 앞으로 내딛더니 등을 구부리고 뛰어오르려고 했다.

"턱을 놓치지 말아요." 내가 말했지만, 말이 쉬운 소리였다. 우리 둘 다 목을 붙잡으려 했다. 나는 책을 떨어뜨리고 양털 한 움큼을 쥐었다. 베넷은 팔을 걷어차였다. 양은 맹렬히 돌진해서 양떼 한가운데로 들어가버렸다.

"원래 그래요." 셜이 연기를 뿜으면서 말했다. "무리에서 따로 떨어질 때마다 곧장 돌아가서 양떼 한가운데로 뛰어들죠. 무리 본능이 효력을 발휘하는 거예요. 혼자 판단하기란 너무 무섭거든요."

우리 둘 다 울타리 쪽으로 돌아갔다. "양에 대해 아세요?" 베넷이 말했다.

셜은 담배를 피우면서 고개를 끄덕였다. "양이 지구상에서 제일 성미 고약하고, 고집 세고, 멍청한 생물이라는 사실을 알지요."

"그 점은 저희도 알아냈습니다." 베넷이 말했다.

"어떻게 양에 대해 아세요?" 나는 물었다.

"난 몬태나에 있는 양 목장에서 자랐어요."

베넷은 안도의 한숨을 내쉬었고, 나는 말했다. "어떻게 하면 좋을지 알려주실 수 있나요? 이 양들에게 아무것도 시킬 수가 없어요."

셜은 담배 연기를 길게 내뿜었다. "방울양이 필요해요."

"방울양이요?" 베넷이 말했다. "그게 뭡니까? 특별한 방울 종류인가요?"

셜은 고개를 저었다. "지도자예요."

"양치기 개 같은 건가요?" 내가 물었다.

"아니에요. 개는 양들을 괴롭히고 안내하고 정렬시킬 수 있지만, 따르게 만들 수는 없죠. 방울양은 양이에요."

"특별한 품종인가요?" 베넷이 물었다.

"아뇨. 같은 품종이에요. 똑같은 양인데, 나머지 양떼가 따라 하게 만드는 무엇인가를 가지고 있죠. 보통은 늙은 암양이고, 어떤 사람들은 호르몬과 관계가 있다고 생각하기도 해요. 또 어떤 사람들은 외모와 관계가 있다고 생각하기도 하고요. 우리 선생님은 방울양은 일종의 지도력을 가지고 태어났다고 하셨죠."

"주의집중 체계로군요." 베넷이 말했다. "지배적인 수컷 원숭이들에게도 그런 능력이 있죠."

"셜은 어떻게 생각하는데요?" 내가 말했다.

"나요?" 셜은 구불구불 피어오르는 담배 연기를 보며 말했다. "난 방울양이 다른 여느 양과 똑같은데, 다만 더 평범하다고 생각해요. 조금 더 배고파하고, 조금 더 빠르고, 조금 더 욕심스러운 거죠. 제일 먼저 먹고 싶어 하고, 피신하고 싶어 하고, 짝을 짓고 싶어 하기 때문에 언제나 선두에 나서는 거예요." 셜은 말을 멈추고 담배를 한 모금 빨았다. "많이는 아니에요. 한참 선두에 있다면 양떼가 따라가기 위해 하나씩 떨어져 나가야 하고, 그러려면 혼자 생각을 해야 하죠. 아주 약간만이에요. 그래야 양떼가 이끌려간다는 사실조차 모르죠. 그리고 방울양 역시 자기가 이끌고 있다는 사실을 몰라요."

셜은 담배를 풀밭에 떨구고 밟아 껐다. "방울양에게 버튼 누르기를 가르치면, 나머지 양떼도 버튼을 누를 거예요."

"방울양을 어떻게 구합니까?" 베넷이 열심히 물었다.

"양들을 어디에서 데려왔죠?" 셜이 말했다. "양떼에 한 마리 있었을 텐데, 이 무리에는 데려오지 않았을 수도 있어요. 이게 양떼 전체가 아니었죠?"

"네. 빌리 레이에게는 이백 마리가 있어요." 내가 말했다.

셜은 고개를 끄덕였다. "그 정도로 큰 무리라면 거의 언제나 방울양이 있어요."

나는 베넷을 쳐다보았다. "빌리 레이에게 전화할게요."

"좋은 생각이에요." 말은 그렇게 했지만, 베넷은 열정을 잃어버린 모양이었다.

"왜 그래요? 방울양이 좋은 생각 같지 않아요? 당신 실험에 간섭할까 봐 걱정이에요?"

"무슨 실험요? 아니, 아니에요. 좋은 생각이에요. 주의집중 체계와 그게 학습 속도에 미치는 영향은 내가 연구하고 싶었던 변수 중 하나에요. 어서 가서 전화해요."

"좋아요." 나는 연구실로 들어갔다. 내가 문을 여는데, 복도 문이 쾅 소리를 내며 닫혔다. 나는 서식지를 통과해서 복도를 내다보았다.

일체형 작업복을 입고 새파란 색과 하얀색이 들어간 구두를 신은 플립이 막 계단으로 사라지고 있었다. 분명히 우리에게 우편물을 가져왔던 참이리라. 나는 플립이 방목장으로 나와서 자기가 매혹적이냐고 묻지 않았다는 사실에 놀랐다.

나는 연구실 안으로 돌아갔다. 플립은 베넷의 책상 위에 우편물을 놓아두었다. 물리학부의 레이븐우드 박사 앞으로 온 소포 두 개, 그리고 지나가 벨 연구소로 보내는 편지 한 통이었다.

화동 결혼식

Flower Child Weddings

1968년 ~ 1975년

전통에 완전히 저항하고 싶지는 않고 결혼을 아예 안 하고 싶지도 않았던 사람들 덕분에 인기를 누린 저항의 유행. 초원이나 산 위에서 식을 열고, 인도악기 시타르로 '필링스(feelings)' 같은 곡을 연주하고 참가자들이 칼릴 지브란의 도움을 받아서 쓴 맹세를 읽었다. 신부는 대개 머리에 꽃을 꽂고 신발을 신지 않았다. 신랑은 평화의 상징을 달고 구레나룻을 길렀다. 1970년대에 결혼서약 없는 동거 유행으로 교체되었다.

방울양은 빌리 레이가 직접 데려왔다. "방목장에 내려놓고 왔어." 그는 통계 연구실로 들어와서 말했다. "아래에 있던 여자가 나머지 양떼와 같이 넣어두라고 하더군."

턴불 이야기지 싶었다. 턴불은 오후 내내 베넷과 붙어 앉아서 니브니츠 프로파일에 대해 의논을 했다. 그것이 내가 1920년대 자료를 입력하러 통계 연구실로 올라온 이유이기도 했다. 나는 베넷이 왜 자기 연구실에 없었을까 궁금했다.

"예쁘고, 회사원 같은 타입? 핑크색을 많이 입은?"

"방울양이?" 빌리 레이가 말했다.

"아니, 이야기를 나눴다는 사람 말이야. 검은 머리에, 클립보드를 가지고 있었어?"

"아니. 이마에 문신을 했던데."

"문신이 아니라 낙인이야." 나는 멍하니 말했다. "가서 방울양이 잘 있나 확인해보는 게 좋을지도 모르겠네."

"괜찮을 거야." 빌리 레이가 말했다. "지난주에 놓친 저녁 식사를 대신하려고 내가 직접 데려왔지."

"아, 고마워." 나는 말했다. 양에게 가르칠 수 있는 낮은 능력치의 기술에 대해 알아볼 기회였다. "코트 가져올게."

"좋았어." 빌리 레이는 환하게 웃었다. "당신을 데려가고 싶은 멋진 새 식당이 있어."

"대초원 식당?" 내가 말했다.

"아니, 시베리아 식당이야. 시베리아 음식이 뜨거운 새 유행이 될 거야."

나는 '뜨거운'이 따뜻하다는 뜻이기를 바랐다. 주차장은 얼어붙을 정도로 추웠고, 바람이 살을 에는 듯했다. 새삼 셜이 주차장에 서서 담배를 피우지 않아도 된다는 사실이 기뻤다.

빌리 레이는 자기 트럭으로 앞장서 가서 나를 태웠다. 나는 차가 주차장을 빠져나가기 전에 빌리 레이의 팔을 잡았다. "잠깐만." 플립이 내 스크랩 자료에 한 짓이 떠올라서였다. "떠나기 전에 방울양이 괜찮은지 확인해봐야 하지 않을까? 그 여자가 정확히 뭐라고 했어? 연구실에 있던 여자. 그 여자가 방목장으로 나가지는 않았지?"

"아니. 내가 방울양을 넘겨줄 사람을 찾고 있는데, 그 여자가 편지를 몇 통 들고 들어오더니 두 사람 다 턴불 박사의 연구실에 있다면서 방울양은 그냥 방목장에 두고 가라고 했고, 난 그렇게 했어. 방울양은 괜찮아. 바로 트럭에서 내려서 풀을 뜯기 시작했거든."

그 말은 진짜 방울양이라는 뜻이 분명했다. 상황이 나아지고 있었다.

"당신이 떠났을 때는 거기 없었지? 방울양 말고, 그 여자."

"응. 나보고 자기가 유머감각이 좋다고 생각하느냐고 묻더니, 나야 재미있는 말을 들어보지도 못했고, 모른다고 대답했더니 한숨 비슷한 걸 내쉬며 눈을 굴리고 나가버리더군."

"다행이네." 나는 말했다. 벌써 5시 30분이었다. 플립은 5시가 넘으면 1분도 더 남아있지 않고, 일찍 퇴근하는 편이었으니 연구실에 돌아가서 나쁜 짓을 할 가능성은 사실 거의 없었다. 그리고 베넷이 아직 남아 있었다. 턴불의 연구실에 있다가 집에 가기 전에 아무 이상이 없는지 확인하러 돌아올 것이다. 턴불과 니브니츠 연구기금에 홀딱 반하지만 않았다면 양떼가 있다는 사실을 기억하겠지.

"끝내주는 식당이야." 빌리 레이가 말했다. "들어가려면 한 시간은 줄을 서야 할 거야."

"좋을 것 같아. 가자." 내가 말했다.

실제로는 1시간 20분을 기다렸고, 마지막 30분 동안에는 바람이 심해지고 눈이 내리기 시작했다. 빌리 레이는 입고 있던 양가죽을 댄 재킷을 내 어깨에 둘렀다. 그는 밴드 칼라 셔츠에 캐벌리 바지를 입고 있었다. 머리카락은 자라는 대로 놓아두었고, 노란색 가죽 장갑을 꼈다. 브래드 피트 스타일이었다. 내가 계속 떨자 그는 장갑도 양보했다.

"마음에 들 거야." 빌리 레이가 말했다. "시베리아 음식이 훌륭하다더군. 우리가 함께 올 수 있어서 정말 기뻐. 당신에게 하고 싶은 이야기가 있었어."

"나도 이야기를 나누고 싶었어." 나는 얼어붙은 입술로 말했다. "양에게 어떤 재주를 가르칠 수 있어?"

"재주라니?" 그는 멍청하니 되물었다. "어떤 재주?"

"그런 거 있잖아. 색깔과 음식을 연관 짓는 법을 익힌다든가, 미로 속을 달린다든가. 기왕이면 배우는 데 필요한 능력치는 낮고 기술에 여러 등급이 있는 게 좋아."

"양을 가르친다고?" 그는 그 말을 되뇌었다. 긴 침묵이 이어지는 동안 주위에서는 바람이 울부짖었다. "양들은 울타리 안에 있어야 할 때 밖으로 빠져나가기는 잘하지."

내가 생각하던 재주는 아니었다.

"이렇게 하지. 내가 인터넷에 접속해서 누군가 양에게 재주를 가르쳐본 사람이 있는지 찾아볼게." 빌리 레이는 눈발이 흩날리는데도 모자를 벗어서 두 손으로 빙빙 돌렸다. "당신에게 하고 싶은 말이 있었다고 했지. 최근에 두랑고까지 운전을 하거나 여러 일로 생각할 시간이 많았고, 목장을 운영하는 삶에 대해 많이 생각을 해봤거든. 외로운 삶이야. 온종일 목장에 나가서 아무도 보지 못하고, 아무 데도 가지 못하고."

롯지그래스와 랜더와 두랑고를 빼면 아무 데도 말이지.

"그리고 최근에 난 이 모든 게 그럴 가치가 있는 일인지, 내가 무엇 때문에 이 일을 하고 있는지 생각을 해봤어. 그리고 당신에 대해서 생각했지."

"바바라 로즈 씨." 시베리아 웨이터가 외쳤다.

"우리야." 나는 빌리 레이에게 재킷과 장갑을 돌려줬고, 그는 모자를 썼다. 그리고 우리는 웨이터를 따라 테이블로 향했다. 테이블 한가운데에 러시아 주전자 사모바르가 놓여 있었기에, 나는 그 위에서 손을 녹였다.

"지난번에 말한 것 같지만, 어떻게 해야 할지 모르겠고 불만족스러운 기분이 들어서…." 빌리 레이는 메뉴판을 받고 나서 말했다.

"스멀거리는 기분 말이지." 내가 말했다.

"그거 좋은 표현이네. 그래, 뭔가 스멀거리는 기분이 들었는데, 로지폴에서 차를 몰고 돌아오는 길에 겨우 내가 무엇 때문에 근질거리는지 알아냈어." 그는 내 손을 잡았다.

"뭔데?" 내가 말했다.

"당신."

내가 저도 모르게 손을 잡아빼자 그는 말했다. "당신이 놀랄 줄은 알아. 나에게도 놀라웠어. 로키 산맥을 뚫고 운전을 하면서 뭔가 신통치 않고 아무것도 중요하지 않은 느낌을 받다가 생각했지. 샌드라에게 전화를 걸자. 그리고 마침내 당신과 통화를 한 후에 이런 생각을 하게 됐어. 어쩌면 우리가 결혼해야 할지도 모르겠다고."

"결혼?" 나는 꽥 소리를 내버렸다.

"지금 미리 말해두고 싶은데, 어떤 대답을 하더라도 그 양들은 원하는 만큼 오래 데리고 있어도 돼. 어떤 조건도 붙이지 않아. 그리고 당신에게 포기하고 싶지 않은 경력이 있는 줄 알아. 나도 이해해. 당신이 그 단발머리 연구를 끝내기 전까지는 결혼할 수 없을 테고, 그 후에는 목장에 팩스와 모뎀과 이메일을 갖춰서 자리 잡을 수 있겠지. 하이텍이 아니라는 사실도 모를 정도로 완벽할 거야."

플럽이 없다는 사실만 빼면 말이지. 나는 엉뚱하게 그런 생각을 했다. 턴불도 없을 테고. 회의에 가서 감성 훈련을 할 필요도 없을 것이다. 하지만 결혼이라니!

"자, 당장 대답해줄 필요는 없어." 빌리 레이는 말을 이었다. "얼마든지 시간을 두고 생각해. 나에게는 생각할 거리가 수천 킬로미터나 있었으니까. 후식을 먹은 후에 알려줘도 좋겠지. 그때까지는 성가시게 하지 않을게."

그는 커다란 러시아 곰이 그려진 빨간색 메뉴판을 집어 들고 샅샅이 읽기 시작했고, 나는 방금 들은 말을 소화하려고 애쓰면서 멍하니 그를 바라보았다. 빌리 레이가 나와 결혼하고 싶어 하다니.

그리고…, 안될 게 뭐람? 그는 나를 만나기 위해 기꺼이 수백 킬로미터를 달려오는 좋은 남자였고, 나는 턴불에게 말한 대로 서른한 살이었다. 게다가 어디에 가서 다른 사람을 만나겠는가? 운동선수 같은 몸에 배려가 깊다는 NS(비흡연자)가 누군가와 데이트를 하기 위해 거리 하나 걸어갈 생각도 없는 개인광고에서?

빌리 레이는 나와 저녁 식사를 하기 위해, 확실하지도 않은데 그 먼 길을 운전해왔다. 그리고 나에게 양떼와 방울양을 빌려줬다. 그리고 장갑도. 이렇게 좋은 남자를 어디에서 만나겠는가? 하이텍에 나에게 청혼할 사람이 없다는 사실만은 분명했다.

"원하는 대로 주문해." 빌리 레이가 말했다. "난 감자 덤플링을 먹을까 하는데."

나는 바질(시베리아 음식에 바질이 많이 쓰였다는 기억은 없었지만)로 맛을 낸 보르시치와 감자 덤플링을 주문하고 생각을 해보려고 했다. 나는 무엇을 원하는가?

나는 단발머리 유행이 어디에서 나왔는지 알아내기를 원한다고 생각했고, 그럴 가능성은 니브니츠 연구기금을 탈 가능성 정도라는 사실을 알고 있었다. 전혀 다른 분야에서 일을 하다 보면 과학적인 발견에 불꽃이 일어난다는 파인만의 이론에도 불구하고, 나는 유행의 근원을 찾는 작업에 조금도 가까워지지 않았다. 어쩌면 아예 하이텍을 벗어나서, 와이오밍의 외딴 목장에서 신선한 공기를 쐬어야 할지도 몰랐다.

"'광란의 무리를 멀리하고'." 나는 중얼거렸다.

"뭐?" 빌리 레이가 말했다.

"아무것도 아니야." 나는 말했고, 그는 다시 식사로 돌아갔다.

나는 빌리 레이가 덤플링을 먹는 모습을 지켜보았다. 그는 정말로 브래드 피트를 조금 닮았다. 끔찍할 정도로 유행에 민감했지만, 그건 내 프로젝트에 이점으로 작용할 수도 있었고, 우리가 당장 결혼해야 하는 것도 아니었다. 그는 내가 프로젝트를 끝낼 때까지 기다릴 수 있다고 했다. 그리고 플립의 치과의사와 달리 그는 내가 일하는 동안 지리적으로 멀리 떨어져 있다는 사실에 개의치 않았다.

플립과 치과의사를 생각하자 혹시 이것도 또 다른 유행이 아닐까 하는 불편한 의문이 들었다. 신문 기사에서도 결혼 유행이 돌아왔다고 했고, 어린 여자애들은 하나같이 로맨틱 신부 바비에게 미쳐 있었다. 린지의 엄마는 맷 같은 나쁜 놈을 겪고도 다시 결혼할까 생각했고, 새라는 테드에게 청혼을 받으려고 애썼으며, 베넷은 턴불이 골라주는 넥타이를 맸다. 그게 전부 다 결혼서약 유행 때문이라면?

나는 빌리 레이에게 부당하게 굴고 있었다. 빌리 레이가 최신 유행을 사랑하고, 유행하는 음식점에서 밥을 먹겠다고 한 시간 반 동안 눈보라 속에서 줄을 서는 사람일지언정, 결혼이 유행이라는 이유만으로 결혼을 하지는 않을 터였다. 그리고 그게 유행이라면 또 어떤가? 유행이 다 나쁘지는 않다. 재활용과 민권 운동을 보라. 그리고 왈츠를 보라. 그리고 어쨌든, 가끔 유행에 편승한다고 나쁠 게 뭔가?

"후식을 먹을 시간이군." 빌리 레이가 모자챙 아래로 나를 보면서 말했다.

그는 웨이트리스를 손짓해 불렀고, 웨이트리스는 유력한 용의자들의 이름을 읊었다. 크렘 브륄레, 티라미슈, 그리고 브레드 푸딩이었다.

"초콜릿 치즈케이크는 없나요?" 내가 물었다.

웨이트리스는 눈을 굴렸다.

"당신은 뭘 먹고 싶어?" 빌리 레이가 말했다.

"잠시만." 나는 씨근거리면서 말했다. "당신 먼저 골라."

빌리 레이는 웨이트리스에게 미소를 지었다. "난 브레드 푸딩으로 하지요."

"브레드 푸딩?" 내가 말했다.

웨이트리스가 도움에 나섰다. "제일 인기 있는 후식이에요."

"당신은 브레드 푸딩을 싫어하는 줄 알았는데." 내가 말했다.

그는 멍청한 얼굴로 쳐다보았다. "내가 언제 그랬지?"

"나를 데리고 갔던 대초원 식당에서. '캔자스 로즈'였지. 당신은 티라미슈를 먹었고."

"요새 누가 티라미슈를 먹는다고." 그는 말했다. "난 브레드 푸딩을 좋아해."

© James Grant

가상 애완동물

Virtual Pets

1994년 가을 ~ 1996년 봄

———

프로그램된 애완동물이 특징인 일본의 컴퓨터 게임 유행. 먹이고 놀아주면 강아지나 고양이가 자라고, 재주를 배우고(짐작건대 고양이는 아니고 개들이겠지), 무시하면 도망친다. 일본 사람들의 동물 애호와 정작 애완동물을 키우기 힘든 인구 과잉이 원인이었다.

베넷은 다음 날 아침 주차장까지 나를 만나러 나왔다. "방울 양은 어디 있어요?" 베넷이 물었다.

"다른 양들과 같이 있지 않아요?" 나는 서둘러 차에서 내렸다. 플립을 믿지 말았어야 하는데. "빌리 레이가 방목장 안에 넣었다고 했어요."

"글쎄, 방목장 안에 있다면, 다른 양들과 똑같아 보이는데요."

그 말대로였다. 방울양은 다른 양과 똑같았다. 얼른 수를 세어 보니 전보다 한 마리가 많았다. 그러나 어느 양이 방울양인지는 짐작조차 할 수 없었다.

"당신 친구가 방목장에 넣었을 때는 어떻게 보였어요?"

"난 여기 내려와 있지 않았어요." 나는 양들을 바라보며 달라 보이는 녀석을 찾아내려고 애썼다. "내려와서 확인을 했어야 하는 건데, 우린 저녁 식사를 하러 갔고…."

"그래요." 그는 내 말을 잘랐다. "셜을 찾아보는 편이 좋겠군요."

셜은 어디에서도 찾을 수가 없었다. 나는 복사실을 들여다보고 자재부에 들어갔는데, 데지데라타가 갈라진 머리끝을 들여다보고 있었다. 그 머리카락은 데지데라타 앞에 있는 카운터에 놓여 있었고.

"어떻게 된 거예요, 데지데라타?" 나는 잘려나간 머리채를 보고 물었다.

"접착테이프를 떼어낼 수가 없었어요." 데지데라타는 아직도 테이프가 감겨 있는 머리카락을 들어 보이며 쓸쓸하게 말했다. "지난번의 고무풀보다 더 지독했어요."

나는 얼굴을 찡그렸다. "혹시 셜 못 봤어요?"

"아마 어딘가에 담배 피우러 나갔겠죠." 데지데라타는 못마땅한 투로 말했다. "간접 간접흡연이 얼마나 나쁜지 아세요?"

"접착테이프만큼 나쁘죠." 나는 그렇게 말하고 셜이 통계 자료를 입력하고 있을까 싶어 턴불의 연구실로 내려갔다.

셜은 없었지만, 포모 핑크 블라우스와 통이 넓은 팔라초 바지를 입은 턴불은 있었다. "니브니츠 연구기금 수상자 중에 흡연자는 한 명도 없었어요." 그녀는 내가 셜을 보았는지 묻자 그렇게 말했다.

나는 전체 인구 중 비흡연자의 비율과 몇 명 안되는 니브니츠 연구기금 수혜자의 숫자를 감안하면 그들이 비흡연자(이거나 다른 무엇이거나)라는 사실은 통계적으로 의미가 없다는 설명을 해줄까 생각했지만, 아직 방울양을 가려내지 못한 상황이었다.

"셜이 있을 만한 곳을 알아요?" 내가 물었다.

"내가 보고서를 제출하라고 관리부에 보냈어요." 턴불이 말했다.

하지만 셜은 관리부에도 없었다. 나는 연구실로 다시 내려갔다. 베넷도 셜을 찾지 못했다. "우리뿐이군요." 베넷이 말했다.

"좋아요." 내가 말했다. "방울양이라면, 앞장을 서겠죠. 그러니까 건초를 내놓고 무슨 일이 벌어지나 봐요."

우리는 그렇게 했다.

아무 일도 일어나지 않았다. 베넷이 갈퀴로 건초를 떠서 집어넣자 가까이 있던 양들이 흩어지더니 계속 풀을 뜯기만 했다. 한 마리가 물통 쪽으로 움직였다가 물통과 벽 사이에 머리가 끼는 바람에 매애거렸다.

"당신의 그 카우보이가 엉뚱한 양을 데려왔을지도 몰라요."
베넷이 말했다.

"어젯밤 비디오테이프 있나요?" 내가 물었다.

"그래요." 그는 대답하고 나서 안색이 밝아졌다. "당신 친구
가 방울양을 데려온 장면이 있겠군요."

있었다. 빌리 레이가 트럭 뒤칸을 아래로 내리자 방울양이 유
순하게 경사로를 타고 내려와서 양떼 한가운데로 들어갔고, 그
후부터는 간단히 현재까지 장면 장면 그 양의 움직임을 따라가
기만 하면 되는 일이었다.

플립이 끼어들지만 않았다면 말이다. 플립은 10분이 넘게 양
떼 앞을 완전히 가로막았고, 플립이 겨우 옆으로 비켜났을 때는
양떼의 배치가 완전히 달라져 있었다.

"플립이 빌리 레이에게 자기가 유머 감각이 있어 보이냐고 물
어봤다더군요." 내가 말했다.

"그랬겠지요." 베넷이 말했다. "이제 어쩌죠?"

"되감아 봐요. 그리고 방울양이 트럭에서 나오기 직전에 정지
시켜요. 구별할 만한 특징이 있을지도 몰라요."

그는 비디오를 되감았고, 우리는 그 장면을 노려보았다. 방울
양은 다른 암양들과 똑같아 보였다. 그 양에게 구별할 만한 특징
이 있다면, 양에게만 보이는 특징일 터였다.

"약간 사시 같은데요." 마침내 베넷이 화면을 가리키며 말했
다. "보여요?"

우리는 양떼를 헤치고 다니면서 암양마다 턱을 잡고 눈을 들

여다보느라 30분을 보냈다. 하나같이 약간 사시였고, 길고 지저분한 하얀색 이마에 '불가해하다(impenetrable)'는 의미의 i자를 찍어둬야 할 만큼 텅 빈 눈빛이었다.

"분명히 더 좋은 방법이 있을 거예요." 나는 언뜻 뼈만 앙상해 보이는 암양 한 마리가 나를 울타리에 밀어붙여서 내 두 다리를 다 부러뜨릴 뻔한 후에 말했다. "비디오를 다시 봐요."

"어젯밤 비디오요?"

"아니, 오늘 아침 비디오요. 그리고 테이프를 계속 돌려요. 금방 돌아올게요."

나는 통계학 연구실로 달려 올라가면서 내내 셜이 보이지 않는지 주위를 살폈지만, 셜은 흔적도 없었다. 나는 벡터 프로그램이 담긴 디스크를 쥐고 유행에 관한 자료 더미를 뒤졌다.

계단을 올라오면서 만약 우리가 방울양을 가려내는 데 성공한다면, 그 양에게 표시해둘 것이 필요하다는 생각이 떠올랐기 때문이다. 나는 볼더에서 산 포모 핑크 리본을 끌어내어 생물학부 연구실로 다시 달려 내려갔다.

양들은 건초 주위에 모여서 크고 네모난 이빨로 착실하게 풀을 씹고 있었다. "어느 양이 양들을 이끄는지 봤어요?" 나는 베넷에게 물었다.

그는 고개를 저었다. "그냥 한꺼번에 건초더미 쪽으로 끌려오는 것처럼 보였어요. 봐요." 그는 비디오를 켜고 나에게 보여주었다.

그 말대로였다. 모니터에서 양들은 방목장 안을 정처 없이 헤매다니며 한 걸음 옮길 때마다 멈춰서 풀을 뜯을 뿐, 서로에게

나 건초더미에는 아무 관심도 기울이지 않다가, 느닷없이 전부 다 건초 속에 앞발을 밀어 넣고 서서 태평하게 한 입씩 건초를 물고 있는 것처럼 보였다.

"좋아요." 나는 컴퓨터 앞에 앉으면서 말했다. "테이프를 되감고, 내가 방울양을 가려낼 수 있는지 볼게요. 아직 녹화하고 있어요?"

그는 고개를 끄덕였다. "쉬지 않고, 백업본까지요."

"좋아요." 나는 베넷이 쇠스랑으로 건초를 찍어 옮기기 10프레임 전으로 되감은 다음, 그 프레임을 정지시키고, 각각의 양에게 서로 다른 색깔의 점을 배정하여 도해를 만들고, 이후 20프레임에 대개 같은 작업을 했다. 벡터를 설정하기 위해서였다. 그런 다음 나는 어느 양이 어느 양인지 놓치지 않고 건너뛸 수 있는 프레임의 수가 얼마인지 실험에 착수했다.

40프레임. 양들은 2분이 조금 넘게 풀을 뜯다가 평균 세 걸음 정도를 옮기고 다시 멈춰서 풀을 뜯었다. 40프레임으로 훑었더니 두 번 시도에 세 마리 양의 궤적을 놓쳤다. 30프레임으로 줄여서 차근차근 다시 해봤다.

모든 양에게 10개씩 점이 찍혔을 때, 근접성과 평균 방향, 그리고 지속적인 구성 벡터를 계산하기 위해 분석 프로그램에 넣었다.

화면상의 움직임은 여전히 무작위였고, 풀의 길이나 바람 방향이나 무엇인가가 양들을 한쪽이나 다른 쪽으로 움직이는 작고도 작은 사고 과정에 따라 결정되는 듯했다.

그러다가 건초 쪽으로 향하는 벡터가 하나 나타났고, 나는 그

벡터를 분리하여 이후 100프레임을 추적했다. 그러나 구석에 몸을 밀어 넣기로 한, 털이 헝클어진 암양에 불과했다. 나는 모든 벡터를 추적하는 작업으로 돌아갔다.

화면에는 아직도 아무것도 없었지만, 그 위에 찍히는 숫자에서 하나의 패턴이 나타나기 시작했다. 세룰리안 블루였다. 나는 확신 없이 그 패턴을 따라갔다. 문제의 양은 엉성한 원을 그리면서 풀을 뜯는 것처럼 보였지만, 근접성 수치는 그 암양이 불규칙하지만 꾸준하게 건초를 향해 움직이고 있음을 보여주었다.

나는 그 암양의 벡터를 분리하고 비디오로 지켜보았다. 그 암양은 더할 나위 없이 평범했고 건초에 대해서는 눈치도 채지 못하는 것처럼 보였다. 몇 걸음 걷고, 풀을 뜯고, 또 한 걸음 걷고, 살짝 방향을 바꾸고, 다시 풀을 뜯으면서 언제나 조금씩 건초더미에 가까워졌다. 그리고 프레임을 절반쯤 관통하여 나타나는 회귀곡선은 나머지 양떼가 그 암양을 따라가고 있음을 보여주었다.

확실하게 하고 싶었다. "베넷. 물통을 덮고 뒷문에 물을 한 냄비 놔요. 잠깐만요, 일이 일어나는 동안 추적할 수 있게 테이프에 연결할게요. 좋아요." 나는 1분 후에 말했다. "카메라를 가리지 않게 옆쪽으로 걸어요."

베넷이 널빤지 한 장을 물통 위에 올려놓고, 냄비를 하나 꺼내어, 호스로 물을 채우는 동안 나는 모니터를 지켜보면서 혹시 어느 양이 상황을 눈치채는지 날카롭게 살폈다.

한 마리도 알아차리지 못했다.

양들은 건초 옆에 붙어 있었다. 베넷이 호스를 다시 가져다

두고 정문 걸쇠를 들어 올리자 짧게 흔들리는 움직임이 있었고, 양들은 언제나처럼 하던 일로 돌아갔다.

나는 숫자를 지켜보면서 실시간으로 세룰리안 블루 벡터를 추적했다. "찾아냈어요." 나는 베넷에게 말했다.

베넷이 와서 내 어깨너머로 들여다보았다. "확실해요? 그다지 똑똑해 보이지 않는데요."

"똑똑하다면 다른 양들이 따라가지 않겠죠." 내가 말했다.

"위층에서 당신을 찾았는데 거기 없더라고요." 갑자기 플립의 목소리가 들렸다.

"우린 바빠요, 플립." 나는 화면에서 눈을 떼지 않고 말했다.

"고삐와 목걸이를 가져올게요." 베넷이 말했다. "당신이 지시해요."

"잠깐이면 돼요." 플립이 말했다. "뭘 좀 봐줬으면 하는데요."

"그건 기다려야겠어요." 나는 여전히 화면에 눈을 고정한 채로 말했다. 잠시 후에 목걸이와 고삐를 손에 쥔 베넷이 화면에 나타났다.

"어느 녀석이에요?" 베넷이 외쳤다.

"왼쪽으로 가요." 나는 마주 외쳤다. "세 마리, 아니 네 마리 왼쪽. 좋아요. 이제 서쪽 벽을 향해서 가요."

"이거 대럴 때문이죠. 맞죠?" 플립이 말했다. "대럴은 신문에 광고를 실었어요. 그걸 읽는 사람은 누구나 응답할 권리가 있었다고요."

"한 마리 더 왼쪽으로요." 나는 외쳤다. "아니, 그 녀석 말고요. 그 앞에 있는 양이에요. 좋아요, 자, 겁주지 말아요. 몸 뒷부분에 손을 올려요."

"게다가…." 플립이 말했다. "그 광고에서 '교양 있고 우아한' 사람을 찾는댔어요. 과학자들은 우아하지 않아요. 턴불 박사 빼고는."

"조심해요." 나는 외쳤다. "겁먹게 하면 안 돼요." 나는 베넷을 도우러 나가려고 했다.

플립이 내 앞을 가로막았다. "뭘 좀 봐주기만 하면 돼요. 1분밖에 안 걸릴 거예요."

"서둘러요." 베넷이 외쳤다. "잡고 있을 수가 없어요."

"난 지금 1분도 시간이 없어요." 나는 그렇게 말하고, 베넷이 방울양을 놓치지 않았기만 빌면서 플립 옆을 스치고 지나갔다. 베넷은 아직 방울양을 잡고 있었지만, 그야말로 가까스로였다. 그는 두 손으로 방울양의 꼬리를 잡고 있었고, 고삐와 목걸이도 아직 쥔 채였다. 고삐와 목걸이를 나에게 넘기려고 양을 놓아줄 수는 없었다. 나는 주머니에서 리본을 꺼내어 방울양의 긴장한 목에 감고, 매듭을 지었다. "좋아요." 나는 두 다리를 벌려 서면서 말했다. "손을 놓아도 돼요."

그 반동으로 내가 밀려 쓰러질 뻔했고, 방울양은 즉시 나와 별로 튼튼하지 못한 리본을 끌고 멀어지기 시작했지만, 베넷이 이미 고삐를 씌우고 있었다.

그는 잡고 있으라고 나에게 고삐를 건네고 목걸이를 끼웠다. 바로 그 순간에 커다랗게 뚝 소리가 나면서 리본이 끊어졌다. 그는 고삐를 꽉 붙잡았고, 우리 둘 다 다루기 힘든 연을 날리는 두 아이처럼 버텨 섰다. "목걸이는…, 끼웠어요." 그는 헐

떡이면서 말했다.

하지만 볼 수가 없었다. 목걸이는 방울양의 숱 많은 양털 속에 파묻혀 버렸다. "잠시만 잡고 있어요." 나는 남은 리본으로 목걸이 아래에 고리 모양을 만들었다. "가만히 잡고 있어요." 나는 리본이 활 모양으로 크게 늘어지게 묶었다. "포모 핑크가 가을의 유행색이죠." 나는 리본 끝을 바로잡았다. "자, 넌 한창 유행하는 옷차림을 한 거야."

방울양도 내 말에 동의하는지, 몸부림치기를 멈추고 가만히 섰다. 베넷은 내 옆에 무릎을 꿇고 고삐를 풀었다. "우린 멋진 한 팀이에요." 그는 나를 보고 씩 웃으며 말했다.

"그러게요." 내가 말했다.

"그러면," 플립이 문 앞에서 말하더니 달칵거리며 걸쇠를 올렸다가 내렸다. "이젠 1분이 있어요?"

베넷이 눈을 굴렸다.

"그래요." 나는 소리 내 웃으며 일어섰다. "이제 있어요. 나에게 뭘 봐달라는 거죠?"

하지만 이제 플립을 보니 무엇을 보라는 것인지 명백했다. 플립은 머리를, 남겨둔 머리채와 헤어랩만이 아니라 밀어내고 솜털만 자란 머리통까지 싹 다 눈부신 체렌코프 블루로 염색했다.

"그이가 좋아할까요?" 플립이 말했다.

"난 모르겠네요, 플립." 내가 말했다. "치과의사들은 보수적인 편인데요."

"알아요." 플립은 눈을 굴리며 말했다. "그래서 파란색으로 염색했잖아요. 파랑은 보수적인 색깔이라고요." 그녀는 파란 머리채를 휙 넘겼다. "도움이 안 되네요." 그녀는 그렇게 말하고 쿵쾅거리며 멀어졌다.

나는 베넷과, 아직도 꼼짝 않고 서 있는 방울양 쪽으로 다시 몸을 돌렸다. "다음은 뭐죠?"

베넷은 방울양 옆에 쪼그려 앉아서 손으로 양의 턱을 잡았다. "우린 너에게 필요한 능력치가 낮은 기술들을 가르칠 거야. 그러면 너는 네 친구들에게 가르치는 거지. 알아들었니?"

방울양은 생각에 잠겨 풀을 씹었다.

"어떤 기술을 제안하시겠습니까, 샌드라 박사님? 글자 만들기, 아니면 탁구?" 그는 방울양을 다시 돌아보았다. "행운의 편지를 시작해보고 싶니?"

"먹이통을 여는 버튼 누르기를 고수하는 편이 좋겠어요. 당신 말마따나, 이 양은 별로 똑똑해 보이지는 않거든요."

그는 양의 머리를 한쪽으로 돌렸다가, 반대쪽으로 돌려보면서 얼굴을 찡그렸다. "플립같이 생겼는데요." 그는 나를 보고 씩 웃었다. "좋아요, 사소한 것부터 합시다. 하지만 우선 가서 땅콩버터를 구해와야겠어요. '양떼 경영과 돌보기'에 보니까 양들이 땅콩버터를 좋아한다는군요." 그리고 그는 가버렸다.

나는 방울양의 리본을 이중으로 묶은 다음 문에 기대서서 양떼를 지켜보았다. 양들의 움직임은 변함없이 무작위적이고 방향이 없어 보였다. 양들은 풀을 뜯고 한 걸음 옮기고 다시 풀을 뜯었고, 목에 늘어진 흐린 분홍색 리본만 빼면 다른 양과 구분이 되지 않는 방울양도 마찬가지였다. 방울양은 눈에 띄지 않고, 알아차리지 못하면서 양떼를 이끌었다.

방울양은 풀을 한 줌 뜯어서 씹고, 두 걸음을 걸어가더니, 한참 동안 멍하니 허공을 바라보았다. 무슨 생각을 하느라? 코를 뚫을 생각? 가을을 달구는 새로운 운동 유행?

"여기 있었군요." 셜이 종이더미를 들고 격분한 얼굴로 말했다. "박사님 그 빌리 레이라는 사람과 약혼한 건 아니죠? 혹시 그런 거라면 내 모든…." 셜은 말을 멈췄다. "흠, 약혼한 게 맞아요?"

"아니에요. 누가 그래요?"

"플립이죠." 셜은 혐오스럽다는 듯이 말했다. 그녀는 종이더미를 내려놓고 담배를 한 대 붙여 물었다. "플립이 새라에게 당신이 결혼해서 네바다로 갈 거라고 했어요."

"와이오밍이에요." 나는 말했다. "하지만 전 안 가요."

"다행이네요." 셜이 담배를 세게 빨면서 말했다. "박사님은 재능 많은 과학자예요. 그 능력이라면 오래지 않아서 좋은 일들이 일어날 텐데, 그걸 다 내던져버려선 안 돼요."

"안 그래요." 나는 화제를 바꾸려고 노력했다. "무슨 일로 절 보려고 하셨어요?"

"그렇지 참." 셜은 방목장 쪽을 가리키며 말했다. "방울양이 오면, 어느 양인지 알 수 있게 다른 양들과 함께 집어넣기 전에 꼭 표시를 하세요. 그리고 내일 전체 직원 회의가 있어요." 셜은 메모 더미를 집어 들고 하나를 나에게 건넸다. "2시예요."

"또 회의라니." 나는 말했다.

셜은 담배를 비벼 끄고 떠났고, 나는 울타리에 기대어 양들을 지켜보는 일로 돌아갔다. 양들은 평화로이 풀을 뜯고 있었고,

방울양은 분홍색 리본을 제외하면 전혀 구별할 수 없는 모습으로 양떼 한가운데에 있었다.

나는 베넷이 돌아왔을 때 준비가 되도록 먹이통을 방목장으로 옮겨놓고 회로를 점검해야겠다고 생각했지만, 컴퓨터 앞으로 돌아가서 한동안 벡터들을 추적한 다음, 앉아서 화면을 쳐다보았다. 벡터들이 움직이는 모습을 지켜보고, 그 속에서 방울양의 벡터가 움직이는 모습을 관찰하고, 로버트 브라우닝과 단발머리에 대해 생각했다.

Wikimedia Commons

감정 반지

Mood Rings

1975년

———

실제로는 온도에 민감한 액정인 커다란 '보석'을 박아넣은 반지로 구성된 장신구 유행. 감정 반지는 끼고 있는 사람의 기분을 반영하여 그 생각을 드러내 준다고 했다. 파란색은 평온함, 붉은색은 불쾌함, 검은색은 우울과 비운이라는 식이었다. 반지는 실제로 온도에 반응했고, 시간이 흐르면 다른 것에도 반응했기 때문에, 고열에 시달리지 않는 한 아무도 '지복(至福)'의 자주색을 얻지 못했고, 결국에는 반지가 영영 검은색으로 굳어지면서 모두가 우울과 비운에 빠져들었다. 어떤 것에도 반응하지 않는 '애완용 돌멩이' 유행에 밀려났다.

방울양은 확실히 양떼에게 원하는 일을 시킬 수 있었다. 방울양에게 우리가 원하는 일을 시키는 것은 또 다른 문제였다. 방울양은 눌러야 할 버튼에 발라놓은 땅콩버터를 가만히 보더니 양떼 전체를 이끌고 뒤쪽 구석으로 숨 막히게 몰려가 버렸다.

우리는 다시 시도해보았다. 베넷은 '재미와 이익을 위한 양 기르기'에서 양들이 좋아한다고 장담한 썩은 사과로 방울양을 구슬렸고, 방울양은 총총걸음으로 먹이통까지 베넷을 따라왔다. "착하다." 베넷이 그렇게 말하고 사과를 주려고 허리를 굽히자 방울양은 영리하게도 그의 배를 들이받아서 숨이 턱 막히게 만들었다.

그다음에는 썩은 양상추를, 그다음에는 신선한 브로콜리를 시도해봤는데 둘 다 아무 결과도 내놓지 못했다. "그래도 들이받지는 않았잖아요." 나는 그렇게 말했고, 밤이 되자 우리는 일단 실험을 접었다.

다음 날 아침에 내가 양배추와 키위('오스트레일리아 양치기의 이야기'에 나왔다)를 가방 가득 들고 출근해보니, 베넷은 버튼에 당밀을 바르고 있었다.

"흠, 확실히 정보 확산이 일어나기는 했어요." 그는 말했다. "오늘 아침에만 다른 양이 세 마리나 날 들이받았거든요."

우리는 턱-엉덩이-고삐잡기 방법과 물총을 써서 방울양을 먹이통으로 끌고 갔다. 물총은 '양떼 경영과 돌보기'에서 제안한 방법이었다. '양이 들이받지 못하게 막아줍니다.'

막아주지 않았다.

나는 베넷을 부축해 일으켰다. "'오스트레일리아 양치기 이야기'에서는 숫양만 들이받고, 암양은 들이받지 않는다고 했어요."

나는 베넷의 먼지를 털어주었다. "문헌에 대한 믿음을 잃을 만한 상황이네요."

"아니에요." 그는 배를 움켜쥐고 말했다. "그 시는 옳았어요. '양은 아주 위험한 동물이니.'"

다섯 번째 시도에서 우리는 방울양이 당밀을 핥게 만들었다. 먹이가 친절하게 달그락거리며 통 안으로 떨어졌다. 방울양은 한참 동안 흥미를 갖고 먹이를 노려보았고, 그동안 베넷은 나를 쳐다보고 손가락을 교차했다. 그러더니 방울양이 껑충 뛰었고, 영리하게도 내 두 발목을 덮치면서 고삐를 풀었다. 방울양은 곧장 양떼로 돌진해 들어가서 양떼를 마구 흩어놓았다. 암양 한 마리가 곧장 베넷의 다리로 덤벼들었다.

"좋은 면을 봐요." 나는 발목을 살피면서 말했다. "2시에는 전체 직원 회의가 있어요."

베넷은 절뚝거리며 걸어가서 날아갔던 고삐를 회수했다. "이놈들은 원래 땅콩버터를 좋아해야 하는데."

방울양은 땅콩도, 셀러리도, 모자 밟기도 좋아하지 않았다. 하지만 도망치고 물러서고 목걸이를 흔들어 벗으려고 하기는 좋아했다. 베넷은 12시 45분에 손목시계를 보더니 "벌써 회의 시간이 다 됐네요"라고 했고 나는 반박하지 않았다.

나는 절뚝거리면서 통계학 연구실로 가서 양털에서 묻은 라놀린 기름과 흙을 최대한 털어내고, 관리부에서 내가 편하게 입기 위해 제대로 노력했다고 생각해주기를 빌면서 회의 장소로 향했다.

새라가 식당 문 앞에서 나를 맞이했다. "신나지 않니?" 새라는 왼손을 내 면전에 들이대고 말했다. "테드가 결혼하자고 했어!"

서약을 혐오하는 테드가? 극심한 친밀감 문제가 있고 내면에 버릇없는 아이가 사는 남자가?

"빙벽 등반을 하러 갔는데, 테드가 피톤을 두드려 박더니 이러는 거야. '자, 당신이 이걸 기다린 줄 알아.' 그러더니 반지를 주는 거 있지. 내가 한 일도 없었어. 정말 로맨틱해!"

"지나, 이것 봐!" 새라는 다음 희생자에게 돌진했다. "신나지 않니?"

나는 구내식당 안으로 들어갔다. 방 앞쪽에 관리자가 플립을 옆에 두고 서 있었다. 관리자는 주름진 청바지를 입고 있었다. 플립은 체렌코프 블루의 투우복 바지를 입고 챙 있는 모자를 귀까지 눌러 썼다. 두 사람 다 앞에 'SHAM'이라는 글자가 적힌 티셔츠를 입었다.

"아, 안돼." 나는 이게 우리 프로젝트에 어떤 의미일까 생각하며 중얼거렸다. "또 다른 알파벳 약자 표어라니."

"체계적인 계급제 발전 관리(Systemized Hierarchical Advancement Management)." 베넷이 내 옆자리로 미끄러져 들어오며 말했다. "소속 과학자가 니브니츠 연구기금을 탄 회사 중에 9퍼센트가 쓰고 있던 관리 방식이라는군요."

"번역하면, 몇 개 회사죠?"

"하나요. 그나마도 사흘밖에 쓰지 않았어요."

"이건 우리가 프로젝트 연구비 신청을 다시 해야 한다는 뜻인가요?"

그는 고개를 저었다. "셜에게 물어봤어요. 아직 새로운 연구비 신청서는 인쇄하지 않았대요."

"오늘은 안건이 많습니다." 관리자가 쩌렁쩌렁한 소리로 말했다. "그러니 시작하기로 하지요. 첫째로, 자재부에서 문제가 약간 있었고, 우리는 그 문제를 바로잡기 위해 새로이 간소화한 물품신청서를 도입했습니다. 직장 내 전언 간편화 책임자가…." 그는 이 대목에서 육중한 바인더 무더기를 들고 있는 플립을 향해 고개를 끄덕였다. "나눠드릴 겁니다."

"직장 내 전언 간편화 책임자?" 나는 중얼거렸다.

"부사장 삼지 않은 것만으로도 감지덕지죠."

"둘째로…." 관리자가 말했다. "니브니츠 연구기금에 관련하여 여러분과 나눌 멋진 소식이 있습니다. 턴불 박사께서 오늘 시행할 작전을 짜는 데 도움을 주셨습니다. 하지만 우선 모두 상대를 고르시고…."

베넷이 내 손을 움켜쥐었다.

"…서로 마주 보고 서시기 바랍니다."

우리는 마주 보고 섰고, 나는 손바닥을 펴서 두 손을 들어 올렸다. "양에 대해 좋아하는 세 가지를 말해야 한다면 난 그만두겠어요."

"좋습니다, 하이텍 여러분." 관리자가 말했다. "이제 상대를 꽉 끌어안으시기 바랍니다."

"하이텍의 다음 유행은 성희롱이 되겠네요." 나는 가볍게 말했고, 베넷은 나를 품에 안았다.

"자, 자." 관리자가 말했다. "모두가 참여하고 있질 않군요. 꽉 끌어안으세요."

빛바랜 체크무늬 소매 안에 든 베넷의 팔이 나를 가까이 끌어당겨 감쌌다. 손바닥을 펴든 멍청한 자세였던 내 두 손은 베넷의 목을 감았다. 내 심장이 쿵쾅거리기 시작했다.

"포옹은 '같이 일해줘서 고맙습니다'라는 뜻입니다." 관리자가 말했다. "포옹은 '당신이라는 사람이 있어서 고맙습니다'라는 말입니다."

내 뺨이 베넷의 귓가에 닿았다. 그에게서 희미하게 양 냄새가 났다. 그의 심장이 뛰는 느낌이 나고, 내 목에 따뜻한 입김이 느껴졌다. 내 호흡은 문제가 생긴 엔진처럼 걸렸다가, 멈췄다.

"좋습니다, 하이텍 여러분." 관리자가 말했다. "포옹을 풀지 않은 채로 상대를 보고, 상대가 여러분에게 어떤 의미인지 말해주시기 바랍니다."

베넷이 입술로 내 머리카락을 스치면서 고개를 들고 나를 보았다. 두꺼운 안경 너머로 보이는 회색 눈동자는 진지했다.

"난…." 나는 말하다가 몸을 비틀어 그의 품에서 빠져나왔다.

"어디로 가는 거예요?" 베넷이 말했다.

"난 가봐야…. 내 단발머리 이론에 얽힌 뭔가가 퍼뜩 떠올랐어요." 나는 필사적으로 말했다. "잊어버리기 전에 컴퓨터에 입력해둬야 해요. 댄스 마라톤에 대해서요."

"잠깐만요." 그는 내 손을 잡았다. "댄스 마라톤은 1930년대에나 나온 줄 알았는데요."

"1927년에 시작됐어요." 나는 그렇게 말하고 그의 손을 비틀어 떼어냈다.

"그래도 단발머리 열풍 이후 아닌가요?" 베넷이 말했지만, 나는 이미 문을 빠져나가서 계단을 반쯤 오르고 있었다.

Hupmobile Ad, 1927, oldcaradvertising.com

머리카락 화환

Hair Wreaths

1870년 ~ 1890년

사랑하는 사람이 죽었을 때 (또는 사랑하는 사람들 여러 명으로, 기왕이면 서로 다른 머리색이 더 좋았다) 그 머리카락으로 꽃 모양을 만들었던 엽기적인 빅토리아 시대 수공예 유행. 이런저런 방식으로 구한 머리카락을 땋아 꽃다발과 화환 모양으로 만들어서 유리돔 아래 넣거나, 액자에 넣어 벽에 걸었다. 참정권 운동과 크로케 시합, 엘리노어 글린의 로맨스 소설 유행으로 대체되었다. 머리카락 화환 유행은 1920년대 단발머리 유행에 기여한 요인이었을지도 모른다.

의미 있는 돌파구를 촉발하는 방아쇠에는 온갖 것들이 다 있다. 사과, 개구리 다리, 사진 건판, 핀치새…, 하지만 관리부의 멍청한 감성 훈련이 방아쇠가 된 경우는 분명히 나밖에 없으리라.

나는 통계부 연구실 안에 들어설 때까지 발을 멈추지 않았다. 들어가서는 두 팔을 꽉 끌어안고 문에 기대어 서서 헐떡거리며 몇 번이고 몇 번이고 중얼거렸다. "멍청이, 멍청이, 멍청이."

나는 어떤 경향을 알아차리는 데 전문가여야 했건만, 이 일이 어디로 이어지는지 깨닫는 데 몇 주나 걸렸다. 그리고 그 시간 동안 베넷이 내 관심을 끄는 이유는 유행에 대한 면역성 때문이라고 생각했다. 그의 캔버스 운동화와 넥타이에 대해 필기까지 했다. 심지어는 빌리 레이의 청혼을 진지하게 고민하기도 했다. 그러면서 내내….

누군가가 복도를 걸어오고 있었다. 나는 서둘러 컴퓨터 앞에 앉아서 프로그램을 하나 불러내고, 무턱대고 화면만 쳐다보았다.

"바빠?" 지나가 들어오면서 물었다.

"응." 내가 말했다.

"아." 그리고 지나의 표정은 '바빠 보이지 않는데?'라고 솔직하게 말하고 있었다. "회의가 끝난 후에 찾을 수가 없더라. 감성 훈련을 시작하기 직전에 화장실로 피신했는데, 돌아와 보니 네가 가버렸더라고. 혹시 시간 낭비하지 않도록 내가 벌써 확인해본 장난감 가게들의 목록을 가져다주고 싶었을 뿐이야."

"알았어. 이번 주말에 가볼게."

"아, 서두를 필요는 없어. 베타니의 생일은 2주는 더 있어야 오는데, 토이저러스에도 없을까 봐 좀 불안하긴 해. 첼시네 엄마가 브리타니에게 준 인형을 찾은 곳이 거기인데, 거기 말고 다른 곳에서는 찾을 수가 없었다잖아." 지나는 얼굴을 찌푸렸다. "너 괜찮아? 반성하라고 방에 갇힌 어린아이 같은 얼굴인데."

반성 시간이야. 네 감정을 다스릴 수 있을 때까지 여기에 얌전히 앉아있기만 하면 돼요, 아가씨.

"난 괜찮아. 자기 충고를 귀담아듣고 화장실에 간다고 빠졌어야 하는 건데 그랬지. 그게 다야."

지나는 고개를 끄덕였다. "그놈의 감성 훈련은 사람을 지치게 하지. 흠, 다시 일하게 해주는 게 좋겠다. 일인지 뭔지는 몰라도." 지나는 내 어깨를 두드렸다.

"그리고 난 로맨틱 신부 바비를 가져올 거야. 걱정할 필요 없어. 찾아낼 테니까." 나는 그렇게 말하고 무턱대고 스크랩 더미를 정리하기 시작했다.

지나가 나가자마자 나는 문을 닫고, 다시 컴퓨터 앞에 앉아서 멍하니 화면을 바라보았다.

내가 불러낸 파일은 나의 단발머리 모델이었다. 그 모델은 종횡으로 교차하는 색색의 선들과 오하이오 주 메리데일에 몰린 이례적인 데이터들과 함께 비난하듯이 그 자리에 있었다.

나를 움직인 동기가 무엇인지조차 이해하지 못했으면서 70년 전에 여자들이 머리를 자르게 만든 동기가 무엇인지 어떻게 이해할 수가 있을까?

짐작도 하지 못했다. 베넷이 팔을 두르고 나를 가까이 끌어당

기기 전까지만 해도, 나는 정말로 내가 플립을 견딜 수가 없어서 그의 프로젝트를 구하려고 한다고 생각했다. 심지어 내가 턴불에게 짜증이 나는 이유도 그녀가 주문 배달 과학을 내놓으려 하기 때문이라고 생각했다. 그리고 내내….

나는 복도에서 나는 소리를 듣고 키보드에 손을 올렸다. 아무도 말을 걸러 오지 않게 바쁜 척해야 했다.

나는 내가 만든 모델을 응시했다. 교차하는 패턴들, 종횡무진으로 움직이는 곡선들, 모든 사건이 다른 모든 사건에 영향을 주면서 반복과 재반복을 통해 피할 수 없는 결과로 이어지는….

내가 망하는 것 같은 결과 말이다. 어쩌면 내가 그려야 하는 건 나를 이 길로 이끈 사건과 상호작용들을 도표화 하는 작업일지도 몰랐다. 나는 페인트박스와 빈 파일을 불러내어 이 재난의 전체 그림을 재구축하려고 해보았다.

나는 빌리 레이의 양떼를 빌렸다. 아니, 사태는 그보다 더 전에, 관리부와 GRIM에서부터 시작되었다. 관리부가 새로운 연구비 신청서를 써내라고 했고, 베넷은 신청서를 잃어버렸고, 내가 같이 일하자고 제안했다. 그리고 관리부는 하이텍의 과학자들 중에 누군가가 니브니츠 연구기금을 타기를 원했기 때문에 내 제안에 찬성했다.

나는 연결선들을 그려나갔다. 관리부가 주최한 회의에서부터 연구비 신청서에서 나에게 빠진 페이지를 갖다 주어 내가 베넷에게 그걸 가져가는 바람에 니브니츠 연구기금을 타기 위해 베넷과 공동 작업을 하고 싶어하는 턴불을 보게 만든 새 비서 셜까지 선을 이었다가, 다시 관리부와 GRIM으로 이었다. 그리고 플립으로.

"회의를 일찍 떴죠." 플립이 문을 열면서 비난조로 말했다. 플립은 모자를 여전히 눌러썼지만, SHAM 티셔츠는 벗어버리고 체렌코프 블루 빛깔의 접착테이프로 만든 것 같은 보디 슈트 위에 시스루 드레스를 걸치고 있었다.

"간소화한 물품신청서를 받아가지 않았어요." 플립이 그렇게 말하더니 바인더를 하나 내밀었다. "그리고 질문을 하나 하고 싶은데요."

"난 바빠요, 플립." 내가 말했다.

"잠깐이면 돼요. 개인광고에 대답한 일로 아직 나한테 화가 난 줄은 알지만, 물어볼 사람이 박사님밖에 없어요. 데지데라타와 셜은 둘 다 나한테 까칠하게 군다고요."

왜 그런지 궁금하기도 하네. "나 정말로 바빠요, 플립."

"정말로 잠깐이면 돼요." 플립은 걸상을 컴퓨터 옆으로 끌고 와서 걸터앉았다. "누군가에 대해서 정말로 미치면 어디까지 갈 수 있죠?"

코를 뚫고 접착테이프로 만든 속옷을 입은 사람과 성생활을 의논하다니, 나에게 딱 필요한 대화였다.

"그러니까, 다시는 그 남자를 보지 못한다고 생각한다면, 진짜 스왑스러운 일을 하는 건 멍청할까요?"

나는 베넷에게 프로젝트를 합치자고 했다. 양떼도 빌려왔다. 멍청이, 멍청이, 멍청이.

"내 머리 말인데요." 플립은 그렇게 말하면서 모자를 벗었다. "잘라버렸거든요."

확실히 그랬다. 머리털은 파란 두피에서 2센티미터 정도 길이만 남아 있었다. 나는 잠시 동안 플립이 데지데라타와 똑같은 접착테이프 문제를 겪었나 생각했지만, 플립이 홱 젖히던 긴 머리채도 같이 잘려나갔다. 추위에 벌벌 떠는 털 뽑힌 닭 같은 몰골이었다.

나는 하필이면 그녀의 존재조차 알지 못하고, 아마 벌써 약혼도 했을 치과의사에게 푹 빠진 플립에게 갑작스러운 공감을 느꼈다.

"그래서 궁금한 건요, 이대로 괜찮아 보이는지, 아니면 다른 낙인을 하나 더 하는 편이 좋을지예요." 플립은 오른쪽 관자놀이, 두피 바로 아래를 가리켰다.

"무슨 낙인을요?" 나는 소심하게 물었다.

플립은 한숨을 내쉬었다. "그야 물론 테이프 조각이죠."

물론 그렇겠지.

"그건 머리를 어떻게 기를지에 달려있겠죠." 나는 플립이 머리를 기를 작정이기를 바라며 말했다.

그럴 모양이었다. 모자를 다시 쓰고 이렇게 말했으니 말이다. "그러니까, 바보 같겠다고 생각하진 않는 거죠?"

답을 기대하지는 않았는지, 플립은 이미 문을 반쯤 빠져나가고 있었다.

"플립, 부탁 하나만 들어줄래요? 생물학부에 내려가서 베넷 박사에게 내가 일찍 집에 간다고, 내일 이야기하자고 전해주겠어요?"

"생물학부는 완전히 건물 반대편이에요." 플립은 격분해서 말했다. "게다가 밑에 있지도 않을 걸요. 회의장을 나왔을 때 턴불 박사와 이야기하고 있었거든요. 언제나처럼요. 분명히 그 포옹 훈련 때 턴불 박사가 상대였으면 했겠죠."

"나 정말로 바빠요, 플립." 나는 그 말을 증명하기 위해 키보드를 치기 시작했다. 플립, 이게 다 플립의 잘못이었다. 플립이 베넷의 연구비 신청서를 잃어버렸고 내 개인광고 모음을 훔쳤으며, 그래서 베넷이 복사실에 들어왔을 때 내가 그 자리에 있었다.

"새라 박사가 약혼한 거 알아요?" 플립이 스스럼없이 말했다. "결혼하기 싫어하던 그 남자랑?"

"알아요." 내가 말했다.

"장담하는데, 베넷 박사와 턴불 박사도 조만간 결혼할 거예요."

나는 끈덕지게 키보드를 계속 눌렀고, 곧 따분해진 플립이 나간 후에도 멈추지 않았다. 이 난장판이 다 플립 탓이라는 말은 농담이 아니었다. 플립은 연구비 신청서를 잃어버리고 개인광고를 훔치기만 한 게 아니었다. 플립이 모든 일을 시작했다. 애초에 플립이 턴불 박사의 소포를 나에게 배달하지만 않았어도, 내가 베넷을 만날 일은 없었다. 그전에 나는 생물학부까지 내려간 적이 한 번도 없었고, 첫 회의 때 베넷은 분명히 방 반대편에 있었다.

나는 계속 내용을 추가하면서 서로 연결된 사건들을 추적했다. 플립은 6주 치 연구 내용을 버리고 내 스테이플러를 훔쳐갔다. 그리고 연구비 신청서에서 페이지를 뭉텅이로 빼먹었다. 그래서 내가 빠진 페이지를 베넷에게 갖다 줘야 했다. 플립은 나막신과 메리 제인 신발 자국을 사방에 찍으면서 손해를 끼쳤다.

플립은 '오셀로'의 악당 이아고 같았다. 아니면 사악한 수호천사나. "당신이 어디를 가든, 언제나 그곳에, 바로 당신 옆에 있다." '어디에나 천사, 천사들'에서는 그렇게 말했다. 사실이었다. 플립은 어디에나 있었고, 피파의 끔찍한 대적자처럼 아무 의심 없는 사람들의 창밖을 지나치며 가는 곳마다 엉망으로 만들었다.

나는 선을 몇 개 덧붙였다. 플립이 회의에서 손을 들고 비서를 얻었고, 플립이 반 흡연 운동의 선봉에 서는 바람에 내가 셜에게 방목장에서 담배를 피우라고 권했으며, 셜은 방울양에 대해 말해줬다. 플립은 볼더에서 마주쳤을 때 나를 우울함에 빠뜨렸다. 플립이 스멀거리는 기분에 대해 말하지만 않았어도 내가 빌리 레이와 데이트하는 일은 없었을 테고, 타아기가 양이라는 사실도 몰랐을 터이며, 양떼를 빌린다는 생각은 절대로 하지 못했을 것이다.

그리고 베넷은 프랑스 어딘가에서 혼돈 이론을 연구하고 있겠지. 나는 음침하게 생각했다. 이 중에 어느 것도 플립의 잘못이 아닌 줄은 알고 있었다. 처음 만난 날 베란다까지 따라 나갔을 때부터, 베넷을 보고 그에게 이야기할 핑계를 만들어낸 사람은 나였다.

플립은 근원지가 아니었다. 플립이 사태를 여기까지 몰아넣었을지는 몰라도, 결과는 내 탓이었다. 나는 제일 오래된 유행에 따라 움직였다. 절벽으로 돌진.

플립이 돌아와서 재미있다는 표정으로 내 어깨너머를 보았다.

"난 아직도 바빠요, 플립." 내가 말했다.

플립은 존재하지 않는 머리채를 뒤로 휙 넘겼다. "베넷 박사는 가고 없어요. 분명히 턴불 박사와 데이트하러 갔을 걸요."

도저히 떨쳐낼 수 없는 무시무시한 수호천사. 나는 플립을 쳐다보지도 않고 말했다. "당신도 가봐야 할 곳이 있지 않아요?"

"그래서 온 거예요." 플립이 말했다. "잘 있어요."

그리고 플립은 가버렸다. 내가 화면을 곰곰이 보면서 방금의 작은 조우를 어떻게 그래프화할까 생각하고 있는데, 플립이 다시 돌아왔다.

"텍사스에 모자가 있나요?" 플립이 물었다.

"챙 넓은 카우보이 모자가 있죠." 내가 말했다.

플립은 다시, 이번에는 아마도 영영 가버렸다. 나는 그래프에 몇 줄을 더한 다음, 그 자리에 앉아서 교차하는 곡선들과 깔끔하게 그려진 회귀선들을 응시했다.

"일곱 시야." 지나가 문 안으로 머리를 들이밀고 말했다. 코트를 입고 있었다. "이제 반성을 끝내고 나와도 돼요."

나는 미소 지었다. "고마워요, 엄마." 그렇지만 나서지는 않았다. 모두 다 나갔다는 확신이 들 때까지 기다렸다가 내려가서 방목장 문 옆을 서성이며, 이동하고 풀을 뜯고 다시 이동하다가 한 번씩 매애 하고 울고, 한 번씩 길을 잃고, 알지도 못하는 본능에 따라 방울양인 줄도 모르는 방울양의 압박에 따라가는 양 떼를 지켜보았다.

© Akira Kouchiyama

큐피

Kewpies

1909년 ~ 1915년

———

'레이디스 홈 저널'에 연재된, 삽화를 곁들인 시로부터 유래한 인형 유행. 동그란 배와 머리 위로 솟아오른 노란 곱슬머리가 특징인 큐피 인형은 장밋빛 뺨의 아기천사처럼 보였다. 어른들과 어린 여자 아이들에게 미친 듯한 인기를 끌어, 종이 인형과 소금통, 인사장, 결혼식 케이크 장식, 시골 축제의 상품 등으로 나타났다.

다음 이틀 동안 나는 생물학부 연구실과 베넷을 피하고, 곧장 내 연구실로 올라가서 마종 게임과 린드버그의 대서양 횡단 비행에 대한 자료를 끝도 없이 입력했다.

나는 목요일이 되자 스스로에게 말했다. 이건 우스꽝스러운 짓이야. 넌 다섯 살짜리 페이튼이 아니야. 언젠가는 그 사람을 봐야 해. 어른이 되어야지.

하지만 연구실에 내려가 보니 턴불이 방목장 문 위로 몸을 기울이고 서 있었다. 베넷은 방울양의 포모 핑크 리본을 잡고 주의집중 체계의 원리를 설명하고 있었다. 그는 파란색 넥타이를 매고 있었다.

"이건 정말로 가능성이 있어요." 턴불이 베넷에게 말했다. "니브니츠 연구기금 수혜자가 수상 당시에 수행하던 프로젝트 전체의 31퍼센트가 학문 간 융합 공동 연구였어요. 문제는 올바른 공동 작업이냐 하는 점이죠. 위원회는 분명히 성별 균형을 원하니 그 부분은 잘하고 있지만, 혼돈 이론과 통계학은 둘 다 수학에 기반한 학문이에요. 당신에겐 생물학자가 필요해요."

"내가 필요한 일이 있나요?" 내가 말했다.

두 사람 다 쳐다보았다.

"아니라면, 도서관에 가서 할 조사 작업이 있어서요."

"아니, 편한 대로 해요." 베넷이 말했다. "오늘 아침에는 방울양이 뭔가 배울 기분이 아니네요." 그는 무릎을 문질렀다. "벌써 날 두 번이나 들이받았어요. 도서관에 있는 동안에 혹시 방울양이 날 따르게 하는 방법을 알려주는 책이 있는지 봐줘요."

"그럴게요." 나는 복도를 걷기 시작했다.

"잠깐만요." 베넷이 뛰어서 나를 따라잡았다. "이야기를 하고 싶었는데요. 돌파구가 생겼나요? 그 댄스 마라톤 부분에서?"

나는 절망적인 기분으로 그를 보면서 생각했다. 그래요. 돌파구가 있긴 했죠. "아니요. 연관성이 있다고 생각했는데, 아니었어요." 나는 그렇게 말하고 로맨틱 신부 바비를 찾으러 볼더로 향했다.

지나는 나에게 장난감 가게 목록을 주면서 이미 확인해본 곳에 줄을 그어놓았는데, 남은 곳이 많지는 않았다. 나는 맨 위부터 시작해서 쭉 내려가 보기로 했다.

나는 바비 유행을 이해하고 있다고 생각했었다. 브리타니의 생일 파티를 경험했다 해도 실제로 맞닥뜨린 상황에 대비하지는 못했다.

형광패션 바비, 가장무도회 바비, 거품 속의 천사 바비, 해바라기 바비들이 있었고 플라스틱 가슴이 열리면서 립글로스와 립스틱을 내놓는 깜짝로켓 바비까지 있었다. 다문화 바비, 불이 켜지는 바비, 리모컨으로 움직이는 바비, 머리카락을 자를 수 있는 바비들이 있었다.

바비에게는 포르셰, 재규어, 콜벳, 무스탕, 쾌속정, 레저용 차량, 그리고 말이 있었다. 미용 목욕탕, 장난감 냉장고, 건강 온천, 맥도날드도 있었다. 바비 보석함, 도시락통, 운동 테이프, 오디오테이프, 비디오테이프, 핑크색 매니큐어는 말할 필요도 없었다.

하지만 로맨틱 신부 바비는 없었다. 토이 팰리스에는 핑크색 체크무늬 깅엄 장식띠와 데이지 꽃다발이 딸린 시골 신부 바비가 있었다. 토이저러스에는 꿈의 결혼식 바비와 바비의 환상 결혼식이 있었는데, 지나의 경고가 있었는데도 나는 둘 다 진지하게 고민해보았다.

캐비지 패치에 갔더니 바비 인형이 네 개 통로를 차지했고 이마에 i자를 찍은 점원이 있었다. 내가 로맨틱 신부 바비에 대해 묻자 그녀는 말했다. "트롤 바비는 있어요. 포카혼타스도 있고."

나는 장난감 가게 네 군데와 할인점 세 군데를 훑은 다음에 혹시 개인광고에 오른 바비 인형이 있나 보려고 '카페 크라카토아'로 차를 몰고 갔다.

이제는 다시 '케플러의 쿼크'로 이름이 바뀌었는데, 나쁜 신호였다.

"말하지 않아도 알겠어요. 이젠 카페라떼를 팔지 않는 거죠?" 나는 검은색 터틀넥에 검은색 청바지를 입고 선글라스를 쓴 웨이터에게 말했다.

"카페인은 몸에 나빠요." 웨이터는 나에게 열 장으로 늘어난 메뉴판을 건네며 말했다. "스마트 드링크를 추천할게요."

"그건 모순어법 아닌가요? 음료수가 IQ를 높여줄 수 있다고 믿다니?"

웨이터는 고개를 뒤로 젖히면서 이마에 찍은 i자를 드러냈다. 물론 그렇겠지.

"스마트 드링크는 신경전달물질로 기억력과 기민함을 강화하고 두뇌 기능을 높여주는 비알콜 음료예요. 수학 능력을 길러주는 '두뇌 폭풍'이나 예술 능력을 강화해주는 '일어나 반고흐'를 추천할게요."

"난 '현실 확인'을 마실게요." 나는 그 음료수가 사실을 받아들이는 능력을 강화해주기를 바라며 말했다.

개인광고를 읽어보려고 했지만, 그 내용도 너무 우울했다. '매일 제인의 자바 조인트에서 점심을 먹는 금발 미녀에게, 당신은 나를 모를 테지만 난 가망 없이 당신에게 빠졌어요. 제발 답장해주세요.'

나는 신문기사로 넘어갔다.

'조화로운 유대 형성' 치료사가 접착테이프를 이용한 영혼의 조정을 제안하고 있었다.

뉴욕시에서 두 남자가 뜨거운 새 유행인 '무허가 흡연점'을 열었다가 체포당했다.

포모 핑크는 유행으로서 실패했다. 어느 패션 디자이너가 한 말이 인용되었다. "대중의 취향을 설명할 방법은 없습니다."

나는 더없이 맞는 말이라고, 이제는 나도 그 사실을 인정할 때가 됐다고 생각했다. 나는 결코 단발머리 유행의 근원을 알아내지 못할 것이다. 컴퓨터 모델에 아무리 많은 자료를 입력하더라도, 아무리 많은 색의 선을 그려 넣는다 해도.

그건 참정권 운동이나 1차 세계대전이나 날씨와는 아무 상관도 없으니까. 그리고 설령 내가 버니스와 이렌느와 다른 사람들에게 왜 머리를 잘랐느냐고 물어볼 수 있다 해도 도움이 되지는 않을 것이다. 그들도 모를 테니까.

그들은 나만큼이나 몽매했고, 미처 인식하지 못한 감정에 의해, 스스로 이해하지 못하는 힘에 의해 움직였다. 곧장 강으로 돌진했다.

내가 주문한 스마트 드링크가 왔다. 1920년대 후반에 유행한 색깔인 '샤르트뢰즈 그린'이었다. "안에 뭐가 든 거죠?" 내가 물었다.

웨이터는 도스토예프스키 소설에서 튀어나온 사람처럼 무거운 한숨을 내쉬었다. "타이로신, L-페닐알라닌, 그리고 상승효과를 발휘하는 보조제…." 그는 말했다. "그리고 파인애플 주스요."

나는 한 모금을 마셔보았다. 더 똑똑해진 기분은 들지 않았다. "이마에 낙인은 왜 찍었어요?" 내가 물었다.

웨이터는 스마트 드링크를 별로 마시지 않은 모양이었다. 멍청한 얼굴로 나를 보았으니.

"그 i자 낙인 말이에요." 나는 이마를 가리키면서 말했다. "그걸 왜 하기로 했죠?"

"다들 하니까요." 웨이터는 그렇게 말하고 어슬렁거리며 가버렸다.

나는 웨이터가 여자친구를 즐겁게 해주려고 낙인을 붙였을지, 아니면 지성주의에 대한 반감을 품었거나 부모에게 저항하고 있는지, 아니면 그라는 사람이 살아 있다는 사실도 모르는 누군가를 사랑하게 됐는지 궁금했다.

나는 음료수를 마시고 계속 기사를 읽었다. 조금도 똑똑해진 기분은 들지 않았다. 밴텀 출판사에서 '당신 내면의 요정 대모와 접촉하기'에 선인세로 8자리 숫자의 돈을 지불했다. 체렌코프 블루가 겨울의 '쿨한/핫한' 색깔이었고, LA에서는 사람들이 러시 림보 아니면 데이비드 레터맨 아니면 사람들이 이해하지 못하는 어떤 힘에 이끌려서 시가를 피우고 있었다. 양들처럼. 쥐들처럼.

그 어느 소식도 내가 어떻게 베넷과 계속 같이 일하느냐는 문제를 해결해주지는 않았다. 아니면 어디에서 로맨틱 신부 바비를 찾을지도.

나는 도서관으로 건너가서 '안나 카레리나'와 '시라노 드 벨주락'을 대출하고 참고도서 구역에서 덴버 전화번호부를 구했다. 나는 지나의 목록에 없는 모든 장난감 가게와 모든 백화점과 할인점 목록을 복사하고, 플립의 복제 같은 직원에게 내가 이미 브라우닝의 '전집'에 대한 연체비를 냈다는 사실을 설명한 다음, 다시 한 번 가게들에 표시해가면서 수색 작업에 나섰다.

나는 마침내 오로라에 있는 타켓 매장에서, 바비의 경마 클럽 뒤에 박혀 있는 로맨틱 신부 바비를 찾아내어 계산대로 가지고 갔다.

점원은 내 앞에 선 남자에게 거스름돈을 내어주려고 애쓰고 있었다.

"18달러 78센트라니까요." 점원이 말했다.

"알아요." 남자가 말했다. "내가 당신에게 20달러 지폐를 냈고, 당신이 18달러 78센트라고 한 후에 다시 3센트를 줬죠. 그러니 나에게 1.25달러를 줘야죠."

점원은 짜증스럽게 머리채를 뒤로 넘겨 i자 낙인을 드러냈다.

나는 생각했다. 포기해요. 소용없어요.

"금전 출납기에서는 1달러 22센트라는데요."

"알아요. 그래서 내가 3센트를 줬잖아요. 22센트 더하기 3센트면 쿼터 동전에 맞출 수 있으니까."

"무슨 쿼터요?"

나는 로맨틱 신부 바비를 카운터 끝에 올려놓았다. 그리고 타블로이드 신문 표제를 읽고 카운터 옆 선반에 놓인 충동구매 상품들을 보았다. 몇 가지 두께의 접착테이프가 있었고, 투명한 용기에 담긴 다채로운 색깔의 바비 인형 하이힐이 있었다.

"알았어요, 좋아요. 3센트를 돌려주고 1달러 22센트를 줘요." 남자가 말했다.

나는 하이힐 하나를 집어 들었다. '신상! 체렌코프 블루'라고 적혀 있었다. 나는 그 하이힐을 접착테이프 옆에 내려놓으면서 뭔가 중요한 일이 일어나기 직전 같은 기묘한 느낌을 받았다. 마치 루빅스 큐브의 마지막 한 면이 제자리에 맞아들어갈 때처럼 말이다.

"이 상품에는 가격표가 없는데요." 계산대 점원이 말했다. 로맨틱 신부 바비를 들고 있었다. "가격표가 붙어있지 않은 물건은 팔 수 없어요."

"38달러 99센트예요. 매니저가 '잡화'로 계산하라고 했어요."

"아." 점원은 그렇게 말하고 가격을 입력했다.

나는 그녀의 i자를 보고 웃으면서 이건 사실 내가 좋아하는 법을 배울 수도 있는 유행이라고 생각했다. 유비무환이었다.

"그러면 판매세 더해서 41달러 33센트가 되겠는데요." 점원이 말했다. 나는 지갑을 손에 들고 크레용 상자들을 바라보며, 조금 전에 받은 느낌을 다시 붙잡으려고 애쓰면서 그 자리에 서 있었다. 체렌코프 블루와 접착테이프에 대한 건데….

무엇이든 간에, 그 느낌은 사라져버렸다. 나는 사라진 것이
콜레라 치료법이 아니기를 빌었다.

"41달러 33센트요." 점원이 말했다.

나는 조심스럽게 정확한 잔돈을 맞추어 내고 로맨틱 신부 바
비를 들고 나왔다. 나오는 길에 무엇인가를 밟고 아래를 내려다
보았다. 1센트 동전이었다. 조금 더 갔더니 두 개가 더 나왔다.
모종의 힘으로 내팽개친 모양새였다.

Wikimedia Commons

금주 운동

Prohibition

1895년 ~ 1920년 1월 16일

———

기독교 여성 금주 협회, 운동가 캐리 네이션의 술집 공격, 그리고 알콜중독의 슬픈 결과들이 부채질한 술에 대한 혐오 유행. 학교 아이들은 "진정서에 서명"하라는 부추김을 받았고 여자들은 술이 닿은 입술은 건드리지 않겠다고 맹세했다. 금주 운동은 1900년대 초반 내내 추동력과 정치적인 지지를 얻었고, 정당 후보자들은 물잔으로 건배를 했고 몇몇 주는 금주하자는 쪽에 투표했으며, 마침내는 '금주법'으로 극에 이르렀다. 법이 제정되자 금주 열풍은 바로 사그라들었다. 그 자리를 밀조업자, 무허가 술집, 집 욕조에서 담근 술, 휴대용 술병, 조직범죄, 그리고 금주법 폐지운동이 대신했다.

지나는 내가 로맨틱 신부 바비를 찾아냈다는 사실을 믿을 수 없어 했다. 지나는 나를 두 번이나 끌어안았다. "굉장해. 넌 기적을 행하는 사람이야!"

"그렇지도 않아." 나는 미소를 지으려고 애썼다. "단발머리의 근원을 찾는 데에는 운이 따르지 않아 보이는걸."

"그 이야기가 나왔으니 말인데…." 지나는 아직도 로맨틱 신부 바비를 찬탄하면서 말했다. "아까 베넷 박사가 여기 올라와서 널 찾더라. 걱정스러운 얼굴이던데."

이번에는 플립이 뭘 잃어버렸을까? 방울양? 나는 궁금해하면서 생물학부로 향했고, 반쯤 내려가다가 베넷과 마주쳤다. 그는 내 팔을 잡았다. "우린 10분 전에 관리부 사무실에 가 있었어야 해요."

"왜요? 이번엔 무슨 일이에요?" 나는 따라잡으려고 애쓰며 물었다. "우리가 곤란해진 건가요?"

그야 물론 우리는 곤란해졌다. 직원 조언듣기 정책이 있다지만 실제로 누군가가 관리부 사무실 안을 보게 될 때는 자재부로 이전하게 될 때뿐이었다. 아니면 연구비를 깎이거나.

"동물권리보호 활동가들 문제는 아니었으면 좋겠네요." 베넷이 관리부 문밖에 멈춰 서서 말했다. "재킷을 입는 편이 좋았을까요?"

"아니요." 나는 그의 재킷들을 떠올리며 말했다. "사소한 문제일 수도 있어요. 우리가 충분히 옷을 편하게 입지 않았다거나 하는."

바깥 사무실에 있던 비서는 우리에게 바로 들어가라고 말했다. "사소한 일은 아니네요." 베넷이 소곤거리면서 문고리에 손을 뻗었다.

"곤란한 일이 아닐 수도 있어요. 관리부에서 우리의 학문 간 융합 협력연구를 칭찬하려는지도 모르죠." 내가 말했다.

베넷은 문을 열었다. 관리자는 팔짱을 끼고 책상 뒤에 서 있었다.

"아니라고 봅니다." 베넷이 중얼거렸고, 우리는 안으로 들어갔다.

관리자는 우리에게 앉으라고 했다. 이 또한 나쁜 신호였다. SHAM의 여덟 가지 효율성 개선장치 중에 '서서 하는 회의가 간단 명료한 진술을 장려한다'가 있었다.

우리는 앉았다.

관리자는 서 있었다. "두 분과 두 분의 프로젝트에 관련하여 지극히 심각한 사안이 제 주목을 끌었습니다."

동물권리보호 활동가들이구나. 나는 그렇게 생각하고 다음에 나올 말에 대비했다.

"직장 내 전언 간편화 책임자 보조가 동물 구역에서 담배를 피우는 모습을 목격한 사람이 있습니다. 그래도 좋다는 허락을 받았다는데, 사실입니까?"

담배. 이건 셜의 담배 문제였다. "누가 그런 허락을 내렸습니까?" 관리자가 물었다.

"제가요." 우리 둘이 동시에 답했다. "제 생각이었어요." 내가 말했다. "제가 베넷 박사에게 그래도 괜찮겠냐고 물었습니다."

"하이텍 건물이 금연 지역이라는 사실은 알고 있습니까?"

"거긴 바깥이었어요." 나는 말하고 나서 실외 흡연까지 불법이 된 버클리의 경우를 떠올렸다. "셜이 눈보라 속에 서서 담배를 피워야 한다고는 생각하지 않았습니다."

"저도 마찬가지입니다." 베넷이 말했다. "셜은 실내에서 담배를 피우지 않았어요. 방목장에서만 피웠죠."

관리자는 전보다 더 험상궂은 얼굴로 말했다. "살아있는 동물연구에 대한 하이텍의 지침은 알고 있습니까?"

"네." 베넷은 어리둥절해서 대답했다. "저희는 지침대로…."

"살아있는 동물에게는 건강한 환경이 주어져야 합니다." 관리자가 말했다. "공기 중 발암물질의 위험, 간접흡연의 위험에 대한 FDA의 보고서는 알고 계십니까? 간접흡연은 폐암, 폐기종, 고혈압, 심장마비를 일으킬 수 있어요."

베넷은 전보다 더 혼란스러운 얼굴이었다. "셜은 저희 근처에서 담배를 피우지 않았고, 실외였습니다…."

"살아있는 동물에게는 건강한 환경이 주어져야 합니다." 관리자가 말했다. "담배 연기를 건강한 환경이라고 하겠습니까?"

절대로 혐오 유행의 힘을 과소평가하지 말라. 이 나라에 불어닥쳤던 지난번 혐오 유행은 공산주의 성향에 대한 대규모 고발, 망가진 평판, 끝장난 경력들이라는 결과를 낳았다.

"…집집마다 쥐떼가 몰려나오고…." 나는 중얼거렸다.

"뭐라고요?" 관리자가 나를 노려보며 말했다.

"아무것도 아닙니다."

"양들에 대한 간접흡연의 효과가 어떤지 아십니까?" 관리자가 말했다.

아니요. 그리고 당신도 모르지요. 그냥 양떼를 따라가고 있을 뿐이니.

"양들의 건강을 이렇게 노골적으로 무시했으니 두 분의 프로젝트를 연구기금 수혜 후보로 진지하게 고려하기에는 부적격입니다."

"셜은 하루에 한 대밖에 안 피웠습니다." 베넷이 말했다. "양들이 사는 구역은 가로 30미터, 세로 25미터예요. 담배 한 대에서 나오는 연기의 농도는 10억분의 1 이하였을 겁니다."

포기해요, 베넷. 나는 혐오 유행은 과학 논리와 아무 상관이 없고, 우리는 양떼만 간접흡연에 노출시킨 게 아니라고, 하이텍은 우리가 하이텍이 절실히 원하는 니브니츠 연구기금을 탈 기회를 망쳤다고 여긴다고 생각했다.

나는 관리자를 쳐다보았다. 하이텍은 정말로 누군가를 해고할 작정이었고, 그건 우리라는 생각이 들었다.

내가 틀렸다.

"샌드라 박사, 당신이 양떼를 구해온 사람이죠. 아닙니까?"

"네, 맞아요." 나는 더 격식을 갖춰 말하고 싶은 충동을 눌렀다. "와이오밍에 있는 목장에서 빌렸어요."

"목장주가 당신이 의도적으로 양들을 해로운 발암물질에 노출시켰음을 알고 있습니까?"

"아니요. 하지만 그 사람은 반대하지 않을 거예요." 나는 그렇게 말하고 나서 브레드 푸딩을 떠올렸다. 빌리 레이에게 담배에 대한 견해를 물어본 적이 없었지만, 답은 알고 있었다. 다른 모든 사람의 생각과 같겠지.

"내 기억에 이 프로젝트도 샌드라 박사의 착상이었지요." 관리자가 말했다. "양을 이용하자는 것도 박사의 생각이었습니다. 관리부의 반대에도 불구하고 말입니다."

"샌드라 박사는 제 프로젝트를 구해주려고 했을 뿐입니다." 베넷이 말했지만, 관리자는 듣고 있지 않았다.

"베넷 박사, 이 불행한 상황은 확실히 박사의 잘못이 아닙니다. 유감스럽게도 이 프로젝트는 끝내야겠지만, 턴불 박사가 지금 착수하는 프로젝트에 협력자가 필요합니다. 구체적으로 베넷 박사를 요청했어요."

"무슨 프로젝트요?" 베넷이 말했다.

"아직 결정되지는 않았습니다." 관리자가 말했다. "몇 가지 가능성을 조사하고 있어요. 무엇이 되든 간에 함께 하기에 훌륭한 프로젝트이리라 확신합니다. 우리는 그 프로젝트가 니브니츠 연구기금을 탈 확률이 78퍼센트라고 생각합니다." 관리자는 나를 돌아보았다. "샌드라 박사, 박사에게 즉시 양들을 주인에게 돌려줄 책임을 묻겠습니다."

비서가 들어왔다. "방해해서 죄송하지만…."

"샌드라 박사의 파일에는 징계 내용이 들어갈 겁니다." 관리자는 비서를 무시하고 말했다. "그리고 다음 연구비 배당 기간에는 샌드라 박사의 프로젝트에 대한 진지한 재검토가 있을 겁니다. 그동안…."

"여기 좀 나와보셔야…." 비서가 말했다.

"회의 중이잖아요." 관리자가 비서의 말을 자르고 나에게 말했다. "유행 연구의 진척 상황에 대한 상세 보고서를 원합니다."

"잠깐만 기다리세요." 베넷이 말했다. "샌드라 박사는 단지…."

비서가 말했다. "죄송하지만…."

"뭡니까, 셰퍼드 씨?" 관리자가 말했다.

"양들이…."

"양 주인이 항의전화를 했나요?" 관리자가 나에게 독이 담긴 눈빛을 쏘아 보내며 말했다.

"아니에요. 양들이, 양들이 복도에 있어요."

5 —
본류

신은 하늘에 거하고
세상은 만사형통이니.

— 로버트 브라우닝

Dancing mania on a pilgrimage to the church at Sint-Jans-Molenbeek. An engraving by Hendrick
Hondius (1642) after a drawing by Pieter Brueghel the Elder (1564), Wikimedia Commons

무도병

Dancing Mania

1374년

사람들이 몇 시간씩 통제 불능으로 춤을 췄던 북유럽의 종교 유행. 사람들은 거리와 교회에 원을 그리며 뛰고, 비명을 지르고, 바닥을 굴렀으며, 자신들이 악마 들렸다고 외치고 악마에게 고문을 멈추라고 빌기도 자주 했다. 불안 신경증 또는 뾰족구두에 기인했다.

혼돈과 의미 있는 과학적 돌파구가 연결되어 있다는 생각을 처음 내놓은 사람은 버스에 발을 올렸다가 모든 문제가 명쾌하게 풀린 경험을 잊을 수 없었던 앙리 푸앵카레였다. 그는 프랑스 심리학 협회에서 자신이 발견한 패턴은 좌절, 혼란, 정신적인 혼돈에서 예기치 않게 솟아오른 통찰이었다고 말했다.

다른 혼돈 이론가들은 푸앵카레의 경험을 두 개의 뚜렷하게 구별되는 준거 틀이 결합하면서 나온 결과라고 설명했다. 고민하던 문제에 대한 푸앵카레의 좌절, 그의 불면증, 여행하기 위해 짐을 싸느라 주의를 다른 곳으로 돌려야 했던 일, 풍경의 변화 같은 혼돈스러운 상황이 평형과는 거리가 먼 상태를 만들어 냈고, 그 속에서 서로 연결되지 않은 생각들이 움직여서 새롭고 놀라운 상호 결합을 이루고 작은 사건들이 어마어마한 결과를 낳을 수 있었다. 버스에 발을 딛는 단순한 행동에 의해 혼돈이 더 높은 평형 체계로 고정될 때까지는… 혹은, 양떼 속에 발을 딛는 행동에 의해.

양떼는 복도가 아니라 바깥 사무실에 있었고, 하얀 카펫이 깔린 관리자의 지성소 안으로 밀고 들어오는 중이었다. 비서는 벽에 바싹 붙어서 속기 수첩을 가슴에 꽉 끌어안고 양떼를 지나 보냈다.

"잠깐만!" 관리자가 감성 훈련이라도 하려는 것처럼 두 손을 들어 올리며 말했다. "너희는 여기 들어올 수 없어!"

베넷은 선두에 선 암양을 저지하려고 뛰어들었는데, 베넷이 문 앞에서 암양에게 미식축구 선수처럼 어깨를 대고 밀면서 막아섰는데도 다른 양들이 그냥 그 옆을 지나쳐서 관리자 사무실로 밀려 들어온 것을 보면 방울양은 확실히 아니었다. 어쩌면 내가 양들을 오판했고, 양들에게도 두뇌가 있는지도 몰랐다. 건물 안에서 가장 큰 피해를 줄 수 있는 곳으로 정확하게 직행했으니 말이다.

양들은 큰 피해를 줬다. 그 작은 발굽으로, 나를 수 있다고 생각하지 못할 만큼 많은 흙을 끌고 들어왔고, 지나가면서 하얀 벽과 비서에게 흙투성이 라놀린 얼룩을 길게 남겼다.

베넷은 아직도 암양과 씨름을 하고 있었는데, 그 암양은 열렬히 양떼와 합류하고 싶어 했고, 이제는 곧장 관리자의 반질반질한 티크 책상으로 향하고 있었다.

"살아있는 동물의 안녕을 위험에 빠뜨리다니." 관리자가 그 책상 위로 기어 올라가면서 말했다. "제대로 프로젝트를 감독하지 못하고!"

양들은 마차 행렬 주위를 뛰어다니는 인디언들처럼 관리자의 책상 주위를 뱅뱅 돌았다.

"적절한 보안수단 도입에도 실패했고!" 관리자가 말했다.

"잠재력을 촉진한 거죠." 나는 양들을 어느 쪽이든 좋으니 다른 방향으로 몰아보려고 애쓰면서 중얼거렸다.

"이 짐승들은 이 안에 있으면 안 된단 말입니다!" 관리자가 책상 위에서 소리를 질렀다.

양들에게도 같은 생각이 떠오른 모양이었다. 양들이 한꺼번에 입을 벌리고 애처로운 울음소리를 내기 시작했다. 귀가 먹을 듯한 매애 소리가 이어졌다.

나는 양떼를 날카롭게 노려보면서 울음소리가 어디에서 시작되었는지 알아보려고 했지만, 사방에서 한꺼번에 터져 나온 것 같았다. 단발머리처럼.

"울음소리가 어디에서 시작됐는지 들었어요?" 나는 베넷에게 외쳤다. 베넷은 잡고 있던 암양을 놓았고, 갑자기 다시 움직이기 시작한 양떼는 무작정 사무실 안을 서성이다가 비서실 문으로 향했다.

"저 녀석들이 어디로 가는 거죠?" 베넷이 말했다.

관리자는 책상에서 기어 내려와서, 전보다 조금 느슨해진 옷차림으로 다시 경고의 말을 외쳐대고 있었다. "하이텍은 고용인의 파괴 행각을 참지 않습니다! 두 사람 중 누구든 그 흡연자든 일부러 이 양들을 풀어놓았다면…."

"저희가 풀어준 게 아닙니다." 베넷이 문으로 가려고 애쓰면서 말했다. "자기들끼리 나온 게 분명해요." 그리고 나는 방목장 문에 몸을 기대고 걸쇠를 올렸다 내리고, 올렸다 내리던 플립의 모습을 퍼뜩 떠올렸다.

베넷은 뒤처진 마지막 양 두 마리가 미친 듯이 울어대면서 비집고 나갈 때쯤 문에 도착했다.

하지만 일단 복도에 나가자 양들은 목적 없이 배회하기 시작했다. 길을 잃은 것 같았지만, 이동시킬 수 없기는 마찬가지였다.

"방울양을 찾아야 해요." 내가 말했다. 나는 양들을 헤치고 움직이면서 핑크 리본을 찾으려 했다.

복도 끝에서 날카로운 소리가 나고 "망할 것, 이 머리도 없는 짐승!" 소리가 들렸다. 종이를 한 아름 든 셜이었다. "내 앞에서 비켜, 이 멍청아!" 셜이 고함을 질렀다. "어떻게 여기까지…." 셜은 복도 가득한 양떼를 보고 말을 멈췄다. "누가 이놈들을 풀어줬죠?"

"플립이에요." 나는 리본이 걸려 있나 싶어서, 어느 암양의 목을 더듬으며 말했다.

"불가능해요." 셜은 양떼 속을 간신히 지나서 나에게 오며 말했다. "플립은 여기에 없어요."

"여기에 없다니 무슨 뜻이에요?" 나는 말했다. 암양 두 마리가 내 옆으로 밀고 지나가면서 거의 나를 쓰러뜨릴 뻔했다.

"그만뒀어요." 셜이 종이 뭉치로 왼쪽 암양을 후려치면서 말했다. "사흘 전에요."

"상관없어요." 나는 다른 양을 밀면서 말했다. "어떻게든, 어디에서든, 이 일 뒤에는 플립이 있어요. 모든 일의 배후에 플립이 있죠."

양떼가 갑자기 인사부를 향해 밀려갔다. "이젠 어디로 가는 거죠?" 베넷이 말했다.

"양들에게는 아무 생각도 없어요." 내가 말했다. "미국의 대중을 보시라."

관리자가 도커즈 면바지가 엉망이 된 꼴로 사무실에서 튀어나왔다. "이런 행동은 분명히 니코틴의 부작용입니다!"

"방울양을 찾아야 해요." 나는 말했다. "그 녀석이 열쇠예요."

베넷이 멈춰서더니 나를 보았다. "열쇠."

관리자가 노성을 질렀다. "누가 이… 이 혼돈을 초래했는지 알아내기만 하면…."

"혼돈." 베넷은 거의 혼잣말처럼 말했다. "열쇠는 방울양."

"그래요." 내가 말했다. "양떼를 생물학부로 돌려보낼 수 있는 유일한 방법이에요. 당신은 이쪽 끝에서 시작해요. 난 반대쪽 끝을 맡을게요. 알았어요?"

그는 대답하지 않았다. 그는 양들이 주위를 돌아다니는 동안 입을 반쯤 벌리고, 두꺼운 뿔테 안경 뒤로 눈을 가늘게 뜬 채로 꼼짝하지 않고 서 있었다. "방울양." 그는 부드럽게 말했다.

"그래요, 방울양." 내가 말하고, 꽤 긴 시간이 지나서야 그의 눈이 나에게 초점을 맞췄다. "방울양을 찾아요. 핑크색을 생각해요." 나는 그렇게 말하고 복도 끝으로 향했다. "셜, 연구실로 얼른 내려가서 고삐와 줄 좀 갖다 주실래요?" 뒤늦게 떠오른 생각이 나를 강타했다. "플립이 그만뒀다고요?"

셜은 고개를 끄덕였다. "개인광고로 만난 치과의사요. 그 남자가 이사했다고, 따라갔어요. 지리적으로 잘 맞아야 한다나요." 셜은 다시 생물학부 쪽으로 돌아갔다.

양들은 층계참까지 가서 맨 윗단 가장자리에서 겁을 먹고 서성이고 있었다. 계단이 절벽이 아니라서 안타까웠다. 그래도 떨어지면 목을 부러뜨릴지도 모르지만…, 그런 행운은 없었다. 양들은 가볍게 한 층을 뛰어 내려가서 통계학부 복도에 진입했다. 나는 위층으로 다시 뛰어 올라갔다. "통계학부로 향하고 있어요!" 나는 베넷에게 외쳤다.

베넷은 그곳에 없었다. 나는 다시 계단을 뛰어 내려가다가 중간에 멈춰 섰다. 바닥 한쪽 모퉁이에, 무자비하게 짓밟히고 엄청나게 지저분해진 핑크색 리본이 있었다. 끝내주는군. 그렇게 생각하고 눈을 들자 턴불이 나를 노려보고 있었다. "샌드라 박사." 그녀는 꾸짖듯이 불렀다.

"말하지 않아도 알겠네요. 니브니츠 연구기금 수상자 중에 몰려나온 가축과 얽힌 사람은 없었겠죠."

"베넷 박사는 어디 있죠?" 턴불이 물었다.

"몰라요." 나는 질질 끌려 더러워진 리본을 집어 들었다. "방울양이 어디 있는지도 모르겠어요. 대체 어떤 종류의 프로젝트가 니브니츠 연구기금을 탈지도 모르지만, 지금 이 순간에도 저 양들이 통계학부에 무슨 짓을 하고 있을지는 잘 알고 있으니 괜찮다면 이만…." 나는 계단에 선 턴불을 밀고 지나가서 복도에 내려섰다.

그래도 내 연구실에는 아무 해도 입힐 수 없어. 나는 다른 문들도 닫혀 있기를 빌며 생각했다.

양떼가 아직 복도에 있는 것을 보니 내 바람대로였다. 지나가 복도 끝에서 연구실 밖으로 나오고 있었다.

"화장실 휴식 시간이네." 지나는 양떼를 보자마자 그렇게 말하고 어느 문으로 들어갔다.

나는 양떼를 헤치고 움직이면서, 한 번씩 허리를 숙이고 양들의 턱을 들어 올리고 그 멍청한 얼굴에서 조금이라도 사시처럼 보이거나 반쯤이라도 지성이 있어 보이는 표정을 찾으려고 했다.

문이 다시 열렸다. "화장실에도 한 마리 있어." 지나가 말하더니, 복도를 따라 내가 양들의 눈을 노려보고 있는 곳까지 움직였다.

어느 양이나 사시 같았다. 나는 초조한 심정으로 녀석들의 긴 얼굴을, 텅 빈 눈을 들여다보았다. 눈 사이에 i자 낙인이 찍혀서 태어났을 녀석들이었다.

"내 사무실에는 없는 편이 좋을 거야." 지나가 말하더니 자기 사무실 문을 열었다.

"그 문 닫아!" 너무 늦었다. 뚱뚱한 암양 한 마리가 벌써 문을 통과했다. "닫아!" 나는 다시 말했고, 지나는 내 말대로 했다.

나머지 양들은 지나의 방문 밖에 모여서 서성이고 매애거리며 절박하게 무엇을 해야 할지, 어디로 가야 할지 말해줄 누군가를 갈구했다. 그렇다면 지나의 사무실에 들어간 암양이 방울양이라는 뜻이었다.

"그 양 가둬놔!" 나는 문밖에서 외쳤다. 리본은 목줄 역할을 할 만큼 튼튼하지 않았지만, 나에게는 튼튼한 줄넘기 줄이 있었다. 나는 베넷에게 무슨 일이 생긴 걸까 의아해하면서 내 연구실로 향했다. 아마 턴불이 베넷을 찾아내어 자기가 발견한 니브니츠 확정 요소를 말하고 있겠지.

지나의 사무실에서 빽 소리가 나더니 문이 열렸다.

"열지 말…." 나는 외쳤다. 암양은 문으로 튀어나와서 카드 한 벌 안으로 사라지는 카드처럼 양떼 가운데로 들어가버렸다. "그 양이 어디로 갔는지 봤어, 지나?"

"아니, 못 봤어." 지나가 긴장한 목소리로 말했다. 망가진 분홍색 상자를 꽉 쥐고 있었다. 한쪽 구석에서 찢어진 흰 망사 장식이 비어져 나왔다. "저 양이 로맨틱 신부 바비에게 무슨 짓을 했는지 봐!" 지나는 갈색 머리 타래를 들어 올리며 말했다. "볼더에 남은 마지막 바비였는데."

"덴버 외곽까지 다 해서 하나야." 나는 그렇게 말하고 내 연구실로 들어갔다.

나는 여기에 플립만 갖춰지면 완벽하다고 생각하고, 그만뒀든 말든 간에 내 연구실에 플립이 없다는 사실에 놀랐다. 양 한 마리가 생각에 잠겨 디스크를 씹고 있었다. 나는 디스크를, 혹은 디스크의 대부분을 그 입에서 낚아채고, 양의 크고 네모난 이빨을 벌려서 나머지를 끄집어낸 다음 살짝 사시인 양의 눈을 엄격하게 들여다보았다.

"내 말 잘 들어." 나는 암양의 턱을 잡은 채로 말했다. "난 하루에 감당할 만큼은 다 겪었어. 직장을 잃었고, 평생 만난 사람 중에 양처럼 행동하지 않는 유일한 사람도 잃었고, 유행이 어디에서 오는지는 모르겠고 영영 알아내지 못할 거고, 이젠 질렸어. 순순히 날 따라왔으면 좋겠다. 당장 날 따라왔으면 좋겠어." 나는 디스크 조각을 바닥에 던지고 돌아서서 내 연구실 밖으로 걸어 나왔다.

그리고 그 양이 방울양이었다. 내 뒤를 따라 총총히 생물학부까지 두 층을 내려가고, 연구실을 통과해서 방목장까지 갔으니 말이다. 마치 메리와 메리의 작은 양처럼. 그리고 나머지 양떼도 꼬리를 흔들며 뒤따라왔다.

© Taki Steve

타조 깃털

Ostrich Plumes

1890년 ~ 1913년

찰스 다윈의 영향을 받고 자연사에 대한 대중적 관심이 촉발한 에드워드시대 패션 유행. 곱슬곱슬한 깃털을 온갖 색깔로 물들여서 머리에, 모자에, 부채에, 심지어는 깃털 빗자루에도 꽂았다. 관련 유행으로는 도마뱀, 거미, 두꺼비, 지네로 장식한 모자와 드레스들이 있다. 이 유행의 결과로 이집트, 북아프리카, 중동의 타조들이 씨가 마르도록 사냥당했다. 1960년대 형광 오렌지색과 강렬한 핑크색으로 염색한 타조 깃털을 쓴 미니드레스, 가발, 망토 유행으로 되돌아왔다.

나는 양떼를 데려가라고 빌리 레이에게 전화했다.

"당장 미구엘에게 트럭을 몰고 가게 시킬게. 직접 가고 싶지만, 뉴멕시코까지 내려가서 목장주들에게 타조에 관해 이야기를 해야 해."

"타조?"

"최신 유행이야. 레바가 갤럽시 외곽에 오십 마리를 키우는데, 타조 스테이크가 끝내주게 팔려나가. 닭고기보다 콜레스테롤이 낮고 맛은 더 낫거든."

양 한 마리가 또 울타리 구석에 끼어 있었다. 양은 어쩌다가 그렇게 됐는지 모르겠다는 듯이 멍청하게 울타리 기둥을 쳐다보고 서 있었다.

"게다가 타조 깃털은 팔고 가죽은 무두질해서 지갑과 부츠에 쓸 수 있지." 빌리 레이는 말했다. "레바는 타조가 1990년대의 가축이 될 거라고 해."

양은 울타리 기둥에 머리를 몇 번 들이받더니 포기하고 가만히 서서 매애거렸다. 훌륭한 본보기였다.

"양 연구가 잘 되지 않아서 유감이야." 빌리 레이가 말했다.

나도 그래. "통화권에서 벗어나나 봐. 잘 들리지 않네." 나는 그렇게 말하고 전화를 끊었다.

우리는 양에게 많은 것을 배울 수 있다. 나는 구석으로 가서 양의 턱 아래와 엉덩이에 두 손을 올렸다. "넌 몸을 돌려야 해. 다른 방향으로 가야 한다고."

나는 양을 끌어당겨서 반대쪽을 보게 했다. 양은 그 즉시 풀을 뜯기 시작했다.

"소용없다는 사실을 받아들이고 다른 시도를 해봐야 해." 나는 말하고서 연구실로 돌아갔다. 셜이 있었다. "베넷 박사는 어디 있나요?" 내가 물었다.

"조금 전까지 턴불 박사와 이야기를 하고 있었는데요." 셜이 말했다.

"잘됐네요." 나는 관리부에 제출할 보고서를 쓰기 위해 통계학 연구실로 올라갔다.

'샌드라 포스터: 프로젝트 보고' 나는 암양이 뜯어먹지 않은 디스크에 입력했다.

프로젝트의 목적:
1. 무엇이 유행을 촉발하는지 알아낸다.
2. 나일 강의 원천을 찾아낸다.

프로젝트의 결과:
1. 알아내지 못함. '피리 부는 사나이'와 관련이 있을지도 모른다는 게 내가 아는 전부임. 아니면 이탈리아와.
2. 찾아냄. 빅토리아 호수

추후 연구에 대한 제안:
1. 알파벳 약자 표어는 없애버릴 것
2. 회의를 없애버릴 것
3. 흡연반대 유행이 명료하게 생각하는 능력에 미치는 영향을 연구할 것

4. 브라우닝을 읽으시오. 디킨스도. 다른 모든 고전도.

나는 그 내용을 인쇄하고, 코트와 줄 달린 지갑을 챙겨서 관리자를 만나러 올라갔다.

셜이 카펫 청소기를 돌리고 있었다. 관리자는 한쪽 구석에 밀려간 책상의 먼지를 털고 있었다.

"카펫을 밟지 말아요." 내가 들어가자 관리자가 말했다. "젖었어요."

나는 철퍽거리면서 관리자의 책상으로 걸어갔다. "양들은 다 방목장 안에 있습니다." 나는 카펫 증기청소기가 돌아가는 소리 너머로 말했다. "목장으로 돌려보낼 준비도 다 해놨어요." 나는 관리자에게 보고서를 내밀었다.

"이게 뭡니까?"

"제 프로젝트의 목적을 재평가하고 싶다고 하셨죠. 그래서 했습니다."

"이게 뭡니까?" 관리자는 험상궂은 얼굴로 보고서를 노려보았다. "피리 부는 사나이?"

"로버트 브라우닝이 썼죠. 이야기는 아실 텐데요. 피리 부는 사나이는 하멜른의 쥐떼를 없애기 위해 고용되었고, 쥐떼를 없앴지만, 마을은 그 대가를 지불하지 않으려고 했어요. '우리 시의 자치 운영단으로서는…어쩌고 저쩌고' 충격적이죠."

관리자는 책상 뒤에서 분연히 일어섰다. "지금 날 협박하는 겁니까, 샌드라 박사?"

"아니요." 나는 놀라서 말했다. "'내가 나태한 노래에 모욕을

당할까?" 나는 브라우닝의 구절을 읊었다. "'우리를 협박하는 게요, 친구? 할 수 있으면 해보시오. 몸이 터질 때까지 피리를 불어보시오.' 시를 더 읽으셔야겠어요. 시에서 배울 수 있는 게 많거든요. 도서관 대출증은 가지고 계신가요?"

"도서관…?" 관리자는 뇌졸중이라도 온 사람처럼 말했다.

"전 협박하는 게 아닙니다. 제가 왜 위협을 하겠어요? 저는 쥐를 없애지도 않았고 단발머리를 일으킨 이유도 알아내지 못했어요. 피리 부는 사나이를 찾아낼 수도 없고요."

나는 그 대목에서 말을 멈추고 내가 한 말을 생각했고, 고인이 된 로맨틱 신부 바비를 들고 타겟 상점에 서 있을 때처럼 의미심장한 무엇인가를 알아내기 직전 같은 느낌을 받았다.

"하이텍을 쥐라고 부르는 겁니까?" 관리자가 말했고, 나는 손아귀에서 빠져나가려는 생각에 집중하려 애쓰면서 초조하게 손을 내저었다. 피리 부는 사나이….

"지금 하려는 말이…." 관리자가 고함을 질렀고, 생각은 사라져버렸다.

"제가 하려는 말은, 저를 잘못된 이유로 고용하셨다는 겁니다. 유행의 비밀을 찾아야 하는 이유는 사람들이 유행에 따르게 만들기 위해서가 아니라, 사람들이 자기 머리로 생각하게 하기 위해서예요. 과학이란 결국 그런 것이니까요. 다음 유행은 위험한 것일 수도 있고, 당신은 나머지 양떼와 함께 절벽으로 달려가게 될 수도 있으니까요. 그리고 아니요, 경비원을 시켜서 제 연구실로 돌려보낼 필요는 없어요." 나는 관리자에게 지갑 속을 열어 보이며, '피파가 간다'의 한 구절을 읊었다. "전 나갑니다.

'저기 보이는 언덕 비탈로, 아침을 뚫고.'" 그리고 나는 다시 철 퍽거리는 카펫을 밟고 나갔다. "잘 있어요, 셜. 언제든 우리 집에 담배 피우러 오셔도 돼요." 나는 셜에게 외치고, 나가서 차를 몰고 도서관으로 갔다.

The Pied Piper, Wikimedia Commons

루빅스 큐브

Rubik's Cube

1980년 ~ 1981년

———

다른 색깔의 작은 정육면체들을 돌려서 서로 다른 조합을 만들 수 있게 만든 정육면체 큐브에 관련한 게임 유행. (1억 명이 넘는 사람들이 풀고자 했던) 게임의 목적은 큐브의 여섯 면을 이리저리 돌려서 각 면이 같은 색깔을 이루도록 하는 것이었다. 이 유행이 요구하는 기술치는 너무 높아서 수십 권의 참고서가 출간될 정도였고, 단 한 번도 풀어보지 못한 사람을 무수히 남기고 유행이 끝났다.

로레인이 돌아와 있었다. "'당신의 수호천사가 당신 인생을 바꿀 수 있다' 빌려 가실래요?" 로레인은 요정 대모 스웨트셔츠를 입고 반짝이는 마법 지팡이 귀고리를 하고 있었다. "들어왔어요. 단발머리에 대한 책도 들어왔고."

"필요 없어요. 단발머리를 일으킨 원인도 모르겠고, 이젠 상관도 없어요."

"브라우닝 책도 찾았어요. 반납되어 있더군요. 우리 매체 구성 보조원이 요리책과 함께 꽂아놨더라고요."

그것 보라니까. 나는 혼잣말을 하고 '케플러의 쿼크'로 걸어가서 단발머리 웨이트리스와 아마도 유니폼이 아닐 유니폼을 입은 웨이트리스에게 이름을 댔다. 상황은 이미 좋아지고 있었다. 도서관에서는 브라우닝을 찾아냈고, 이제 다시는 개인광고를 읽을 필요가 없으며, 플립이 어슬렁거리고 들어와서 하루를 망치고 계산서를 남길 수도 없었다.

웨이트리스는 나를 창가 자리에 앉혔다. 나는 다시 스스로에게 말했다. 보라니까, 공동 테이블에 앉지 않았어. 접착테이프를 붙이지도 않았고. 확실히 나아지고 있어.

하지만 기분은 그렇지가 않았다. 직장에서 쫓겨난 기분이었다. 나를 사랑하지 않는 누군가를 사랑하는 기분이었다.

나는 스스로에게 말했다. 그 사람은 완전히 패션 장애인이었어. 밝은 면을 봐. 넌 이제 단발머리를 일으킨 원인에 대해 고민할 필요가 없어. 좋은 일이지. 어차피 이젠 떠오르는 착상도 없으니.

"안녕." 베넷이 맞은편에 앉으면서 말했다.

"여기에서 뭐해요?" 나는 말을 할 수 있게 되자마자 말했다. "직장에 있어야 하지 않나요?"

"그만뒀어요." 베넷이 말했다.

"그만두다니? 왜요? 당신은 턴불 박사의 프로젝트를 같이 할 줄 알았는데요."

"턴불의 통계적으로 용의주도하고, 주문 배달 과학인 데다가, 확실히 니브니츠 연구기금을 타낼 프로젝트 말인가요? 너무 늦었어요. 니브니츠 연구기금 수상자는 이미 나왔어요."

그는 속상해하는 얼굴이 아니었다. 방금 직장을 그만둔 사람 같지도 않았다. 흥분을 자제하는 얼굴로, 두꺼운 뿔테 안경 뒤에서 승리감에 눈을 빛내고 있었다. 나는 턴불과 약혼했다고 말하려나 보다 생각했다.

"누가 받았어요?" 나는 그 말을 막으려고 물었다. "니브니츠 연구기금 말이에요. 미시시피 강 서쪽 출신의 서른여덟 살짜리 실험 설계자?"

베넷이 웨이트리스를 손짓해 부르더니 말했다. "커피가 아닌 음료수는 뭐가 있죠?"

웨이트리스는 눈을 굴렸다. "신상품이 있어요. 차이나타세요. 최신 유행이죠."

"그걸로 두 잔 줘요." 베넷이 말했고, 나는 웨이트리스가 무지방 우유를 넣을지 그냥 우유를 넣을지, 백설탕인지 갈색설탕인지, 베이징산인지 광저우산인지로 심문을 해대기를 기다렸지만, 중국차는 아무래도 카페라떼보다 요구하는 능력치가 낮은 모양이었다. 웨이트리스는 어슬렁어슬렁 걸어갔고, 베넷이 편지를 한 장 내밀며 말했다. "당신에게 온 거예요."

"날 어떻게 찾았어요?" 나는 봉투를 보면서 물었다. 내 이름 말고는 아무것도 적혀 있지 않았다.

"플립이 말해줬어요."

"플립은 사라진 줄 알았는데요."

"한참 전에 말해줬어요. 당신이 여기에서 시간을 많이 보낸다고 했죠. 혹시 마주치지 않을까 하고 세 번인가 네 번 왔었는데, 한 번도 만나지 못했어요. 플립은 당신이 개인광고에서 남자들을 찾으려고 여기에 온다고 했지요."

"플립은 정말이지." 나는 고개를 절레절레 흔들었다. "개인광고는 유행 연구 때문에 읽은 거예요. 그런 게 아니라⋯. 날 보려고 왔었다고요?"

그는 더는 득의만만하지 않은 얼굴로 고개를 끄덕였다. 두꺼운 뿔테 안경 뒤에 숨은 회색 눈이 진지해졌다. "몇 주 전에 그만뒀지요. 플립이 당신이 그 양 목장주와 약혼했다고 해서요."

"이젠 타조 목장이에요." 나는 말했다. "플립은 당신이 턴불에게 미쳐있다고, 그래서 그 여자와 일하고 싶어 한다고 했어요."

"흠, 그래도 이제는 플립의 이마에 붙어 있던 i자가 무슨 뜻이었는지 알았네요. '간섭(interfering)'의 i였어요. 난 턴불과 일하고 싶지 않아요. 당신과 일하고 싶지."

"난 목장주와 약혼하지 않았어요." 그러고 보니 생각나는 게 있었다. "그 체렌코프 블루 넥타이는 왜 샀어요?"

"당신에게 좋은 인상을 주려고요. 플립이 내가 새 옷을 좀 사지 않으면 당신은 절대로 나와 데이트를 하지 않을 거라고 했고, 상점에서 찾을 수 있는 색깔이라고는 이 끔찍한 파란색밖에 없었어요." 그는 멋쩍어하는 얼굴이었다. "게다가 난 개인광고도 냈어요."

"당신이요? 뭐라고 냈어요?"

"자신감 없고, 옷을 못 입는 혼돈 이론 학자가 지적이고, 통찰력 있고, 열정적인 유행 연구자를 원합니다. SC여야 함."

"SC?"

"과학적으로 잘 지낼 수 있어야 한다(Scientifically Compatible)는 뜻이에요." 그는 씩 웃었다. "사람들은 사랑에 빠지면 미친 짓들을 하죠."

"누군가가 연구비를 잃는 사태를 막으려고 양떼를 빌린다거나요?"

웨이트리스가 우리 앞에 유리잔 두 개를 탁 내려놓으면서 차를 사방에 흘렸다.

"가지고 가야겠는데요." 베넷이 말했다.

웨이트리스는 큰 소리로 한숨을 내쉬더니 잔을 다시 들고 가버렸다.

"같이 일을 하려면, 어서 시작하는 편이 좋겠어요." 베넷이 말했다.

"잠깐만요. 우리 둘 다 직장을 그만뒀잖아요. 기억나요?"

"음, 문제는 하이텍이 우리가 돌아오길 바란다는 거예요."

"하이텍이요?"

"다 용서받았어요." 그는 고개를 끄덕였다. "우리에게 필요한 건 뭐든 가질 수 있다는군요. 연구 공간이든, 조수든, 컴퓨터든."

"하지만 양떼와 간접흡연 문제는요?"

"그 편지를 뜯어봐요."

나는 봉투를 뜯었다.

"읽어봐요."

나는 읽었다. "이해가 가지 않는데요."

나는 편지를 뒤집었다. 뒷면에는 아무것도 없었다. 봉투를 다시 보았다. 여전히 내 이름밖에 없었다. 나는 베넷을 보았고, 그는 다시 의기양양한 얼굴이 되어 있었다. "이해가 가지 않아요." 나는 다시 말했다.

"나도 마찬가지예요. 나에게 온 봉투를 열었을 때 턴불이 그 자리에 있었는데, 자기가 받을 확률을 전부 다시 계산해야 했죠."

나는 편지를 다시 읽었다. "우리가 니브니츠 연구기금을 탔어요?"

"우리가 니브니츠 연구기금을 탔어요."

"하지만…. 우리는 전혀…. 아무것도…."

"흠, 그게 말인데요." 베넷은 테이블 너머로 몸을 기울이고, 이제야 겨우 내 손을 잡으면서 말했다. "이런 생각이 들었어요. 내가 모든 변수를 재고 반복을 계산하면 혼돈계를 예측할 수 있다고 했었죠? 음, 아무래도 결국 베르호스트가 옳았나 봐요. 또 다른 요소가 작동하고 있는 거죠. 하지만 외부 요소가 아니라 이미 계 안에 있는 요소예요. 셜이 방울양은 다른 양들과 똑같은

데, 다만 조금 더 탐욕스럽고, 조금 더 빠르고, 조금 더 앞서나 간다고 했던 말 기억해요? 만약….”

“…나비 대신 방울양이 혼돈계 안에 있다면?” 내가 말했다.

“바로 그거예요.” 베넷은 이제 내 손을 양쪽 다 잡고 있었다. “그리고 방울양은 계 안에 있는 다른 변수와 전혀 달라 보이지 않지만, 반복의 방아쇠이고, 촉매이며….”

“피파.” 나는 그의 손을 꽉 잡으면서 말했다. “‘피파가 지나간 다'는 시가 있는데요….”

“브라우닝의 시죠. 피파가 사람들의 창가에서 노래를 하 고….”

“사람들의 삶을 바꿔놓는데, 사람들은 피파를 보지도 못해 요. 아솔로 마을을 컴퓨터 모델로 만든다면 피파를 안에 집어넣 지도 않겠지만, 사실은 피파가….”

“…나비 날개를 움직이는 변수이고, 반복작용 뒤에 숨은 힘이 며, 방아쇠 뒤의 방아쇠이고….”

“…홍콩 여자들이 단발을 하게 만드는 요소죠.”

“바로 그거예요. 당신이 연구하는 유행을 일으키는 방아쇠 이자….”

“…나일 강의 원천.”

웨이트리스가 똑같은 유리잔 두 개를 들고 돌아왔다. “들고 가실 컵이 없네요. 일회용 컵은 환경을 오염시켜요.” 웨이트리 스는 유리잔을 내려놓고 홱 하니 가버렸다.

“플립처럼요.” 베넷이 생각하며 말했다. “플립이 소포를 잘못 배달했고, 덕분에 내가 당신을 만났죠.”

"그 밖에도 여러 가지가 있었죠." 나는 말하고서 다시 한 번 무엇인가를 알아내기 직전이라는 느낌을 받았다. 루빅스 큐브 가 돌아가기 시작하는 느낌이었다.

"갑시다." 베넷이 말했다. "내 혼돈 이론 자료에 방울양을 더 하면 어떻게 되는지 알고 싶어요."

"잠깐만요… 난 차이나타세를 마시고 싶어요. 이게 다음 유 행일 때에 대비해서요. 그리고 다른 것도 있는데…. 하이텍에는 아직 남겠다는 우리의 결정을 말하지 않았죠?"

베넷은 고개를 저었다. "결정을 전할 때는 당신도 그 자리에 있고 싶어 할 것 같았어요."

"잘됐네요." 나는 말했다. "아직 말하지 말아요. 확인하고 싶 은 게 있어요."

"좋아요. 그러면 몇 분 뒤에 하이텍에서 다시 만나요. 괜찮 죠?" 그는 말하고 밖으로 나갔다.

"으음." 나는 이전에 떠올랐던 생각을 붙잡으려고 애쓰면서 중얼거렸다. 기차에 대한 생각이었나, 아니면 버스였나? 그리고 웨이트리스가 했던 말….

나는 차이나타세를 찬찬히 한 모금 마셨고, 만약 나에게 혼 돈이 새롭고 더 높은 수준에서 평형을 다시 찾고 있다는 신호가 필요했다면 차이나타세가 바로 그것이었다. 그 차는 바로 예전 '어스 머더'의 멋지고 강렬한 아이스티였다.

나에게 영감을 줄 수 있는 물질이 있다면 그 아이스티여야 했 다. 하지만 나는 여전히 그 생각을 붙잡을 수가 없었다. 베넷과 같이 돌아갔어야 했다는 생각, 그리고 감성 훈련과 우연히 손을 잡았을 때를 빼면 베넷이 나를 건드린 적이 없다는 생각이 자꾸 끼어들었다.

우리 계에 작동하는 모종의 피드백 순환회로라도 있는지, 베넷이 돌아와서 이름을 적으려는 웨이트리스를 밀어내고 테이블 사이를 지나더니 나를 잡아 일으켰다. 그리고 키스했다.

"좋아요." 그는 입술을 떼고 나서 말했다.

"좋아요." 나는 숨이 차서 말했다.

"우와!" 웨이트리스가 말했다. "개인광고로 만난 거예요?"

"아니요." 나는 웨이트리스가 입을 다물고 베넷이 다시 키스해주기를 바라면서 말했다. "플립을 통해서 만났죠."

"우린 방울양이 연결해준 사이죠." 베넷은 다시 나에게 팔을 두르면서 말했다.

"우와!" 웨이트리스가 외쳤다.

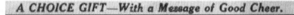

A CHOICE GIFT—With a Message of Good Cheer.

COUÉ'S OWN "METHOD"

FOR
ATTAINING
HEALTH
SUCCESS
AND
HAPPINESS

By
EMILE
COUÉ

SELF MASTERY
THROUGH
CONSCIOUS AUTOSUGGESTION

*"Day by Day, in Every Way
I'm Getting Better and Better"*

쿠에의 자기암시요법

Couéism

1923년

——

프랑스의 심리학자이자 '자기 암시를 통한 절제'의 저자인 에밀 쿠에 박사가 촉발한 심리학 유행. 쿠에의 수양법은 끈을 하나 매듭지으면서 반복 또 반복하여 "나는 매일, 모든 면에서 점점 더 나아진다"고 읊는 것이었다. 아무도 나아지지 않는다는 사실이 분명해지자 사그라들었다.

과학적인 돌파구는 대개 사소한 사건들이 촉발했다. 욕조 물이 넘치는 광경, 산들바람의 움직임, 계단 위에 놓인 발의 압력. 그러나 키스가 촉발한 과학적 돌파구는 들어본 적이 없었다.

하지만 그 돌파구 이전에 몰아친 5주에 걸친 혼돈스러운 격동의 무게를 온전히 담아, 사고의 패턴이 익숙한 위치에서 벗어나게 이동시키고, 변수들을 불러일으키고, 분리했다가 다시 섞어서 새로운 결합, 새로운 가능성을 내놓은 것은 바로 한 번의 키스였다. 그리고 베넷이 나에게 팔을 둘렀을 때는 페니실린과 벤젠 고리와 빅뱅의 발견이 다 합쳐서 하나가 되는 듯한 느낌이었다. 유레카의 열 배였다. 나일 강의 원천에 다다른 것 같았다.

"그 플립이라는 거요, 저 남자를 만났다는…." 웨이트리스가 말하고 있었다. "무슨 치료 모임 같은 건가요?"

"발견." 나는 멍하니 베넷의 뒷모습을 바라보며 굳어져서, 어떻게 내가 그토록 눈이 멀었을까 생각하며 말했다. 모든 것이 너무나 선명해졌다. 무엇이 유행을 촉발하는지, 과학적인 돌파구는 어떻게 생기는지, 왜 우리가 니브니츠 연구기금을 탔는지까지.

"그 플립이라는 모임은 아무나 가입할 수 있나요?" 웨이트리스가 말했다. "이미 라떼 치료 모임에 들어가 있는데, 거기엔 귀여운 남자가 하나도 없거든요."

"계산서 주세요." 나는 하이텍에 돌아가서 이 모든 깨달음을 컴퓨터에 넣기 위해 지갑에서 20달러를 꺼내어 내밀었다.

"남자분이 벌써 냈어요." 웨이트리스는 20달러를 돌려주려고 했다.

"가져요." 나는 말하고 나서 다른 생각이 떠오르는 바람에 씩 웃었다. "우린 부자거든요. 우리가 니브니츠 연구기금을 탔어요!"

나는 서둘러 하이텍으로 돌아가서 통계 연구실로 올라간 다음, 나의 단발머리 모델을 불러냈다.

유행을 대중문화라는 혼돈계에서 발생한 자기 조직적인 임계성의 한 형태라고 가정해보자. 그리고 다른 혼돈계와 마찬가지로 방울양의 영향을 받는다고 가정하자. 여성의 독립성, 이렌느 캐슬, 야외 운동, 전쟁에 대한 저항, 그 모두가 단순히 계 안에 존재하는 변수였다. 이들에게는 방아쇠가, 움직임을 개시할 나비가 필요했다.

나는 오하이오 주 메리데일에 나타난 혹에 주목했다. 그 혹이 통계적인 예외가 아니라고 가정하자. 오하이오 주 메리데일에 어떤 여자가, 다른 누구나와 비슷하게 펄럭이는 오버슈즈를 신고 무릎에 립스틱을 칠하고 다니며 나머지 양떼와 구분이 가지 않지만 아주 조금 더 욕심이 많고, 아주 조금 더 빠르고, 조금 더 갈망에 찬 여자가 있었다고 해보자. 무리보다 아주 조금 앞서는 양. 도시 반대편에 사는 치과의사에게 반해서 미용실에 걸어 들어가서는 자신이 유행을 시작하고 있다는 생각도 없이, 자신이 혼돈을 임계상태로 끌어올리고 있다는 자각도 없이 머리를 잘라달라고 말한 여자.

나는 1920년대의 나머지 자료를 불러내어 지리 분석을 요구했고, 이번에도 말아 내린 스타킹과 십자말풀이 자료에서 메리데일에 예외가 나타났다. 시미 댄스마저 그랬다. 원래 뉴욕에서 시작된 춤인데도…. 하지만 그 춤도 오하이오 주 메리데일에 사는 단발머리 여자가 시작하기 전에는 유행하지 않았으리라. 플립 같은 여자. 나비. 방울양. 나일 강의 원천.

나는 페인트박스를 불러내어 하이텍에서 일어난 사건들의 경로를 다시 추적했다. 플립이 턴불 박사의 소포를 잘못 배달한 일부터 플립이 방목장 문의 걸쇠를 만지작거린 일까지, 다만 이번에는 '운명에 이끌려'와 브레드 푸딩, 관리부의 감성 훈련, 접착테이프, 일레인의 운동 집착, 셜의 흡연, 새라의 남자친구, 로맨틱 신부 바비, 그리고 카페라떼의 다양한 기술 수준까지 입력했다.

내가 생각할 수 있는 모든 변수와 플립의 모든 행동은, 관계가 있든 없든 모두 다 계 안으로 피드백해 들어오면서 혼란을 가중했고, 내가 감성 훈련 직후에 생각한 것처럼 재앙으로 이어지는 게 아니라 니브니츠 연구기금으로, 사랑으로, 지리적인 접근성과 단발머리의 근원으로 이어졌다. 새롭고 더 높은 차원의 평형으로 이어졌다.

플립은 스멀거리는 기분을 느꼈고, 그 결과로 나는 빌리 레이와 데이트를 하러 나갔고, 빌리 레이는 자기도 스멀거리는 기분이라고 하면서 양들에 대해 이야기했고, 플립이 베넷의 연구비 신청서를 잃어버렸을 때 나는 그 이야기를 떠올렸다.

플립. 바비의 작고 날카로운 하이힐 자국처럼, 피파의 목소리가 남긴 메아리처럼 범죄 현장 사방에 플립의 발자국이 남아 있었다. 플립은 베넷에게 내가 빌리 레이와 약혼했다고 말했고, 연구비 신청서 29쪽부터 41쪽까지 복사를 하지 않았으며, 방울양에게 문 여는 방법을 가르쳤고, 관리자에게 셜의 흡연에 대해 이야기하면서 매번 혼돈의 수준을 높이고, 변수들을 뒤섞고 분리했다.

화면에 선들이 가득 찼다. 내가 그 선들을 연결하고 반복 공식에 집어넣자, 선들이 엉키면서 매듭을 지었다. 잃어버린 스테이플러, 브라우닝의 '피리 부는 사나이', 빌리 레이의 휴대전화, 포모 핑크. 플립이 흡연 금지 진정서를 돌리는 바람에 셜은 눈보라 치는 주차장에서 담배를 피우게 되었고, 나는 셜을 데리고 베넷의 연구실로 내려갔으며, 셜은 베넷과 내가 양들과 씨름하는 모습을 보고 말했다. "방울양이 필요하겠네요."

화면이 어두워지면서 층층의 사건들이 서로에게 피드백을 반복하더니, 갑자기 새로운 그림이 튀어나왔다. 선명한 래디컬 레드와 세룰리언 블루로 이루어진 아름답고 정교한 구조였다.

자기 조직적인 임계상태. 과학적인 돌파구.

나는 잠시 동안 앉아서 그 구조를 바라보며 그 단순함에 감탄하고, 플립을 생각했다. 내가 틀렸다. 플립의 이마에 붙은 i자는 무능력이나 스멀거림을 의미하지 않았다. 영향력을 의미하지도 않았다. 영감(inspiration)의 i였다. 그리고 플립은 결국 피파였다. 다만 노래를 하는 대신 변수들을 휘젓고, 모든 진정서와 잘못 배달한 소포로 계가 임계점에 이를 때까지 혼돈의 수준을 높이는 피파였다.

나는 또 페니실린과 알렉산더 플레밍에 대해, 곰팡이 배양 접시가 쌓여 있던 그의 비좁고 혼잡한 연구실에 대해 생각했다. 플레밍이 일하던 연구소 자체가 혼돈의 한가운데에 있었다. 패딩턴 역에서 반 블록 떨어진 시끄러운 거리였다. 여기에 휴가와 8월의 더위와 자리를 마련해줘야 했던 새로운 연구 조수, 그리고 아버지와 소총 사격팀에 얽힌 온갖 사소한 사항을 더해보라. 그리고 수구도 있다. 학교에서 플레밍은 세인트 메리 병원과 수구 시합을 하는 팀에 속해 있었다. 3년 후, 의대에 갈 준비가 되었을 때 그는 그 이름을 기억했기에 세인트 메리를 골랐다.

그 변수를 더하고, 역에서 날아오는 매연과 연구실의 열린 창문을 더하면 진짜 난장판이 나왔을 것이다. 아닌가?

데이비드 윌슨은 페니실린의 발견을 "자연에 일어난 가장 운좋은 사건 중 하나"라고 불렀다. 하지만 그랬을까? 아니면 일어날 때를 기다리던 과학적 발견이었을까? 너무나 혼돈스러운 나머지 단 하나의 포자, 피파의 노래처럼 열린 창문으로 흘러들어올 포자 하나만으로 자기 조직적인 임계 상태에 밀어 넣을 수 있는 계였을까?

푸앵카레는 창조적인 생각은 내적인 혼돈을 유도하여 더 높은 평형 수준을 획득하는 과정이라고 믿었다. 하지만 꼭 내적인 혼돈이어야 했을까?

나는 모든 것을 디스크에 저장하고, 그 디스크를 주머니에 밀어 넣고 생물학부로 내려갔다.

"알아야 할 게 있는데요." 나는 베넷에게 물었다. "당신의 방울양 혼돈 이론 말이에요. 조금씩 조금씩 생각해낸 건가요, 아니면 느닷없이 한꺼번에 떠올랐나요?"

그는 얼굴을 찌푸렸다. "양쪽 다예요. 난 베르호스트와 X 요소를 생각했고, 베르호스트가 옳을지도 모른다고 생각했고, 다른 요소가 있다면 어떤 형태를 취할지 생각해보려고 했죠."

"그러다가 사과가 머리를 때린 거예요?"

그는 고개를 저었다. "턴불이 들어와서 자기 조사에 따르면 다음 니브니츠 연구기금 수혜자는 전파 천문학자가 될 거라면서 관리부가 또 회의를 소집했다고 했고, 그 회의에서 우리는 감성 훈련으로 포옹을 했고, 그 후 며칠 동안 난 당신과 당신이 그 카우보이와 약혼했다는 사실에 대해서밖에 생각할 수 없었어요."

"이젠 타조 목장주예요." 나는 표현을 바로잡았다. "적어도 몇 주 동안은요. 그래서 발상들은 스며 나오고 있었는데, 그걸 다 하나로 합친 게 무엇인지 기억해요?"

"당신이었어요. 양들이 관리자 사무실 밖 복도를 서성이고 있었는데 당신이 그랬죠. '플립이 한 짓이에요. 난 알아요.' 그러자 셜이 플립은 여기에 없다고 했고, 당신은 '상관없어요. 어떤 식으로든 플립이 뒤에 있어요'라고 했죠. 그리고 난 아니라고, 플립이 아니라 방울양이라고 생각했어요. 그리고 플립이 방목장 문에 기대어 걸쇠를 올렸다가 내리던 모습을 기억하고, 방울양이 플립에게 문 여는 방법을 배워서 나머지 양떼들을 이 혼돈으로 끌고 온 게 틀림없다고 생각했어요. 그러자 문득 떠올랐어요. 그냥 그렇게요. 방울양이 혼돈을 일으키는 겁니다. 방울양이 보이지 않는 요소예요."

"그럴 줄 알았어요." 나는 말했다. "난 뭘 좀 찾으러 가야겠어요. 내가 생각한 대로에요. 당신은 훌륭해요. 금방 돌아올게요." 나는 영감을 위해 베넷에게 키스하고, 플립을 찾으러 갔다.

플립이 그만뒀다는 사실을 잊고 있었다. "사흘 전이었어." 인사부의 일레인이 말했다. 일레인은 체렌코프 블루 색상의 롤러 블레이드를 신고 있었다. 일레인은 다리를 들어 올리며 설명했다. "인라인스케이트가 인기야. 암벽타기보다 훨씬 좋은 전신 운동이고, 사무실에서도 더 빨리 움직일 수 있지. 새라와 새라 남자친구 이야기는 들었어?"

"깨졌어?" 내가 물었다.

"아니. 결혼했어!"

나는 그 사실이 함축하는 바를 고민했다. "플립이 우편물 받을 주소를 남겼어? 아니면 어디로 가는지라도 말했어?"

일레인은 고개를 저었다. "플립이 받을 수표는 자재부의 데지데라타에게 주라고, 그러면 자기한테 보내줄 거랬어."

"플립의 파일을 볼 수 있을까?"

"인사 기록은 기밀이야." 일레인은 갑자기 사무적인 태도로 말했다.

"관리부에 전화해서 물어봐. 내가 요청한다고 해."

일레인은 내 말대로 했다. "관리자가 샌드라 박사가 원한다면 뭐든 주라고 하네." 일레인은 전화를 끊으면서 어리벙벙하니 말했다. "파일 전체를 보고 싶어?"

"예전 근무 기록만 보면 돼."

일레인은 스케이트를 타고 서류함으로 가더니, 그 서류를 찾아내어 스케이트를 밀고 나에게 와서 깔끔하게 발가락으로 멈춰 섰다.

내가 예상한 대로였다. 플립은 시애틀의 커피하우스에서 일했고, 그전에는 LA의 버거킹에서 일했다. "고마워." 나는 서류를 일레인에게 돌려주고 나서 다른 생각을 떠올렸다. "파일을 잠시만 다시 볼게." 나는 서류를 열고 맨 윗줄을 보았다. "성명 전체: 성, 이름, 중간 이름 첫 글자"가 들어가는 대목이었다.

그곳에는 이렇게 적혀 있었다. "오를리오티, 필리파 J."

문신

Tatoos

1691년

―――――

탐험가들이 남태평양에서 가지고 돌아와 1600년대 유럽에서 처음으로 인기를 끈 자기 훼손 유행. 이 유행은 에드워드 시대에 상류계급의 열광으로 다시 나타났다. 윈스턴 처칠의 어머니인 제니 제롬은 손목에 감긴 뱀 모양의 문신을 새겼다. 문신은 2차 세계대전 중에 다시 인기를 얻었는데, 이번에는 군인들과 특히 해군 병사들에게 유행했고, 다시 1960년대에는 히피 운동의 일환으로 나타났으며, 1980년대 후반에 다시 나타났다. 문신에는 유행이 지나간 후에도 영구적인 결과가 남는다는 불편한 점이 있다.

나는 플립의 성을 적고, 플립의 할머니의 처녀 때 이름을 알아내어 혹시 그분이 1921년에 오하이오 주 메리데일 근처에 살았는지 알아보라는 메모를 적은 다음 자재부로 내려갔다.

데지데라타는 플립의 주소를 알지 못했다. "애리조나 주 어딘가로 간다고 했는데요." 데지데라타는 지우개 사이를 들여다보며 말했다. "앨버커키였나, 그래요."

"앨버커키는 뉴멕시코에 있어요." 내가 말했다.

"오." 데지데라타는 얼굴을 찌푸렸다. "그렇다면 포트워스일지도요. 어디든 그 남자가 간 곳이요."

"누구요?"

그녀는 눈을 굴렸다. "그 치과의사요."

물론 그렇겠지. 만날 수 있는 지리 범위가 유난히 구체적인 남자.

"셜에게 말했을지도 몰라요." 데지데라타는 연필더미 속을 뒤지면서 말했다.

"셜은 해고당한 줄 알았는데요. 방목장에서 담배를 피운 일 때문에."

"아뇨. 자기가 그만뒀는데요. 새로운 직장 내 전언 간편화 담당을 고용할 때까지만 남아 있겠다고 했고, 관리부에서 오늘 아침에 새 사람을 고용했으니까…. 셜은 벌써 갔을지도 모르겠네요."

셜은 아직 가지 않았다. 복사실에서, 떠나기 전에 복사기를 고쳐놓고 있었다. 하지만 플립은 셜에게도 어디로 가는지 말하지 않았다고 했다. "대럴이 개업 장소를 프레스콧으로 옮긴다나 그런 말을 하기는 했는데요." 셜은 종이 지급기 위로 몸을 기울이고 말했다. "당신과 베넷 박사가 니브니츠 연구기금을 탔다고 들었어요. 잘됐네요."

"그러게요." 나는 셜이 손가락으로 지급기에 낀 종이를 잡아당기는 모습을 지켜보며 말했다. 그 손가락에는 니코틴 얼룩이 전혀 없었다. "누가 그 연구기금을 주는지 알 수가 없어서 안타까워요. 그 사람들에게 하고 싶은 말이 있는데."

셜은 지급기를 제자리에 밀어 넣고 뚜껑을 닫았다. "확실히 그 위원회는 익명으로 남고 싶은가 봐요."

"위원회라면 말이죠. 위원회는 비밀을 형편없이 못 지키는데, 턴불 박사조차도 아무것도 찾을 수가 없었어요. 전 위원회가 아니라 한 사람이라고 생각해요."

"아주 부유한 한 사람이란 말이죠." 셜의 목소리는 전혀 쉬어 있지 않았다.

"맞아요. 정황상 재산이 있는 편이고, 자기 머리로 생각하고, 다른 사람들도 그러기를 원하는 누군가요. 담배는 언제 끊으셨어요?"

"플립이 날 전향시켰어요. 지저분한 습관이잖아요. 건강에도 나쁘고."

"으음." 나는 말했다. "아마도 지극히 유능하고⋯."

"말이 나온 김에 말인데, 플립의 후임은 만나봤나요? 더는 여기에서 일하지 않는다는 사실이 기뻐질걸요. 플립보다 더 지독한 사람을 고용하기란 불가능할 줄 알았는데, 관리부가 해냈더군요."

"지극히 유능하고….." 나는 셜을 똑바로 보면서 다시 말했다. "디오게네스처럼 나라 전역을 여행하면서 과학적인 발견을 이룰 만한 정황에 놓인 과학자들을 찾아다니는 사람. 아무도 의심하지 않을 사람."

"흥미로운 가설이군요." 셜은 종이를 유리판 중앙에 놓으면서 가볍게 말했다. "그 사람에게 하고 싶다는 말은 뭐죠? 그 사람이 신분을 숨기고 다닌다면, 아마 감사 인사를 받고 싶어 하지는 않을 텐데요." 셜은 버튼을 누르고 뚜껑을 내리기 시작했다.

"아, 전 감사 인사를 하려는 게 아니에요. 그 사람이 일을 다 망쳐놓을 거라고 말해주려고 했지요."

눈이 멀 듯한 복사기 불빛이 번득였다. 셜은 눈을 껌벅였다. "니브니츠 쪽에서 수혜자를 잘못 골랐다는 말인가요?"

"받은 사람들 때문이 아니에요. 연구기금 자체가 문제죠. 백만 달러면 과학자가 직장을 그만두고, 자기만의 연구실을 마련해서, 더없이 평화롭고 조용히 연구를 계속할 수 있어요."

"그게 나쁜 일인가요?"

"아마도요. 아인슈타인을 보세요. 서류와 기묘한 장치들이 가득한 작은 특허 사무소에서 일하다가 상대성 이론을 발견했죠. 집에서 일하려고 하면 더 심했어요. 젖은 빨래가 사방에 널려 있고, 한쪽 무릎에 앉은 아기는 울어대고, 첫 번째 아내는 고함을 쳐대고."

"그게 이상적인 연구 상황이라는 건가요?"

"어쩌면요. 만약 그 소음과 젖은 빨래와 비좁은 아파트가 방해물이 아니라 모두 얽혀서 새로운 발상들이 합쳐질 상황을 만

348

들어냈다면요?" 나는 손가락을 두 개 들어 올렸다. "니브니츠 연구기금 수상자 중에 의미 있는 발견을 계속 내놓은 사람은 두 명밖에 없어요. 왜일까요?"

"과학적인 발견은 주문하면 뚝딱 나오는 게 아니에요. 길고 고생스러운 연구와….'"

"행운도 필요하죠. 우연도 따라야 하고요. 갈바니의 개구리 다리를 철제 난간으로 밀고 회로를 닫은 바람, 음극선 앞에 끼어 들어간 손, 떨어지는 사과. 플레밍. 펜지어스와 윌슨. 케쿨레. 과학적인 돌파구들은 이전에는 아무도 연관시킬 생각을 하지 못한 발상들을 합치고, 전에는 아무도 보지 못했던 관련성을 보는 일과 관련이 있어요. 혼돈계는 계의 요소들을 무작위화하는 피드백 순환을 만들어내고, 그 요소들을 옮기고 흔들어서 이전에는 접촉할 일이 없었던 요소들 옆에 놓이게 만들죠. 혼돈계는 혼돈을 증가시키는 경향이 있지만, 언제나 그렇지는 않아요. 가끔은 새로운 수준의 질서로 재정립되지요."

"아르키메데스로군요." 셜이 말했다.

"푸앵카레도. 뢴트겐도요. 이런 과학자들의 발상은 모두 혼돈 상황에서 나왔어요. 평화롭고 고요한 상황이 아니라. 그리고 만약 우리가 돌파구를 기다리기만 하지 않고, 혼돈 상황으로 돌파구를 유도할 수 있다면…, 가설에 불과하지만, 그렇다면 왜 과학자들 수십 명이 전류가 흐르는 기체로 실험을 하고도 X선을 발견하지 못했는지 설명할 수 있어요. 왜 그토록 많은 발견을 자기 분야 바깥에서 활동하던 과학자들이 이루었는지도 설명할 수 있어요. 왜 당신이 '정황상 그러기 쉽다'고 명시하는지, 왜 자기

분야 밖에서 일하는 사람들을 선택하는지도 설명이 되지요. 당신은 일이 어떻게 돌아가는지 아니까요. 이유는 모른다 해도요. 물론 이건 그냥 생각에 불과해요. 하지만 베넷의 방울양 효과 이론에 들어맞죠. 저에겐 아직 자료가 많이 필요하고….."

셜은 나를 보고 전혀 기가 죽지 않은 미소를 짓고 있었다. "그런데도 내가 다 망치고 있다고 생각하나요?" 셜은 몸을 기울이고 기계에서 복사된 종이를 빼내더니, 종이더미를 집어 들면서 말했다. "흥미로운 이론이에요. 혹시라도 니브니츠 연구기금을 주는 사람과 마주치게 된다면, 꼭 그대로 전할게요." 그녀는 문밖으로 나가려 했다.

"안녕히 가세요." 나는 그렇게 말하고 그녀의 거친 뺨에 입을 맞췄다.

"이건 뭐에 대한 거죠?" 셜은 손으로 뺨을 문지르며 투덜거렸다.

"복사기를 고쳐주신 데 대한 거예요." 나는 말하고 나서 셜의 뒤에서 외쳤다. "아 참, 그런데 니브니츠는 누구 이름을 딴 건가요?"

"알프레드 테일러 니브니츠." 셜은 고개를 돌리지 않고 말했다. "고등학교 때 물리 선생님 이름이에요."

Archimedes © Lefteris Papaulakis / Shutterstock

위지보드

Ouija Board

1917년 ~ 1918년

———

미래를 말해준다는 심령 게임 유행. 게임 수행자들은 글자와 숫자
가 적힌 판 위로 플랑셰트라는 기구를 밀어서 질문에 대한 답의 철
자를 구성한다. 1880년대 C. W. 케너드 아니면 윌리엄과 아이작
풀드가 메릴랜드에서 창안했거나, 아니면 1850년대 유럽에서 나
왔는데, 미국이 1차 세계대전에 돌입하기 전까지는 유행하지 않았
다. 전쟁이 일어날 때마다 되살아난다. 2차 세계대전과 한국전쟁
당시에도 인기를 끌었다. 베트남 전쟁 중인 1966년~1967년에 최
고로 많이 팔렸다.

이론이란 행동을 예측하는 능력만큼만 쓸모가 있다. 멘델레예프는 주기율표의 빈자리들이 특정한 원자량과 속성을 지닌 원소들로 채워지리라 예측했다. 이후에 일어난 갈륨, 스칸듐, 게르마늄의 발견이 그 예측을 사실로 증명했다. 아인슈타인의 특별 상대성 이론은 태양에 의한 빛의 굴절을 정확하게 예측했고, 1919년 일식으로 검증받았다. 베게너의 대륙 이동설은 화석과 위성 사진으로 입증되었다. 그리고 플레밍의 페니실린은 2차 세계대전 중에 윈스턴 처칠의 목숨을 구했다.

혼돈계의 방울양 이론도 그와 마찬가지고, 베넷과 나는 아직 연구의 초기 단계에 있다. 하지만 나는 모험 삼아 몇 가지 예측을 해보려 한다.

하이텍은 내년에 최소한 두 번은 알파벳 약자 표어를 바꿀 것이고, 복장 규정을 만들 것이며, 직원들이 서로 손을 잡고 내면의 어린아이를 보살피게 할 것이다. 턴불 박사는 니브니츠 연구 기금의 조건을 알아내는 데 내년을 다 쓸 테고, 아무 소용도 없을 것이다. 과학은 그런 식으로 작동하지 않는다.

애리조나 주 프레스콧, 아니면 앨버커키, 아니면 포트워스에서 새로운 유행이 몇 가지 나오리라 예측한다. 볼더, 시애틀, LA는 유행의 선도자 역할이 약해질 것이다. 이마에 찍는 낙인은 크게 유행할 테고, 치실과 단발머리, 그중에서도 특히 마르셀 웨이브 유행이 돌아올 것이다. 정신적인 부분에 대해 말하자면, 천사는 유행이 지났고 요정이 들어올 테고, 특히 요정 대모가 유행할 텐데, 요정 대모는 실제로 존재하기도 한다. 상인들은 요정으로 한밑천 벌고 나서 다음 대유행을 예측하려다가 다

잃어버릴 것이다.

나는 목양 사업이 많이 줄어들고, 결혼이 증가하고, 개인광고에는 아무 변화도 없으리라 예측한다. 올가을의 인기 디저트는 파인애플 업사이드다운 케이크일 것이다. 그리고 어떤 회사 아니면 연구소 아니면 대학에서는 뚱뚱하거나 모피를 입거나 성경책을 들고 다니는, 자격이 충분하고도 남는 우편물 담당을 고용할 테고, 그곳에서 일하는 과학자들은 어린 시절에 들은 요정 이야기를 기억해야 할 것이다.

의미 있는 과학적 돌파구가 현저히 많이 나타날 테고, 늘 그렇듯 혼돈이 군림할 것이다. 나는 멋진 일들이 일어나리라 예측한다.

나는 오늘 아침에 플립의 후임을 만났다. 단발머리 자료를 모으려고 통계학부에 올라갔는데, 그 여자가 누군가의 메모를 질질 끌면서 복사실을 나서고 있었다. 그 여자는 라벤더색 머리를 분수 모양으로 정리하고, 그 주위에 가시철사 몇 가닥을 감아놓았다. 볼링 셔츠에 자전거용 반바지를 입고, 검은색 에나멜 탭 슈즈를 신고, 오렌지색 립스틱을 발랐다.

"당신이 새 우편물 담당인가요?"

그녀는 경멸하듯 오렌지색 입술을 오므렸다. "직장 내 전언 간편화 담당이에요." 그녀는 모든 음절을 강조하며 말했다. "그런데 댁은 그게 무슨 상관이에요?"

"하이텍에 온 것을 환영해요." 나는 말했고, 그녀가 가시철사로 만든 반지를 끼고 있지만 않았다면 악수도 했을 것이다.

멋진 일들이 생기리라.

복잡계 속의 우리

책이 나오기 얼마 전에 안경을 새로 맞췄다. 십 년 이상 같은 안경테에 렌즈만 바꾸다가 오랜만에 새로 테를 샀는데, 안경사가 내 예전 안경을 잘 갈무리해 담아주면서 말을 건다.

"예전 안경테를 보니 보수적인 취향이신데, 무슨 심경 변화로 이런 안경테로 바꾸셨어요?"

"이게 왜요? 이 안경테 무난하지 않아요?"

"어? 유행 상관없이 고르신 거예요?"

"그냥 편한 거로 골랐는데요."

"아… 그냥 고르신 거구나. 요새 유행하는 디자인이에요."

보수적인 취향이 뭔지도 모르겠고, 요새 유행하는 디자인이 뭔지도 잘 모르겠다. 유행이란 살면서 내가 따라갈 수 없는 무엇이었다. 그렇다고 작품 속 베넷 박사만큼 유행에 면역이 있는 사람 같진 않지만, 플립이나 빌리 레이와 백만 광년쯤 떨어진 부류라는 점은 자신할 수 있다.

그런 이유로, 샌드라 포스터 박사의 간절한 마음이 더 이해가 가기도 했다. 유행은 대체 왜, 어디에서, 어떻게 출발하여 어디로 가는가. 특히 어떤 유행은 이유를 알고 싶은 마음이 간절해진다.

이해할 수 없기로 치자면, 플립도 그렇다. 번역하면서 코니윌리스 작가 주변에 플립 같은 사람이 실제로 존재할지 모른다는 생각을 했다. 그래서 이 소설의 씨앗이 되었는지도 모른다고 말이다. 물론 실존 인물이냐 아니냐가 중요하지는 않다. 중요한 건 그만큼 플립이라는 인물이 생동감 있다는 점이고, 그보다 중요한 건 작가가 그런 인물을 이해하려는 시도를 포기하지 않았다는 점이다.

이해할 수 없는 유행과 이해할 수 없는 사람들을 어떻게 이해할 것인가. 여기에 어떤 답이 존재할 것인가. 그런 생각의 줄기에 과학사에 길이 남을 뜻밖의 발견들을 섞고, 큰 강의 발원지를 찾아 떠났던 모험가들도 생각하고, 혼돈 이론과, 어쩌면 지금의 복잡계 이론으로 이어질지 모르는 발상을 연결하고….

그렇게 작가가 그려낸 유쾌한 가설은 형편없는 유행에 대해서도, 플립에 대해서도, 이해할 수 없는 세상에 대해서도 따뜻하다. 불평하고 좌절하고 냉소하고 답답해하기도 하지만 그래도 결코 포기하지 않는, 포기할 수 없는 애정이 담겨 있다. 어쩌면 그것이 이 세상의 모든 플립들과 함께 살아가기 위해 생각해낸 장대한 가설일지라도, 누군가에게는 위안이 될 수 있으리라 믿는다.

그냥 독자였다면 읽기만 하고 넘어갔을 것들을 찾아보고 배우는 즐거움은 번역자의 특권이기도 하다. 이 소설은 경쾌한 리듬을 유지하는 것이 중요하다는 편집부의 생각에 동의하여, 주석을 달지 않고 가급적 본문 흐름에 녹아들게 옮겼다. 읽다가 튀어나오는 온갖 기기묘묘한 유행사와 과학사의 우연한 발견에 대해 궁금해진다면 한 번씩 검색을 해보는 것도 재미있는 독서 방법이 될 것이다.

같은 즐거움을 누리고 싶은 독자들을 위해 몇 가지만 소개한다.

모래더미 모형(sandpile model). 한 알씩 모래를 떨어뜨리다 보면, 모래더미가 쌓이다가 갑자기 무너져내리는 순간이 있다. 대부분 한 알의 모래알은 아무 파장도 일으키지 못하지만, 가끔은 모래더미 전체에 큰 변화를 일으킨다. 여기에서 '자기 조직화 임계성'이라는 말이 나온다. 외부 통제 없이, 계 내부의 복잡한 요소만으로 이루어지는 질서와 혼돈 사이의 단속적인 평형. 1987년에 세 과학자가 소개한 개념으로, 복잡계 과학의 시작이다.

1987년 실험에 참가했던 페르 박은 1996년에 《자연은 어떻게 움직이는가》라는 책으로 이 이론을 다듬어 냈다. 국내에도 번역본이 나와 있었으나 현재는 절판 상태다. 2002년에 다시 복잡계 네트워크 과학을 내놓은 A.L. 바라바시의 저서 《링크》와 《버스트》는 현재도 훌륭한 번역본으로 구해볼 수 있다. 복잡계 물리학을 사회학과 경제학에 적용한 마크 뷰캐넌의 《사회적 원자》도 이 분야의 추천 도서다.

이 책의 원서 출간이 1996년이니, 복잡계 과학의 한 갈래로 복잡계 네트워크 과학이 발전하고, 지진과 산불과 주식시장과 질병과 선거에 이르기까지 많은 분야에서 연결점을 연구하는 동안 그 씨앗은 다른 방향으로 뻗어나가 벨웨더 가설(혹은 플립 가설)을 낳은 셈이다.

말이 나온 김에 말인데, 원제인 bellwether는 중세에 양떼 우두머리에게 방울을 달던 데에서 유래한 단어로, 현재는 유행의 선도자, 주모자, 더 나아가서는 그런 조짐이나 징후를 가리키는 말로 쓰인다. 마침 얼마 전에 한국에서도 인기를 끈 영화 〈주토피아〉에 '벨웨더'라는 이름의 양이 등장하는 것을 보고 반가웠으나, 본서에서는 일반적인 의미와 약간 다르게 쓰인다는 점을 고려하여 방울양으로 옮겼다.

본문에 그려지는 극심한 흡연 혐오 유행 속에서 "차별금지법 때문에 흡연자도 해고할 수 없다"는 투덜거림이 스쳐 지나가는데, 이는 물론 차별금지법이 기능하고 있기에 가능한 농담이다. 한국에서 포괄적인 차별금지법은 UN의 권고를 받은 이후 지난 10년간 세 번에 걸친 제정 시도가 있었으며, 20대 국회에서 다시 한 번 통과 여부를 논할 예정이다.

코니 윌리스는 콜로라도 덴버에서 태어나서 콜로라도 대학을 나왔고 지금도 콜로라도에 살고 있다. 이 작품의 무대가 된 곳이다.

번역에는 1996년 밴텀에서 나온 《Bellwether》를 원본으로 삼았다. 초고를 모니터해준 김수륜 님과 심완선 님, 책이 나오기까지 고생하신 최용준 님과 아작 출판사에 감사드린다.

이수현

코니 윌리스 작품 연보

중단편
Shortfiction

1970	Santa Titicaca
1978	Capra Corn
1978	Samaritan
1979	Homing Pigeon
1979	And Come from Miles Around
1979	Daisy, in the Sun
1981	The Child Who Cries for the Moon
1981	Distress Call
1982	Lost and Found
1982	Fire Watch
1982	And Also Much Cattle
1982	The Father of the Bride
1982	A Letter from the Clearys
1982	Mail Order Clone
1982	Service for the Burial of the Dead
1983	A Little Moonshine
1983	The Sidon in the Mirror
1984	Cash Crop
1984	Blued Moon

중단편집

Collections, Omnibus, Chapbooks

장편소설

Novels

주제별 중단편집 (편집자)

Anthologies

1994	The New Hugo Winners, Volume III
1999	Nebula Awards 33
2001	A Woman's Liberation: A Choice of Futures by and About Women

논픽션

Nonfiction

2002	Roswell, Vegas, and Area 51: Travels with Courtney

*미국 발행 기준, 일부 작품 공저자 생략

옮긴이 **이수현**

SF작가이면서 번역가로 인류학을 공부했다. 옮긴 책으로는 제임스 팁트리 주니어의 《체체파리의 비법》, 옥타비아 버틀러의 《킨》과 《블러드차일드》, 어슐러 르귄의 《빼앗긴 자들》과 《로캐넌의 세계》 등의 헤인 연대기와 서부해안 시리즈, 테리 프래쳇과 닐 게이먼의 《멋진 징조들》, 알렉산더 매컬 스미스의 《꿈꾸는 앵거스》와 《천국의 데이트》, A. M. 홈스의 《사물의 안전성》, 제프리 포드의 《유리 속의 소녀》와 《환상소설가의 조수》, 로저 젤라즈니의 《고독한 시월의 밤》, 존 스칼지의 《작은 친구들의 행성》과 '노인의 전쟁' 3부작, 닐 게이먼의 그래픽노블 '샌드맨' 시리즈, 릭 라이어던의 '퍼시 잭슨과 올림포스의 신' 시리즈 등이 있다.

양 목에 방울 달기

초판 1쇄 인쇄 2016년 6월 10일
초판 1쇄 발행 2016년 6월 15일

지은이	코니 윌리스
옮긴이	이수현
펴낸이	박은주
기획	김창규, 최세진
디자인	김선예, 장혜지
마케팅	박동준, 이신우, 정준호

발행처	아작
등록	2015년 9월 9일(제300-2015-140호)
주소	03174 서울시 종로구 사직로 8길 24 1618호 (내수동, 경희궁의 아침 2단지 오피스텔)
대표전화	02.324.3945 **팩스** 02.324.3947
이메일	decomma@gmail.com
홈페이지	www.arzak.co.kr
ISBN	979-11-87206-12-5 03840

책 값은 표지 뒤쪽에 있습니다.

아작은 디자인콤마의 문학 브랜드입니다.
이 제작물은 아리따글꼴을 사용하여 디자인 되었습니다.